Les Armes de la fiction

DE LA MÊME AUTRICE

Chez le même éditeur

Récits et romans

L'excès-L'usine
Le Livre des ciels
Le Criminel
Le Pont de Brooklyn
L'Épreuve du passeur
Le Silence du diable
Les Mines de sel
Depuis maintenant, *Miss Nobody Knows*
Les Prostituées philosophes
Le Psychanalyste
Les Amants de Marie
Fever
Mon Amérique commence en Pologne
Millefeuille
Mathias et la Révolution
Mai 68, le chaos peut être un chantier
Désordre
L'Aplatissement de la Terre *suivi de* Le Monde et son contraire
Un fou
L'Assassin du dimanche

Les autres livres de Leslie Kaplan
sont répertoriés en fin de volume.

Leslie Kaplan

Les Armes de la fiction

P.O.L
33, rue Saint-André-des-Arts, Paris 6e

ISBN : 978-2-8180-6432-0

www.pol-editeur.com

pour Dario et pour Lou

Les Armes de la fiction

penser « avec »…
les armes de la fiction
essayer
plus que jamais
dans le contexte
mortifère
actuel
système capitaliste mondial
pourrissant
sans autre perspective
que la reconduction des privilèges
des écarts de fortune
du travail des misérables
aucun souci réel de l'environnement
aucune priorité à l'éducation

épuisement des hommes et des femmes,
épuisement des ressources
autoritarisme qui se développe partout
qui s'appuie sur le vide
sur l'absence de projet des gouvernants
caste mondiale
sur la bêtise pure et simple de ce qui circule
dans les médias dominants
productivisme, consumérisme
massacres
aplatissement de la Terre
perte du sens de la réalité, folie
désordre désordre désordre
on est entrés dans le stade grotesque du capitalisme
ça rappelle furieusement l'Ancien Régime
Après moi le déluge
Je suis ton seigneur
ou Moi j'irai sur Mars
ça rappelle aussi le déclin de l'Empire romain
qui a duré des siècles
oui, ça peut durer très longtemps
sauf si ça explose avant
alors penser, penser « avec »
est toujours plus nécessaire
affirmer
contre le catastrophisme
le possible
les possibles

désir d'ouverture
qui va avec la fiction
avec les armes de la fiction
la réalité est là
même quand elle est déniée
et reste toujours la question : maintenant, quoi ?
il ne s'agit pas d'un « rôle »
de l'art, de la littérature
mais
accompagnant
les nouvelles façons de voir, de sentir
de vivre
tous les nouveaux soulèvements
contre les inégalités, les racismes, les exclusions
contre la « norme » néolibérale et le consensus autoritaire
et toutes les constructions, tous les nouveaux chantiers
même éphémères
urbanisme, musiques, rapports Nord-Sud
rapports hommes-femmes
adultes-enfants
rapports à la folie, à l'inconscient…
constater l'effet que l'art, la littérature
peuvent produire
enthousiasme, élan, désir
joie
et penser avec ça
il ne s'agit pas
pour moi

de faire de la littérature politique
mais
comme Jean-Luc Godard le disait du cinéma
de faire politiquement de la littérature
depuis maintenant
écart, décalage
liberté
égalité
absence de hiérarchie
accepter l'infini
qui est aussi une limite
à la toute-puissance
viser le réel, pas seulement la réalité, le « c'est comme ça »
le réel qui contient le possible
penser par tous les côtés en même temps
comme Cézanne voulait peindre
être toujours présent au monde
ne pas avoir peur
essayer

« Vivre et inventer. J'ai essayé. J'ai dû essayer. Inventer. Ce n'est pas le mot. Vivre non plus. Ça ne fait rien. J'ai essayé. » Beckett

et tenir compte
de cet autre décalage
gigantesque
mis en lumière par Freud
entre conscient et inconscient
accepter d'ignorer

mais vouloir connaître
bricolage et humour
marques du moderne
et penser la dimension du langage
et de la parole
parler, c'est parler *avec*
importance du dialogue
entre l'œuvre et celui ou celle qui la reçoit
ne pas vouloir avoir le dernier mot
le mot qui mettrait fin au dialogue
et nommer
ce qui accompagne toujours
le plaisir, le désir, la joie de penser
et qui est une autre marque du moderne :
l'angoisse
comme, par exemple, Kafka
qui fait surgir à l'intérieur d'un récit
ou d'une fulgurance poétique
autre chose
une chose familière, étrange, inquiétante
une énigme
qui redouble
et parfois dévoile
les impasses et les exigences
contradictoires
de notre condition : humaine.

I

Fiction et politique

Ils ne sont pas comme nous ?

Ils ne sont pas comme nous ? Et vous, est-ce que vous êtes comme vous ? Est-ce que vous vivez votre vie ? Vraiment ? Est-ce que vous vivez vraiment votre vie ? Votre vie unique ? Celle qu'on n'en a qu'une ? C'est vraiment celle-là que vous voulez vivre ? Vous n'avez pas le choix ? Vraiment ? Vous aimez votre travail ? C'est celui dont vous rêviez, enfant ? Adolescent ? C'est ça que vous vouliez faire ? Votre maison, vous l'aimez ? Votre famille, ça va ? Les enfants ? L'avenir de vos enfants vous préoccupe ? Ah bon ? Tout est difficile ? Difficile ? Vous ne voyez jamais le bout de rien ? Et l'agressivité, la violence ? Vous en souffrez ? Vos chefs ? Vos sous-chefs ? Les gens qui ont de l'argent ? Du pouvoir ? Vous en pensez quoi ? La démocratie ? On est en démocratie ? Il y a trop de différences ? Quel genre de différences ? De salaire ? Non ? Alors de quoi ? On n'a pas les mêmes valeurs ? Vous êtes sûr ? C'est quoi pour vous les valeurs ? C'est compliqué ? Compliqué à expliquer ? Pourquoi c'est compliqué ? Ça se sent ? Ça se voit ? La façon de s'habiller ? Vous vous habillez comment ? Normal ? Simple ? Votre femme aussi ? Normal, simple, c'est vos valeurs ? Vous êtes heureux ? Vous n'êtes pas heureux ? En France ? C'est mieux ailleurs ? Où ça ? Y en a pas pour tout le monde ? Il faut protéger ce qu'on a ? On a quoi ? Au juste ? Votre pays, vous l'avez ? Vous l'avez comment ? Vous le tenez comment ? Vous n'aimez pas les questions ? Vous en avez assez des questions ? Les questions ça vous fatigue ? Qu'est-ce que vous aimez ? Les bons produits français ? Vous aimez bien un couscous de temps en temps ? Vous faites un très bon couscous, non, je vous crois pas, c'est pas possible ? Si si ? Avec du poulet ou du mouton ? Et des brochettes ? Vous faites des brochettes ? Vous avez appris où ? Vous vous rappelez pas ? Mais c'est grave, ça, vous savez ? Vous perdez pas un peu la mémoire ? Et là où vous vivez, vous vous rappelez ? Votre immeuble, qui l'a construit ? Vous ne vous rappelez pas non plus ? Pas croyable, vous ne pensez pas ? Où ça nous mène tout ça ? Vous n'avez aucune idée ? Vraiment aucune ? Le couscous, c'est une image, vous ne croyez pas ? Vous aviez compris ? Ah bon ? Eh bien c'est déjà ça, vous ne pensez pas ? Mais vous pensez quoi, au fait ?

Marine Le Pen m'a dit

Moi je fais partie des mammifères supérieures et ça me suffit, ça me suffit amplement. Je suis supérieure, c'est comme ça, supérieure et normale, pour moi il est normal d'être supérieure, et c'est tout. C'est l'ordre des choses, l'ordre naturel, l'ordre de la nature. L'ordre de l'ordre. Les valeurs.

Les valeurs, il faut que tout le monde puisse s'accorder dessus, alors c'est ce qui existe, c'est ce qui est là, ce qui est donné, c'est le patrimoine, c'est ce que tout le monde peut reconnaître.

On ne peut pas nier les inégalités, ou alors on est de mauvaise foi, c'est terrible d'être de mauvaise foi. Prenons la civilisation française, c'est clair, c'est une civilisation supérieure, et la supériorité de la langue française, c'est évident, c'est complètement évident. Si on la compare à la langue anglaise, par exemple, cette langue qui nous envahit, tous les jours, tous les jours, et en plus ils ont brûlé Jeanne d'Arc, il ne faudrait quand même pas l'oublier, eh bien c'est clair, la langue française est supérieure. Vous n'avez qu'à prendre n'importe quel mot, je dis bien n'importe lequel, et vous verrez tout de suite, en français il correspond. Prenez le mot vache, eh bien c'est clair, vous dites vache, v, a, c, h, e, va, che, va, che, vache, vous voyez une vache. Mais si vous prenez le mot *cow*, vous ne voyez rien du tout. Mais rien de rien. Ce mot ne correspond pas, tout simplement, il ne correspond pas du tout.

Les mots doivent correspondre. S'ils ne correspondent pas, s'ils ne correspondent pas… eh bien ça ne va pas.

C'est pour ça que j'aime tellement le mot France. Je dis le mot France, je vois tout de suite la France. Je la vois, elle est belle, elle est grande, elle est… la France.

C'est comme quand je dis mon nom, Marine. Je suis sûre, je suis absolument sûre, que c'est moi, Marine. Si je n'étais pas sûre, ce serait affreux, j'aurais une impression, je ne sais pas, de fêlure, si je dis Marine et que rien ne se passe, si je ne me vois pas, je ne peux pas imaginer, c'est épouvantable, je perds mes repères, je perds mon identité, mon identité à moi, c'est pas possible, je ne peux pas imaginer. Marine, Marine, Marine.

Ce sont les fous qui n'ont pas d'identité, qui ne sont pas sûrs de qui ils sont, qui ne savent pas qui ils sont. Et moi je ne suis pas folle. Les fous, il faut les enfermer, ils sont fous c'est tout. Troublent l'ordre. Troublent tout.

Moi je suis normale. Normale, simple, en bonne santé, costaude, musclée même, pas de maladie, pas de virus, moi je suis normale, je le dis haut et fort. Pas comme les gens pas normaux, les déviants, les différents. Différents de qui ? Différents de moi, c'est tout. C'est clair.

Mon père avait une blague, il disait ça souvent, « Moi c'est moi et toi tais-toi ». Elle est bien bonne, cette blague, et elle est vraie.

Les autres, les étrangers, on peut les admettre, admettons-les, OK, OK, mais il faut qu'ils reconnaissent qu'on est supérieurs, et qu'on a des droits à cause de ça. On peut aimer des inférieurs, remarquez, pas de problème, les aimer, les corriger, oui, les corriger, les aimer, mais sur la base de qui est supérieur et qui est inférieur. C'est quand même simple.

Dieu est de mon côté, c'est tout. C'est comme ça. Je suis née en France, je suis née ici, je fais partie des Français, ne m'en demandez pas plus, je ne fais pas de philosophie, moi, chacun son métier, chacun sa place, moi je vois ce qui est, c'est tout. C'est dans l'ordre des choses, c'est comme ça, Dieu a ses raisons, voilà, c'est simple. Je parle bien sûr du Dieu normal, celui qu'on connaît, celui des gens normaux. Celui qui reconnaît les siens.

Le reste est détail et, comme disait mon père, les détails, on s'en fiche, ce ne sont que des détails.

Je n'aime pas Sarkozy, mais Mme Christine Lagarde, elle a dit une chose, je suis complètement d'accord avec, « penser, ça suffit, ça suffit de penser, il faut retrousser nos manches », moi je suis d'accord.

Moi je n'ai pas peur de le dire, j'aime les histoires que je connais, les histoires dont je connais la fin, il n'y a que ces histoires-là que j'aime. Si je ne connais pas la fin, je suis angoissée, et je déteste ça. Moi angoissée, jamais. Je ne supporte pas la tension. Et c'est normal. Tout le monde est comme ça, personne n'aime être angoissé. D'ailleurs, je l'ai dit et redit, la politique c'est l'art de la répétition.

Répéter, répéter, répéter. Personne n'aime être surpris, étonné. Surtout pas de nouveau, d'inédit, de jamais-vu. Inventer, ça va bien cinq minutes. C'est fatigant, c'est épuisant, c'est risqué. De toute façon il n'y a rien de nouveau sous le soleil, n'est-ce pas. La politique, je le redis, c'est l'art d'enfoncer les clous, il faut savoir enfoncer les clous, les grands clous, les petits clous, en-fon-cer-les-clous. Encore une expression magnifique, si parlante, de la langue française. Je l'aime, cette expression. On voit le geste, concret, le mouvement, le marteau. J'adore.

Moi je préfère m'ennuyer, m'emmerder je dirais même, mais être tranquille. La sécurité, le calme. La tranquillité, le calme. Le calme extérieur. Le calme intérieur. Le calme dans la ville. Le calme dans la campagne. Le calme dans la maison. Le calme mental. Le calme partout.

Mais attention. Le calme ça se mérite. Le calme c'est pour les gens comme nous. Pour les autres, tous les autres, les pas normaux, les déviants, les différents, les sauvages : pas de calme. La guerre. Ils l'ont voulue, ils l'auront. Moi, je suis compatible avec le meurtre. Exterminez les brutes.

Et je dis ce que tout le monde pense. Personne n'aime être bousculé, personne. Mon père avait bien raison de le dire, on préfère sa cousine à sa voisine, et sa nièce à sa cousine, et sa fille à sa nièce. Et c'est normal.

Je dirais même plus, on préfère les poux de sa cousine aux poux de sa voisine, et les poux de sa nièce aux poux de sa cousine, et les poux de sa fille à tous les poux.

Et même, on préfère les crimes de sa cousine aux crimes de sa voisine, et les crimes de sa nièce aux crimes de sa cousine, et les crimes de sa fille à tous les crimes.

Et c'est normal. C'est la nature humaine.

Il y a ce merveilleux dicton, si juste, si véridique, de la sagesse populaire française : il faut laver son linge sale en famille.

La famille, valeur suprême. Et son linge sale. Quelle belle image.

Le peuple a toujours raison.

Procès France Télécom, 24 mai 2019

Les mots, c'est quelque chose.

Il s'agit de la mise en œuvre de la formation des managers de France Télécom.

Avant l'audience, et d'après ce que j'avais lu, je pensais rencontrer l'arrogance, le mépris, que la formule désormais célèbre de Didier Lombard exprime : « Ils partiront par la porte ou par la fenêtre. » Ce n'est pas que je ne les aie pas rencontrés, cette arrogance et ce mépris. Mais ce qui m'a sidérée c'est comment ces gens parlent.

Il s'agit, paraît-il, dans cette formation pour les managers de l'entreprise, de « donner du sens et du savoir-faire », voilà le programme.

Et de quoi parle-t-on, dans cette recherche de sens et de savoir-faire ? De « boîtes », de « cases », de « modules ». Il y a comme une réduction, une restriction. On part du sens de l'entreprise, du sens du travail, dans le nom France Télécom il y a après tout le mot « communication », ce qui veut bien dire mise en lien, en liaison, en rapport, en relation… et on se retrouve cantonné dans une boîte, une case, un module, rangé comme une chose ou une vieille chaussette.

Il faut apprendre à « piloter la performance et l'adaptation des compétences » et, pour ça, « introduire la culture du turnover ».

C'est-à-dire : « tu es bon aujourd'hui mais tu dois te mettre en danger ».

Il faut « mettre la pression partout ».

Il ne faut pas « laisser croire aux collaborateurs qu'ils vont rester sur place ».

Le rôle du manager, c'est de « mettre en mouvement », de « brusquer un peu » le collaborateur, de « provoquer une réflexion », car « celui qui ne veut pas changer, il n'y a pas de solution pour lui » …

« Personne ne peut dire ce que sera France Télécom dans x ans ».

Au contraire, l'important dans une entreprise dynamique, c'est le « stress du changement », et le mot d'ordre c'est : « du choc à l'engagement ».

Le choc, le stress, le risque, le changement, le mouvement, brusquer, mettre de la pression partout…

C'est la guerre, en somme, la lutte, le combat… Contre qui ? Contre les collaborateurs !

Et ce qui est frappant, c'est comment cette guerre se traduit par des tout petits détails où se révèle quelque chose d'infiniment sadique, d'un sadisme primaire.

Pour pousser quelqu'un à partir, il est recommandé de lui « retirer sa chaise ».

C'est dit comme ça.

Lui retirer sa chaise.

Mais on est où ?

Est-ce qu'on les imagine, est-ce qu'on les voit, ces managers qui vont retirer leur chaise aux collaborateurs estimés superflus ? Plus de chaises pour les gens en trop… Plus de chaises, ça leur apprendra, ça leur fera les pieds (n'est-ce pas)…

Est-ce qu'on les voit s'avancer, ces managers, très tôt le matin ou très tard le soir peut-être, sinon on se dit qu'il pourrait y avoir une contestation, une opposition, voire un affrontement… Se pencher, saisir la chaise d'une main, des deux mains, la soulever, la porter, la déplacer…

Combien d'années d'études pour en arriver là ?

Je rêve.

Mais c'est très sérieux.

Ce que ça veut dire : on ne pense pas utile, nécessaire, valable, de parler aux « collaborateurs » comme à des êtres humains.

On va juste les mettre en demeure par des actes et des situations de fait.

Et c'est très simple.

Absence de chaise.

Pour sa défense, le manager dit, « C'est comme ça partout ».

Devant la faiblesse de cet argument, il rajoute, « Qu'on ne me retire pas (à moi, celui qui retire la chaise) ma part d'humanité ».

Et la salle s'esclaffe.

Le stade grotesque du capitalisme, la langue du néolibéralisme

Récemment je suis tombée sur une citation de la ministre déléguée à l'Industrie, Agnès Pannier-Runacher. Elle parlait devant un parterre d'entrepreneurs, le 7 octobre, à la septième édition de Bpifrance, et ce qui lui venait, c'était « la magie de l'atelier », où « on ne distingue pas le cadre de l'ouvrier, pas l'apprenti de celui qui a trente ans d'expérience ». L'usine, pour elle, « c'est la fierté de travailler… parce que lorsque tu vas sur une ligne de production, ce n'est pas une punition, c'est pour ton pays, pour la magie ».

Dans la tête surgissait le mot « grotesque ».

C'est quoi, le grotesque ? Le mensonge ? Pas seulement. Le mensonge affirmé, personne n'y croit mais tout le monde joue à faire semblant d'y croire ? Peut-être. Une déformation de la réalité, en tout cas. Et, comment dire, un appel au fantasme.

On imagine une scène.

Un personnage, Agnès P., à l'entrée d'une usine, distribuant un tract, « l'usine, ah l'usine, la meilleure usine, c'est la meilleure des usines possibles, est-ce que c'est sale ? oh pas tellement, est-ce que c'est dangereux ? oh pas tellement, est-ce que c'est répétitif ? oh un peu, il ne faut pas trop en demander, est-ce que c'est inhumain ? oh, l'humain, vous savez, l'humain il a bon dos… Mais c'est magique… »

Ou encore, Agnès P. avec un gros feutre, écrivant sur le mur de l'usine, « entrez, entrez, c'est magique ».

Ça nous rappelle une autre inscription à l'entrée, pas d'une usine, mais où déjà… *Arbeit macht frei*…

Comme quoi le grotesque a partie liée avec la terreur.

D'ailleurs voyez Goya, ses « disparates ».

Il y a une gravure qui est intitulée *Disparate de niais*, qui est réellement terrifiante, taille gigantesque du « niais », regard vide et sourire idiot, corps envahissant qui prend toute la place…

Mais restons calme.

La « magie », ses paillettes, ses lumières. Elle a tout de même pour fonction de susciter l'illusion, d'effacer les différences, l'expérience, l'éprouvé de la réalité et de ses détails. Justement comme la langue du néolibéralisme, du capitalisme actuel, autoroute plate et lisse qui se déroule et se déroule, sans aspérités, langue du « management ».

On parle d'« objectifs à court, moyen, long terme », de « coûts », de « profits », et d'« organiser ».

On pense *avec*, on pense *dans*, ces mots-là.

Et voilà encore ce personnage, Agnès P., qui s'avance sur une scène de théâtre et qui développe : « Il faut être heureux, impératif, et on est responsable de son bonheur. Le bonheur c'est plus plus plus, plus de capacités, plus d'argent, plus de connaissances (tourisme), plus de tout. Il faut être à l'égard de soi-même un bon manager, le meilleur des managers. Le modèle », là Agnès P. virevolte, « le modèle, c'est : la performance sportive. Il ne tient qu'à soi de réussir. Si ça ne marche pas, surtout ne pas se déprimer, ne pas devenir un *loser*, mais recommencer, ne pas abandonner, viser le top. Margaret Thatcher l'a dit, "*Economics are the method. The object is to change the soul*". L'âme, très important. Y accéder par le sport, les vitamines, le yoga. Tout est possible, il n'y a pas de limites. Ou alors, *the sky is the limit*. Mais il faut le vouloir. On est tenu de. »

Là Agnès P. s'arrête, elle réfléchit, elle cherche les mots justes.

« Autonomie individuelle. L'individu a pu avoir mauvaise presse pendant un temps, mais il faut être sérieux, l'ego, c'est la base, le socle. Gérer son moi, c'est la clé de l'intégration sociale. Et l'autre ? Quel autre ? Le modèle est l'entreprise. Petite entreprise deviendra grande. Énergie. »

Un silence.

Elle continue.

« Qui dit performance dit compétitivité. Il ne faut pas avoir peur de la concurrence. La compétition, c'est sain. Que le meilleur gagne, c'est stimulant. La concurrence va dans le sens du bien général. Élimination des mauvais, non, quand même pas, mais du mauvais, oui. Chacun ne peut qu'approuver ce nettoyage par le bas. Et les différences ? Quelles différences ? On est tous pareils au fond, et on est tous d'accord sur le modèle, il a fait ses preuves, le beau, le grand, le clair, le blanc, le noir, le riche, le multiple, le passionné, le sérieux, le rationnel, l'évident en somme. D'ailleurs ne venez pas chercher querelle, tout, absolument tout, peut faire partie du modèle, du moment que c'est intégré. Intégré ? Oui, intégré au système, dedans. Et comment on sait que c'est dedans ? C'est comme ça, on le sait, on sait que *there is no alternative* et on en tient compte. »

Elle s'arrête de nouveau, regarde la salle en souriant.

« D'où l'importance, restons en anglais, du *self help*, ne jamais oublier qu'on est cette petite entreprise à soi tout seul, utilité des *coachs*, toutes les techniques sont bonnes, pourvu qu'elles marchent, aussi bien la boxe, la danse, la piscine et la nourriture bio que la psychothérapie. Freud, il suffit de savoir l'utiliser, la notion de pulsion de mort n'est pas vraiment valable, mais restons positifs, savoir qui on est c'est très important, décisif même, et Freud peut nous aider, papa, maman, et tout le reste, d'où on vient, moi j'ai fait une petite thérapie, ça m'a beaucoup aidée, soulagée, je dirais même, on voit d'où ça vient, les problèmes, on peut changer.

« Mais attention, pour bien vivre il faut bien la conduire, sa petite entreprise, et connaître les règles, les normes de la vie sociale, la transgression c'est infantile, et la folie, personne n'en veut. D'ailleurs le président Sarkozy avait parlé du “schizophrène dangereux”, là on ne peut que lui donner raison. La folie comme source de création, c'est une idée d'intellectuels. Il vaut mieux être riche et bien portant que pauvre et malade, c'est sûr, les clichés ont du bon, ils rappellent des vérités. »

Agnès P. prend maintenant un air grave.

« Et ainsi se construit l'individu, celui qui soigne son développement personnel. Le développement personnel est fonction du genre, de l'âge, du métier, du revenu, des préférences, sexuelles ou autres. Ces catégories sont scientifiques, elles viennent droit du marché. Au fond, le développement personnel c'est le développement du marché à l'intérieur de la tête de chacun. Et ce qui dicte la norme c'est ce qui se vend, ou pourrait se vendre, qui marche, ou pourrait marcher, qui prend, comme on dit, ou pourrait prendre. C'est une norme objective, on n'a jamais trouvé mieux. L'individu doit suivre, mais avoir de l'initiative, s'adapter, le marché bouge, il faut être solide, résister, toujours prêt, remonter toutes les pentes, avoir toujours en tête de gagner, gagner, gagner… Il faut réussir, et la réussite se voit, la télévision la montre. »

Agnès P. s'arrête, elle est un peu essoufflée, elle sourit et fait une petite révérence. Sur la scène apparaît un grand arbre de Noël qu'elle se met à décorer.

La folie concerne tout le monde

La folie concerne tout le monde.

Un ouvrier peut être fou, un patron, ça va de soi. Une femme peut être folle, un homme n'en parlons pas. Un administrateur, un banquier, un fonctionnaire, un artiste peuvent être vraiment fous. Quant aux hommes politiques : personne n'en doute (et passe l'image de Kadhafi, qui en recouvre bien d'autres, bien d'autres). Un bébé peut être fou, un adolescent, une femme de trente ans, un homme très âgé, un mourant.

La folie traverse toute la société.

Est-ce à dire que la folie est un virus, qui se refile, qui se transmet ? On essaie de nous faire peur en avançant des notions et des catégories-matraques comme « schizophrène dangereux ». Mais la folie est un possible pour tout être humain, et il faut prendre les mots au sérieux. Est « fou » ce qui est « pas normal », et aussitôt la question rebondit : « normal » c'est quoi ? Qu'est-ce que c'est, vivre normalement ? Accepter la réalité ? Quelle réalité doit-on accepter ? Jusqu'où faut-il accepter la réalité ? Est-ce que vouloir changer la réalité c'est être fou ? Pour Freud, la santé mentale c'est être suffisamment névrosé pour tenir compte de la réalité, et suffisamment psychotique pour vouloir la transformer.

En somme, la folie questionne la société tout entière et chacun en particulier. Or la démocratie est un régime où la norme est, peut être, sans arrêt questionnée, remise en cause, c'est un régime qui reconnaît, en principe, les conflits, et permet, en principe, leur élaboration. Le conflit va toujours avec l'angoisse, et on peut refuser le conflit par peur de l'angoisse. Mais à ce moment-là on choisit : zéro angoisse (croit-on), zéro risque, zéro pensée, zéro vie. Et sous le calme plat, la violence de l'ordre, de ce qui semble normal (à qui ?) à un moment donné (lequel ?). Est-ce normal de faire travailler les enfants ? de travailler cinquante heures ? de travailler à la chaîne ?

Et la démocratie est toujours gravement menacée par le suivisme de la norme, par le conformisme, la convention. C'est une vraie menace parce qu'il y a une vraie possibilité de destruction : on n'a pas le choix, il faut penser, agir, de telle façon et non de telle autre, il faut surtout ne pas penser et ne rien faire. Zéro conflit, zéro vie.

Le conformisme, c'est une façon d'intérioriser la répression et la peur. Big Brother vous surveille, et vous êtes d'accord.

Et le conformisme va toujours avec une vision naturaliste, déterministe, explicative, définitive, fermée. On est comme ci ou comme ça parce que : la famille, la catégorie sociale, les gènes, la biochimie.

Mais il n'y a pas de « nature » humaine, prendre au sérieux l'être humain c'est tenir compte du possible, de la folie, c'est prendre au sérieux le fait que certains voient des géants là où d'autres ne voient que des moulins à vent, que certains voient une baleine blanche là où d'autres ne voient rien, que certains voient un cafard à la place du fils… ou des nénuphars dans le ciel… ou des ciels de toutes les couleurs… etc., etc.

La réponse à ces « folies » peut évidemment être, et a souvent été : le ridicule, le feu, le bûcher, l'enfermement, l'opération, la lobotomie, la camisole chimique, l'abandon pur et simple.

Le collectif Les 39 contre la nuit sécuritaire appelle à manifester le 15 mars contre un projet de loi qui va dans le sens de la répression, de l'intériorisation de la norme, de la mise à l'écart de la folie comme dimension humaine.

Nous y serons.

Folie, norme et perte de l'expérience

À propos du « sujet néolibéral »
et de Serge Daney

J'ai accompagné, et je continue d'accompagner, la lutte du collectif Les 39 contre la nuit sécuritaire, pour l'abrogation de la loi du 1er juillet 2011 sur l'obligation des soins sans consentement.

J'ai écrit *Louise, elle est folle* parce que la réflexion sur « la folie » est pour moi une façon d'interroger la société comme elle est, conformiste, consensuelle, normative et publicitaire, sans manque… et très folle.

La « folie » « renverse » nos certitudes, et questionne la société et le monde à partir de la mise en cause de ce qui est, soi-disant, normal. Pour un écrivain ce questionnement concerne en premier lieu – mais bien sûr pas seulement – le langage qui, sous des apparences anodines, peut à tout moment suivre une pente autoritaire et se figer en clichés qui sont non seulement des « idées reçues » vides, mais des « formules-matraques », comme l'assimilation du prétendu fou au « schizophrène dangereux » épinglé par l'ex-président de la République.

C'est cette « civilisation du cliché » comme je l'ai appelée que *Louise, elle est folle* veut présenter, rendre sensible, mettre en scène, pour ouvrir la réflexion à ce que pourrait être une éthique de la parole, du langage et du rapport à l'autre.

Voir les textes « La folie concerne tout le monde », « Dieu n'est pas marié » …

Je voudrais parler de deux séries de travaux qui relèvent de champs différents : la réflexion menée par Pierre Dardot et Christian Laval sur le néolibéralisme et sa « nouvelle raison du monde » d'une part, et d'autre part ce qui a pu être développé par Serge Daney, ce « cinéfils », comme il se désignait lui-même, qui a pensé le monde d'aujourd'hui à partir de son amour pour le cinéma.

Ces auteurs analysent l'évolution de la société d'aujourd'hui. Chacun à leur façon et à partir de leur objet d'étude ils en dévoilent la folie, et ils mettent l'accent sur la normativité, la contrainte implicite mais réelle, sur les comportements et les façons de penser imposés. Dans les deux cas cela continue pour moi la réflexion sur l'éthique du langage et la « civilisation du cliché ».

La Nouvelle Raison du monde, publié en 2009 aux Éditions de La Découverte, décrit comment, dans un monde où le seul et unique horizon est le marché, « le néolibéralisme s'est imposé comme la nouvelle raison du monde, qui fait de la concurrence la norme universelle des conduites et ne laisse intacte aucune sphère de l'existence humaine ».

Je tire du dernier chapitre quelques descriptions qui concernent le « sujet néolibéral », celui qui suit la nouvelle norme, la nouvelle rationalité, qui est façonné par elle, descriptions frappantes et qui montrent bien à mon avis comment le « normal » et la « folie » se renversent l'un dans l'autre :

– la société est devenue une « entreprise constituée d'entreprises »

d'où une « norme subjective nouvelle »

qui est celle de l'« homme hypermoderne », incertain, flexible, précaire, fluide, sans gravité

l'homme compétitif, intégralement immergé dans la compétition mondiale

– c'est un nouveau sujet, unitaire

– alors que dans le capitalisme industriel il y avait des contradictions entre le citoyen et l'homme économique, et entre ces deux aspects et les reliquats religieux et traditionnels

– maintenant il s'agit de faire que l'individu travaille pour l'entreprise comme si c'était pour lui-même

– donc il faut supprimer toute distance entre lui-même et l'entreprise

« entreprise » est devenu le nom du « gouvernement de soi »

voir Thatcher : « *Economics are the method. The object is to change the soul* », l'économie est la méthode, l'objectif est de changer l'âme (1981)

– d'où la nécessité d'une implication subjective, la société requiert impérativement de nouvelles qualités

self help, énergie, initiative, ambition, calcul, responsabilité personnelle

ainsi chacun devient une petite entreprise

d'où l'importance des « techniques de développement » tout au long de la vie

c'est l'« empire des *coachs* »

il faut mieux connaître son « moi », son « scénario de vie », les « règles du jeu social »

être ouvert, synchrone, positif, empathique, coopératif

je choisis ma propre vie, mes comportements, mes pensées, mes sentiments, mes sensations, mes souvenirs, mes faiblesses, mes maladies, mon corps, tout, ou alors je choisis de ne pas savoir que j'ai le choix

je suis complètement autonome

Laurence Parisot, en 2005 : « la vie, la santé, l'amour sont précaires, pourquoi le travail échapperait-il à cette loi »

– d'où des conséquences nouvelles pour le sujet :

il est toujours responsable de tout ce qui lui arrive (*accountability*)

– il vit un nouveau dispositif performance/jouissance

la performance sportive est le modèle dans le monde professionnel comme dans la sexualité

c'est le « toujours plus »

« *We are the champions* », nous sommes les champions

« *No time for losers* », pas le temps pour les perdants

– le corps n'est plus une limite, les « techniques psy » sont à l'ordre du jour, se connaître, se prendre en main, avoir une bonne stratégie de vie

– la réussite se voit, elle est un spectacle, un *show.*

Dardot et Laval soulignent aussi que les exigences requises engendrent des états de malaise et de maladie psychiques et ils font la clinique du néosujet

souffrances au travail, dépressions, « fatigue d'être soi » vont de pair avec les illusions de toute-puissance.

Ils notent que Lacan avait déjà analysé le « discours capitaliste » comme le rejet de la castration.

Pour eux on peut parler de désymbolisation et de psychotisation de masse, on prend les mots pour les choses, il n'y a pas de limites, la réalité s'efface

pas seulement parce qu'on perd les valeurs anciennes, comme le veut le discours conservateur

mais parce que si la seule valeur est la compétitivité, on promeut activement la rupture ou l'abandon des liens dans l'entreprise, dans la famille.

C'est le règne du déni, de l'illusion, du mensonge, de ce qu'ils appellent les perversions ordinaires.

Tout cela va avec un épuisement de la démocratie libérale

puisque l'espace public est progressivement réduit et que l'État a pour seule fonction d'assurer la concurrence et la compétitivité, de façon ouverte et coercitive.

Ce qui est sûr c'est que cette description est terrifiante, et recoupe à sa façon – le contexte est autre – ce que Hannah Arendt décrivait en parlant du totalitarisme quand elle disait dans *Les Origines du totalitarisme* que les nazis sont « une bande d'hommes déclassés qui cherchent à faire perdre aux autres hommes leur sens de la réalité ».

La perte de la réalité est une des façons de désigner l'aliénation, et c'est aussi une question qui a préoccupé Serge Daney.

Un article prémonitoire de Daney intitulé « Marché de l'individu et disparition de l'expérience », paru en janvier 1992 dans le journal *Libération*, a été republié récemment dans la revue *Trafic*, à l'occasion des 20 ans de cette revue fondée par Daney juste avant sa mort.

Daney commence par souligner que « le succès des "reality shows" marque peut-être un double phénomène d'appropriation de la télévision par la société et de formatage de l'individu conforme. Le prix à payer est néanmoins considérable : rien de moins que l'effacement de l'idée d'expérience humaine. »

Il est intéressant que Daney cite à ce propos un écrivain, Virginia Woolf, « les expériences de la vie sont incommunicables, et c'est ce qui cause toute la solitude ».

Incommunicables, peut-être pas nécessairement, mais en tout cas un défi, et l'objet même de la recherche d'un artiste.

Daney analyse la perte de l'expérience : « toute expérience qui se réduit facilement au "show" de sa réalité n'est pas une expérience. Ou plutôt ce n'est pas celle du sujet qui dit qu'il l'a vécue, mais celle du groupe… »

La société promeut « le grand marché de l'individu à base de héros jetables et de scénarios *comme il faut…* »

« l'idée de vérité subjective saute… [on en vient à un] catéchisme… »

qui est pour Daney fondé sur l'idée du Bien, à savoir « la pub ».

« L'expérience lacunaire et l'indicible de *ce qui fut* » sont remplacés « par le show lisse de *ce qui aura été* ».

On est dans le « futur antérieur (temps propre de l'audiovisuel) : rectification du réel et *visualisation* du réel rectifié »…

En somme Daney nous montre les contradictions entre mondialisation et village, et entre le gonflement narcissique, la toute-puissance… et le degré quasi zéro de l'être…

On peut mettre cette question de la perte de l'expérience en rapport avec ce que Daney développe durant la première guerre d'Irak sur le *visuel* en l'opposant à l'*image*, en particulier dans le tome 3 de *La Maison cinéma et le monde* (P.O.L, 2012).

Le visuel, qui n'est pas le voir, est du côté du simulacre, du narcissisme.

C'est la vérification technique, avec une information nulle.

Par exemple « à vous Riyad », et ce qu'on voit c'est le studio des journalistes (ils travaillent, c'est la seule info).

Une image au contraire se définit comme une image de l'autre, le monde extérieur existe, jusqu'à l'altérité maximale, la mort.

Le montage au cinéma c'est se mesurer à cette idée d'altérité, le *off*, le *contre*champ, l'autre, l'ennemi.

Et chercher la bonne image manquante, voilà la position du cinéphile, pas du téléphile.

Le téléphile n'est pas habitué à ce qui manque, au *off*, à l'autre…

« … Est-ce que le montage parallèle d'un Scud et d'un Patriot est un bon montage ? Et s'il ne s'agissait que de la vérification de deux types d'armes vendues par des superpuissances ?… Quand le montage est devenu impossible, c'est du visuel, c'est-à-dire du tautologique, du solipsiste. »

Donc d'une part une description précise et terrifiante du monde fou actuel et du sujet néolibéral qui est censé l'habiter, d'autre part une réflexion sur la représentation de ce monde par le cinéma et la télévision.

Les nouveaux impératifs seraient :

Pas de manque, que du plein

Pas de désir, que de la saturation

Pas d'inconscient, que de la maîtrise
Pas d'autre, pas de je, que du moi…

Pour ne pas conclure :

Dardot et Laval parlent de développer des « contre-conduites ». Et soulignent qu'éthique et politique sont inséparables.

En tant qu'écrivain, je vois un parallèle entre l'éthique de l'image qui s'oppose au visuel

et l'éthique de la parole et du langage qui maintient un questionnement, la place pour le questionnement, l'échange, la rencontre, l'ouvert,

qui porte une recherche, une exploration, du jeu,

qui refuse le dernier mot, le discours, l'argument d'autorité, le moi moi moi, la facilité et l'agressivité du cliché.

Si Emmanuel Macron veut commémorer les 50 ans des événements de Mai 68…

… il veut commémorer, en même temps que les barricades et la révolte des étudiants, la grève de dix millions de personnes, un moment où les usines et les lieux de travail ont été occupés pendant des semaines et des semaines et où, dans toute la France, « on a pris la parole comme on avait pris la Bastille » (Michel de Certeau). Il veut commémorer un mouvement de contestation du cadre de pensée toujours existant à l'heure actuelle, celui de la société capitaliste marchande. Les événements de Mai 68 n'ont pas renversé ce cadre, mais ils l'ont critiqué, mis en cause et brièvement bouleversé. Occupations et prise de parole : 68 a été d'abord un mouvement de rupture, un rejet et un dégoût du pouvoir gaulliste. Contre son ordre moral hypocrite (le mouvement a démarré à Nanterre, dans les dortoirs). Mais rejet et dégoût visaient déjà auparavant le cynisme de ce pouvoir présidentiel autoritaire et la pure et simple ignominie de son silence sur la torture pendant la guerre d'Algérie. « Dix ans ça suffit. » Mais si le mouvement a pris une telle ampleur, grève générale, arrêt de tout, c'est qu'il exprimait la rage contre l'ensemble du système, contre la misère et les conditions répugnantes du travail salarié, contre l'exclusion, contre l'absence d'avenir pour la jeunesse. Qu'est-ce que ces jeunes, qu'est-ce que ces hommes et ces femmes voulaient ? Ils voulaient passionnément ne pas vivre une vie vide, ne pas être contraints à un travail dénué de sens, produire et vendre, vendre et produire, être accompagnés partout par les phrases fausses de la publicité, « Moulinex libère la femme », « Esso, mettez un tigre dans votre moteur ». Ne pas perdre leur vie en la gagnant. Ne pas vivre dans l'ennui (« Quand la France s'ennuie… », éditorial du journal *Le Monde* quelques semaines avant les événements). Mais l'ennui c'est la mort dans la vie, et c'est un cadavre qui se traîne encore. Être enfermé dans une boîte toute la journée. Saleté. Danger. Cadences infernales. Subir. Être maintenu dans l'ignorance. Ne rien connaître de l'ensemble. Discipline. Ne pas parler. Être obligé de demander la permission pour sortir, aller aux toilettes. Être réprimandé, humilié, traité comme un enfant. Usine.

Alors, « Plutôt la vie », « Cache-toi, objet », « La beauté est dans la rue », « Consommez moins vous vivrez mieux ».

Tous les graffitis. Humour, mais très sérieux. Parce que l'humour vient quand on remet tout en cause, c'est pourquoi il est si souvent proche du désespoir.

Et en même temps : « Je n'ai plus peur », disait un tract. Courage de regarder en face sa propre vie, ici et maintenant, dans cette société et ce monde. Désir, désir, désir.

Imaginer : une cour d'usine, encombrée, et des chaises posées, des gens assis, en train de parler du ciel, des nuages. Même si on ne voit que ça, on voit bien que quelque chose basculait.

Le monde à l'envers. Quelque chose se passe. Se parler, se poser des questions. Tous les mots étaient des questions. L'usine ? Le travail ? La hiérarchie, c'est quoi ? La famille ? L'école ? La propriété ? L'identité ?

Être une femme ?

Ce qu'on ne voit pas, n'entend pas, d'habitude. Sur les lieux de travail, dans les usines : une prise de possession, une appropriation. Chacun visite l'atelier de l'autre, connaît. Fini la fragmentation, le morcellement. Les femmes. Les jeunes. Les immigrés. « Travailleurs français et immigrés, tous unis. »

Fraternité dans l'action.

Échanges avec d'autres usines, avec les étudiants, avec les professeurs, avec les paysans.

Tout le monde se parle, dans l'usine, dans la rue. D'accord, pas d'accord. Le conflit aussi peut faire avancer.

Démocratie.

La parole, pas les discours, pas *le* discours. La parole : concrète, matérielle, adressée. Engage celui ou celle qui parle. Unique et singulière.

Risquée.

Ouverte. Suspendue.

Le discours : des phrases qui se déroulent, contentes d'elles-mêmes, ravies d'être ces phrases. Pas adressées (ou : faisant semblant de l'être). Autoréférantes.

Prendre la mesure de ça, la prise de parole. Complètement inédit. Sauf justement pendant les périodes de révolution.

Pas normal, pas marginal non plus. Massif et transgressif.

Tout d'un coup, et tout le monde.

Plus rien ne va de soi. Tout le monde philosophe.

Penser au travail, et penser à sa vie.

Penser : au sens. On se demande, on se demande.

Quelque chose se passe : l'expérience de ça. Et aussi : c'est incroyable que ce soit inhabituel. Une vie où rien ne se passe. Une vie où quelque chose se passe. Une vie vivante (termes réservés habituellement à l'art).

Et en même temps : le rien, la force du rien. L'arrêt, le rien étaient ce qui permettait de prendre de la distance, de penser. Si un non-gréviste (il y en avait) demandait quand la grève allait s'arrêter, il ou elle demandait : quand est-ce que « ça » reprend, et « ça », on voyait bien que c'étaient le système, l'engrenage, la machine générale monstrueuse dans lesquels on était pris.

Machine et système qui tournent sans arrêt, sans ailleurs. Aucun sens, mais ils tournent.

Le mouvement de 68 a été la contestation de la civilisation industrielle de masse, rien de moins.

Alors, que les événements de Mai 68 soient commémorés par Emmanuel Macron, je ne vois pas. Ce que je vois plutôt, c'est l'affiche collée sur les murs après la reprise du travail, à la fin de la grève et des occupations d'usine, lettres blanches sur fond bleu nuit.

« Qu'est-ce qui se passe ? – Il ne se passe rien. – Qu'est-ce qui s'est passé ? – Il ne s'est rien passé.

– Pourtant j'avais cru comprendre. – Il ne faut pas comprendre. »

Invention du langage et démocratie

Il me semble que l'interrogation sur les mots, sur le langage, fait partie de la vie démocratique, de la vie en démocratie

le langage est le premier bien commun

la pratique du langage est une pratique du commun, de la vie en commun

et, ainsi,

le langage est le premier menacé, menacé sans arrêt,

par toute remise en cause du commun, de la vie partagée

par tout ce qui vise à le figer

le rigidifier

l'appauvrir

le vider

par tout ce qui vise à en faire un pur instrument de communication

plat

uniforme

unilatéral

consensuel

à lui ôter sa dimension polysémique, et sa dimension d'adresse

cette question est le souci de tout écrivain, quelles que soient ses positions politiques, sa vision du monde par ailleurs

je prendrai comme exemples deux écrivains

« réactionnaires » sur le plan politique, Flaubert et Dostoïevski, qui se sont bagarrés chacun à leur façon contre toutes les formes de langage codifié, conventionnel, plat, uniforme

– Flaubert et son *Dictionnaire des idées reçues*

je vous rappelle les premiers mots de son dictionnaire : ABÉLARD, ABRICOTS, ABSALON, ABSINTHE, ACADÉMIE FRANÇAISE, ACCIDENT, ACCOUCHEMENT, ACHILLE, ACTRICES...

cette liste montre que le principe à l'œuvre est : n'importe quel mot peut devenir une idée reçue

Flaubert traque dans l'idée reçue la bêtise et dans la bêtise quelque chose, on pourrait dire, de « volontaire » au sens de la « servitude volontaire » de La Boétie

mais précisons, par exemple à la lettre S, fin :

« SOUPIR : Doit s'exhaler près d'une femme

SPIRITUALISME : Le meilleur système de philosophie

STOÏCISME : Est impossible

STUART (MARIE) : S'apitoyer sur son sort

SUFFRAGE UNIVERSEL : Dernier terme de la science politique

SUICIDE : Preuve de lâcheté

SYBARITES : Tonner contre

SYPHILIS : Plus ou moins, tout le monde en est affecté »

ce qui frappe, c'est bien sûr d'abord le vide de ces définitions

mais aussi leur caractère autoritaire : beaucoup d'infinitifs, il s'agit d'ordre de penser, et le ton est péremptoire, cassant

c'est-à-dire que l'idée reçue, sous sa bêtise creuse, va avec l'interdit de penser

et à travers le *Dictionnaire* on voit se dessiner un personnage, le « bourgeois » satisfait, qui pense et parle comme il accumule

les pensées et les paroles sont des objets à ranger dans son armoire et qui sous son air débonnaire s'apprête à réprimer férocement la Commune…

– Dostoïevski et sa guerre contre « l'idée »

Dostoïevski souligne les impasses d'une pensée qui se veut « moderne », la pensée du « tout est équivalent », de « si Dieu n'existe pas, tout est permis »…

et met en rapport cette façon de penser et la perte de l'adresse à l'autre, la rupture de la promesse, la trahison

il montre la violence cachée dans la généralisation

qui assigne à l'autre une place donnée, qui l'enferme dans une définition imparable

il oppose la parole vivante à « l'idée »

à ce qu'il appelle « 2 + 2 = 4 », c'est-à-dire l'exactitude, la généralité scientifique ou pseudo-scientifique, assénée, incontournable, devant laquelle il n'y aurait qu'à s'incliner, mais qui laisse passer la vie vivante, le détail

« depuis longtemps déjà nous ne naissons plus de pères vivants, nous naissons de l'idée », c'est ce qu'il dit dans les *Notes du sous-sol*

et il met en rapport, concrètement, dans ce récit, cette façon de penser par généralités et un meurtre réel, la trahison d'une enfant

donc : le vide n'est pas rien

le vide est agressif, meurtrier

c'est occuper la place
c'est « moi c'est moi et toi tais-toi »

voir Baudelaire
se rappeler que le premier poème des *Fleurs du Mal*, l'adresse *Au lecteur*, commence par le mot « sottise »

La sottise, l'erreur, le péché, la lésine,
Occupent nos esprits et travaillent nos corps,
Et nous alimentons nos aimables remords,
Comme les mendiants nourrissent leur vermine.
[...]
Mais parmi les chacals, les panthères, les lices,
Les singes, les scorpions, les vautours, les serpents,
Les monstres glapissants, hurlants, grognants, rampants,
Dans la ménagerie infâme de nos vices,

Il en est un plus laid, plus méchant, plus immonde !
Quoiqu'il ne pousse ni grands gestes ni grands cris,
Il ferait volontiers de la terre un débris
Et dans un bâillement avalerait le monde ;

C'est l'Ennui ! – l'œil chargé d'un pleur involontaire,
Il rêve d'échafauds en fumant son houka.
Tu le connais, lecteur, ce monstre délicat,
– Hypocrite lecteur, – mon semblable, – mon frère !

mais l'Ennui, c'est quoi ?
ce qui me frappe, c'est que Baudelaire met l'ennui en rapport avec la haine

une haine sans désir actif
une haine passive, rêveuse, fumeuse
statique, immobile
inerte
et féroce

« Il ferait volontiers de la terre un débris / Et dans un bâillement avalerait le monde »

cet Ennui baudelairien me semble très actuel

il va avec une société où règnent l'idée reçue, le consensuel, le conventionnel,

une société de *moi* isolés
sans différence, sans autre
une affirmation de soi sans contenu
pur moyen d'occuper la place

pour rien, pour l'occuper, pour empêcher l'autre de penser

et éventuellement pour l'exclure
voir

« l'important dans une démocratie c'est d'être réélu », Sarkozy (avril 2009)

j'y reviendrai

je voudrais rappeler que Hannah Arendt dans son analyse du système totalitaire a fait un sort particulier au cliché

se rappeler sa réflexion sur ce qu'elle appelle dans *Eichmann à Jérusalem* les « clichés euphorisants » employés par Eichmann, à la suite de Hitler ou Himmler,

« la bataille du destin pour le peuple allemand »

« ce sont là des batailles que les générations futures n'auront plus à mener »

« nous savons que ce que nous attendons de vous est surhumain : il vous faudra être surhumainement inhumain »

Arendt ne se contente pas de répertorier, de souligner ces mots vidés de sens, elle montre plus généralement les rapports de la bureaucratie, du totalitarisme et du langage

voir : Raul Hilberg dans *La Destruction des Juifs d'Europe*, « L'extermination des Juifs a commencé quand en 1933 la première définition du non-aryen a été inscrite par le premier fonctionnaire… »

voir aussi étude de la « LTI », la langue du Troisième Reich, par Victor Klemperer

or,

et cela continue l'analyse de l'« idée reçue » chez Flaubert et de l'« idée » chez Dostoïevski,

il est important de remarquer que la façon de vider les mots, de leur ôter leur sens, du sens, tout sens, ne se trouve pas seulement dans des mots d'ordre (comme dans un régime totalitaire)

mais aussi bien dans la société de consommation

où tout devient « produit »

où les mots deviennent des produits

par exemple, dans mon texte « Les mots et les choses » on se demande ce qui est mieux, plus gagnant, l'inceste ou la cataracte

où est promue une trivialisation,

le n'importe quoi, l'opinion sans enjeu,

le pur moi moi moi :

qui occupe le devant de la scène

qui est un nouvel opium du peuple

comme un moi plein, vivant, n'existe pas, ce qui est sur le devant de la scène c'est un moi qui s'affirme seulement « moi »

creux, vide

= la question du cliché, de l'idée reçue, de la convention, du consensuel,

est au cœur de la réflexion sur langage et démocratie, langage et bureaucratie,

langage mort, langage vivant

d'où l'importance de concevoir le langage comme une création continue, continuelle

une création liée à la rencontre, à la surprise, à l'étonnement

opposée à ce que j'ai appelé « la catégorie, la case et le cas »

mettre des gens dans des catégories, des cases, en faire des cas

voir dans *Fever*, l'analyse du mot « dossier », des mots « suivre des ordres »

repris entre autres du procès de Maurice Papon

qui à propos de Sylvain Mohlo a dit « je ne connais pas ce dossier »

déni, généralisation, banalisation, stigmatisation

Juif, Juif? Juif! sale Juif

= il y a un rapport nécessaire entre invention du langage et démocratie

démocratie = refus des places assignées

refus de la reconduction du même

au contraire la démocratie va avec l'ouverture,

la circulation des places, des situations, des mots, des idées

la « démocratie » est ce régime qui, comme le dit Claude Lefort, « s'institue et se maintient dans la dissolution des repères de certitude »

ou encore « une société affrontée à la contradiction générale que libère la disparition d'un fondement de l'ordre social » (à propos de Tocqueville),

ou encore un régime qui s'est édifié « … en acceptant la division sociale, le conflit, l'hétérogénéité des mœurs et des opinions » (à propos de Arendt).

mais bien voir que tout ça est une tension, un conflit continuels, ininterrompus

sans fin

on ne peut pas en finir, avoir le dernier mot

(on peut le vouloir…)

Voir Humpty Dumpty, le personnage de comptine, le gros œuf sûr de lui-même, arrogant, dans *Alice au pays des merveilles.* Quand Alice pose la question : qui définit le sens d'un mot, il répond de façon péremptoire, *the question is : who is the master, that's all*, la question est : qui est le maître, un point c'est tout être le maître c'est avoir le dernier mot

mais ne pas oublier qu'après l'énoncé de cette soi-disant vérité Humpty Dumpty, ce gros œuf, tombe et se casse en mille morceaux

c'est-à-dire : il y a un rapport entre démocratie
et acceptation du conflit
et donc une certaine acceptation de l'angoisse

autrement dit : le langage est le lieu de la certitude et de l'incertitude

le concret n'est rien s'il n'est pas nommé

(« ça » = rien)

mais quand on nomme, on réduit

une chaise n'est pas cette chaise n'est pas cette chaise bleue n'est pas cette chaise bleue dans ma chambre…

le mot est la mort de la chose

et pourtant la chose vit dans, par le mot

le langage, pour reprendre Hegel, est « la vie qui porte la mort et se maintient en elle »

en ce sens le langage est le lieu de l'angoisse

à l'inverse, le cliché, l'idée reçue, la convention, le consensus sont une façon de se débarrasser de l'angoisse

= du conflit

malgré peut-être les apparences, c'est le lieu de la peur
de la peur du conflit
et d'abord du conflit avec soi-même

le cliché comme façon d'empêcher l'autre dans la langue
l'autre : en soi-même d'abord, conflit, contradictions

je reviens à Baudelaire et à l'Ennui
« l'Ennui » ce monstre plein de haine
c'est le non-désir
le non-désir de la langue, de la pensée dans la langue
= le non-désir pour l'autre dans la langue
le refus de rencontrer dans la langue et dans la pensée quelqu'un d'autre
qui parle à son tour
qui mette en cause ce qu'on pense
qui pose question
qui soit différent
le refus de la surprise, d'être surpris
et cet autre, cette différence, suppose un conflit possible
dans la langue
dans la pensée
et aussi bien dans sa propre pensée
cela suppose qu'on reconnaisse qu'on est divisé
qu'on n'est pas forcément d'accord avec soi-même
mais qu'il y a un conflit à résoudre
un travail à faire
donc une angoisse
pour penser ensemble ces opposés

il ne faut pas sous-estimer la possibilité toujours présente d'une réduction du langage, d'une volonté d'appauvrissement du langage, d'un langage à sens unique,

la possibilité toujours présente d'une civilisation du cliché

mais s'y oppose le « travail de la culture », comme dit Freud, le travail de la pensée

qui reconnaît que l'angoisse est la « part divine de l'homme » (Heitor de Macedo)

et qui cherche « à faire des choses avec l'angoisse » (Rilke)

la littérature fait partie de ce travail

la littérature : tenter de maintenir l'autre dans la langue

par ce que j'ai appelé « le détail, le saut et le lien »

le détail : pas l'anecdote

détails = vivants

= qui ont du sens, un sens

pas *le* sens (absolu)

mais *du* sens, *un* sens

= le détail est un éclat de réel

alors que l'anecdote tourne à vide, ressasse le trivial, comme le cliché qui occupe la place

le détail s'oppose donc à la fois à l'anecdote

et au dogme (« l'idée » dostoïevskienne)

dogme rigide, etc.

le saut : voir Kafka, « sauter en dehors de la rangée des assassins » = dans la fiction, dans le possible

voir le commentaire de cette phrase dans mon livre *Le Psychanalyste*, repris dans *Les Outils,* dans le texte « La phrase la plus politique d'un écrivain »

« les assassins » : ceux qui reconduisent, ressassent la mauvaise réalité telle qu'elle est voir le personnage de Melville, Bartleby, qui refuse de copier, *I prefer not*, Je préfère ne pas

je préfère ne pas copier quoi ? le soi-disant reality-show ou autre

la trivialité des opinions, la vulgarité haineuse, le mépris, le « on est tous pareils » (= dans la merde)

voir dans le livre *Les Outils* les textes « À quoi sert la littérature » et « Qui a peur de la fiction »

le lien : le penser « avec », voir le texte de présentation dans *Les Outils*

la mise en relation, en rapport

faire des rapports entre des choses apparemment sans rapport

l'amour en somme, et d'abord l'amour de la vie, en ce que « la vie est unique ».

Entretien avec Stéphane Bikialo sur *Mathias et la Révolution*

« Un changement général et total de la société a eu lieu, il a été possible »

Stéphane Bikialo – La présentation de *Mathias et la Révolution* sur le site de P.O.L souligne qu'il s'agit du « récit d'une journée prérévolutionnaire aujourd'hui à Paris. Mathias traverse la ville, il a un rendez-vous important, il fait des rencontres, il pense à la Révolution, il en parle. Dans le livre tout le monde pense à la Révolution, en parle ». Nous aimerions montrer comment on en parle.

Ce que formule aussi cette présentation, c'est qu'on serait moins dans « écrire la révolution » que dans « écrire la prérévolution », c'est-à-dire dans la mise en place d'un espace romanesque qui met en œuvre les conditions de possibilité de la Révolution.

C'est donc une œuvre qui permet de s'interroger non pas seulement sur ce qui reste de la Révolution, mais aussi sur ce qu'on fait, ici et maintenant, quand les médias ne parlent que d'« émeutes » ; il s'agit donc de penser la Révolution « depuis maintenant ».

Le fait que la Révolution, « ça a eu lieu » est un point d'appui pour penser le présent, mais le livre semble pointer aussi le risque de la « patrimonialisation » de la Révolution, en faire une référence historique, un « lieu de mémoire » plus qu'une mémoire servant à penser voire à changer le présent. *Mathias et la Révolution* cherche à faire (ou refaire) de la Révolution une « mémoire » (du côté de la vie, des groupes vivants, en évolution permanente/phénomène actuel) plus qu'un aspect de « l'histoire » (de l'ordre de la reconstruction de ce qui n'est plus, de la représentation du passé), et provoquant l'enthousiasme de ce changement de cadre de pensée, de relation au monde et aux autres.

I. La Révolution, on en parle

De fait, la Révolution est partout, on en parle :

– On la rencontre dans les noms de rue : « rue Monge » ; « rue Jean-de-Beauvais[1] » ; « boulevard Beaumarchais » etc. ;

1. On ne sait pas grand-chose manifestement de ce Jean de Beauvais, mais la rue a été nommée ainsi à la fin du XVIIIe siècle, donc pendant la Révolution, remplaçant l'ancien nom « rue du Clos-Bruneau ».

– Mathias en parle avec Ernest car il trouve qu'il ressemble à Gaspard Monge ;

– Des lycéens qui ont *Le Mariage de Figaro* au programme en parlent et actualisent/s'appliquent un extrait de la fameuse tirade de Figaro ;

– Mathias et Myriam se plaisent en partageant le souvenir d'Olympe de Gouges ;

– Deux élèves de M. Martin en parlent en récitant un dialogue du film *Scaramouche*, avant que la classe de M. Martin en parle à partir d'un exposé sur les sans-culottes ;

– Un groupe de rue propose une version rock de *La Carmagnole* et deux jeunes filles dans un café parodient la chanson anonyme révolutionnaire « Ah ! ça ira, ça ira » en l'appliquant aux « racistes » d'aujourd'hui qui remplacent les « aristocrates » ;

– On en parle en passant à côté du monument[1] commémorant l'abolition de l'esclavage au jardin du Luxembourg, en se souvenant que Bonaparte rétablit l'esclavage dès 1802 ;

– On en parle en citant ou en faisant référence à des discours de révolutionnaires, de contemporains de la Révolution ou de personnes en lien avec elle. Le livre s'ouvre ainsi sur une phrase de Saint-Just dans *L'Esprit de la Révolution et de la constitution de France* (1791) prononcée

1. *Le Cri, l'Écrit*, de Fabrice Hyber, œuvre inaugurée le 10 mai 2007.

à voix haute par Mathias : « Le bonheur est une idée neuve en Europe » et le récit abonde en références intertextuelles, à Babeuf, Monge, Rousseau, Jean de Beauvais, Michelet, Olympe de Gouges, Beaumarchais, Boissy d'Anglas, Tocqueville, Robespierre, Goethe, Danton, Condorcet, Théroigne de Méricourt, Le Chapelier, Taine, Napoléon, Buonarroti, Blanqui, etc.

Si Mathias se définit (« en riant ») comme un « chercheur en Révolution », Luca lui répond : « on l'est tous ». On s'y réfère comme modèle et comme manière de penser l'articulation entre une réflexion politique générale et atemporelle et des faits sociaux et politiques ponctuels et actuels, bref, comme le formule Anaïs, et sans majuscule cette fois : « tout le monde en parle, de la révolution ». On y reviendra, mais on passe bien au cours du récit de la « Révolution » (de 1789) à la « révolution », par la référence à des révolutions autres, par l'hypothèse d'une révolution à venir. Cette extension historique est une des manières de comprendre la phrase récurrente du récit, « il a beaucoup de révolutions dans la Révolution ».

Et j'en arrive à mes questions : Leslie Kaplan, dans *Mon Amérique commence en Pologne*, on peut lire : « Je suis amoureuse de Saint-Just. » Saint-Just revient souvent dans *Mathias et la Révolution*. Pouvez-vous nous parler de cet amour ?

Leslie Kaplan – J'étais en khâgne, au lycée Fénelon, et j'étudiais la Révolution avec passion, grâce au livre d'Albert Mathiez, *La Révolution française* (voir question suivante). Mathiez est très « robespierriste » et Robespierre et ses proches, et en premier lieu Saint-Just, ont pour cet auteur une vision très « sociale » de la Révolution (loi de ventôse…). Cette vision me convenait. C'était la fin de la guerre d'Algérie et on se demandait comment prolonger le mouvement contre la guerre et pour l'indépendance du peuple algérien, « que faire ? ». J'étais aussi très sensible à la force poétique des discours de Saint-Just, en particulier celui sur le jugement de Louis XVI : « On ne peut régner innocemment : la folie en est trop évidente »… « Louis est un étranger parmi nous »… Et Saint-Just avait alors seulement quelques années de plus que moi, comme la plupart de mes camarades garçons de l'époque. Et puis, d'après ses portraits, Saint-Just était vraiment très beau…

S. B. – Vous rappelez dans un entretien accordé à Jean-Paul Hirsch[1] que vous avez relu, à l'occasion de sa réédition en 2012, un livre qui vous avait beaucoup marquée quand vous étiez étudiante : *La Révolution française* d'Albert Mathiez, ouvrage en trois tomes (*La Chute de la royauté*, *La Gironde et la Montagne*, *La Terreur*) publié entre 1922 et 1927 et réédité avec une introduction de Yannick Bosc et Florence Gauthier aux Éditions

1. Dans la vidéo-lecture réalisée à l'occasion de la sortie du livre et proposée sur le site des Éditions P.O.L.

Bartillat. Mais aussi l'ouvrage de Hazan, *Une histoire de la Révolution française* (La Fabrique, 2012) et, je suppose, *Premières mesures révolutionnaires*, du même Eric Hazan (remercié à la fin de l'ouvrage) avec Kamo (La Fabrique, 2013). Êtes-vous capable d'identifier ce que vous avez tiré de ces lectures pour *Mathias et la Révolution* ?

L. K. – Les livres de Mathiez et d'Eric Hazan ont en commun d'être extrêmement vivants, ils restituent concrètement le moment révolutionnaire. On est « dedans », pour Mathiez c'est presque jour par jour, avec des détails et des détails, sur les personnes, les lieux, les actions, et ils communiquent l'enthousiasme qu'ils ressentent. On voit les conflits, les prises de position, les lignes politiques, ce sont des choix concrets, on est amené à penser, à se questionner, à imaginer, à juger, qu'est-ce qu'il faut faire, qu'est-ce qu'il aurait fallu faire, etc. Eric Hazan traite d'ailleurs des « questions », en explicitant les conflits. Le lecteur est actif. Et quand Mathiez termine son livre à la mort (l'exécution) de Robespierre avec la phrase « exemple mémorable des limites de la volonté humaine aux prises avec la résistance des choses », on l'éprouve, presque physiquement, et on ne l'oublie pas. Ce qui fait que ces livres, qui ne sont pas des romans, m'ont donné une sorte d'impulsion romanesque, je voyais tout ce qui y était évoqué comme un grand fond sur lequel ce que je racontais moi pouvait se détacher.

S. B. – En lien direct avec la question précédente, j'ai pu observer que la référence à la Révolution passe en grande partie par des discours, avec deux modes de références principaux : a) des citations avec le nom de l'auteur précisé, ou b) des citations identifiables par les guillemets mais sans renvois, que l'on peut deviner (comme Robespierre), ou pas, que ce soit parce qu'il est anonyme ou que notre culture (ou absence de culture) en tant que lecteur ne permet pas d'identifier (un militant, les cahiers de doléances du tiers état, un député breton). Ce travail sur le mode de donation des références donne l'impression que vous avez voulu souligner à quel point ces phrases faisaient partie de la mémoire collective, de la culture commune, sans qu'on sache parfois d'où elles viennent, relevant d'un interdiscours omniprésent pour la population plus que d'un intertexte réservé aux « chercheurs en Révolution ».

Et en même temps, pourquoi ne pas être allée au bout de cette démarche en gommant les traces citationnelles que sont les guillemets et en faisant en sorte que les personnages s'approprient totalement ces discours et soient parlés par la Révolution plus qu'ils ne la parlent ?

L. K. – Je voulais en effet, c'est la part de la « fiction », que tout le monde parle de la Révolution comme si elle était présente pour tout le monde – ce qui n'est pas exactement le cas ici et maintenant – mais j'ai mis des guillemets parce qu'il y a une distance, on en parle, on y pense, mais, justement… elle n'est pas là – elle n'est plus là (pour les révolutions de 1789, 1793, 1848, pour la Commune), elle n'est pas encore là pour ce qui vient… On est comme vous le dites en « prérévolution ». Cette distance creusée me semble une des façons de poser la question du « que faire » aujourd'hui. Et sur un plan, disons, philosophique, je pense que les hommes font l'Histoire, leur histoire, ils ne sont pas faits par une entité, un « sens de l'Histoire », qui existerait en dehors d'eux et qui se développerait indépendamment d'eux. Pour moi il est important de marquer l'écart entre le projet et la réalité, même si d'une certaine façon le projet fait exister la réalité…

II. Écrire la prérévolution

S. B. – Je lis dans ce qui est présenté comme le premier chapitre de l'ouvrage de Mathiez « La crise de l'Ancien Régime » :

> Les révolutions, les véritables, celles qui ne se bornent pas à changer les formes politiques et le personnel gouvernemental, mais qui transforment les institutions et déplacent la propriété, cheminent longtemps invisibles avant d'éclater au grand jour sous l'effet de quelques circonstances fortuites. La Révolution française, qui surprit, par sa soudaineté irrésistible, ceux qui en furent les auteurs et les bénéficiaires comme ceux qui en furent les victimes, s'est préparée lentement pendant un siècle et plus.

Ces phrases me semblent résonner avec la volonté d'écrire un roman « prérévolutionnaire », qui prépare, qui décrit ou crée les conditions. Il s'agirait moins d'« écrire la révolution » que d'« écrire la prérévolution », c'est-à-dire la mise en place d'un espace romanesque qui met en œuvre les conditions de possibilité de la Révolution ; et ces conditions de possibilité sont au fond tout ce que Leslie Kaplan met en œuvre dans ses romans et sur lequel elle a souvent insisté : l'ouverture d'esprit, d'espace et de temps, la disponibilité à ce qui survient, aux rencontres, aux autres et aux événements… comme lors de mai 1968 :

> J'ai tout de même eu la chance de vivre 1968 dans une usine occupée, ce que j'ai écrit dans *Miss Nobody Knows*. Et là en effet l'usine s'ouvrait, c'est-à-dire que tout circulait, tout bougeait, tout le monde changeait de place, il n'y avait plus de place assignée, comme dirait Rancière, et ça c'est aussi certainement ce qui a compté pour moi dans mon histoire avec l'écriture[1].

Cette ouverture qui est mise en œuvre stylistiquement, à travers la structure (en brèves sections), l'importance de la virgule comme manière de rendre poreux les discours cités et citants, à travers aussi l'emploi massif du présent d'énonciation et la place centrale accordée au dialogue,

1. Leslie Kaplan, « L'écrit-l'usine : de l'expérience à la fiction », entretien avec Stéphane Bikialo, *La Licorne* n° 103 : *Dire le travail. Fiction et témoignage depuis 1980*, Presses universitaires de Rennes, 2013, p. 39-54.

mais aussi à travers les personnages et leur mode d'être aux autres et au monde : c'est par exemple Miss Nobody Knows dans le roman éponyme, ou Marie dans *Les Amants de Marie*, ou Sammy :

> Son problème alors, c'était quoi ? Eh bien c'était de regarder et d'écouter, d'enregistrer, d'accumuler et de rentrer le soir avec tout ce qu'il avait attrapé dans la journée. Les rues et les parcs, les voitures et les nuisances, l'odeur du métro, les conversations entendues.
>
> Cet aspect immobile. Intéressé par tout et immobile. Immobile, c'est-à-dire : il n'avançait pas dans la vie, il n'avançait pas au sens habituel. Il semblait voué à une activité libre et gratuite, vivre pour vivre, ou était-ce vivre pour rien. Et le malaise venait peut-être de ce rien, qui rebondissait.

Sammy est ouvert aux choses et à leur survenue : une attention qui n'est pas passivité mais disponibilité à ce qui peut advenir, comme la phrase, comme l'œuvre est ouverte aux désirs de la langue et de l'autre, à l'hétérogène. Une ouverture qui rebondit, qu'on retrouve chez Mathias, qui passe son temps à s'asseoir sur un banc, prend le temps[1], est ouvert au dialogue, aux rencontres, aux changements de trajectoire, se mêle à des groupes pour discuter avec eux, les interpelle. Il interpelle les touristes américains, les touristes chinois, l'homme qui a sur lui les papiers pour sa retraite : une manière de vivre le

1. Mathias décide (p. 62) de prendre sa journée, comme Sybille et Anaïs (p. 104).

monde dans la disponibilité, comme le père dans *Mon Amérique commence en Pologne* :

> L'expérience, ça voulait dire : connaître par soi-même, faire soi-même l'expérience, attitude active, accueil actif, intérêt, marcher dans la ville, fréquenter des gens, écouter. Parler, discuter.

Chaque fois, il y a du « dialogue » au sens ouvert défini par Catherine Kerbrat-Orecchioni :

> Pour qu'on puisse véritablement parler de dialogue, il faut non seulement que se trouvent en présence deux personnes au moins qui parlent à tour de rôle, et qui témoignent par leur comportement non verbal de leur « engagement » dans la conversation, mais aussi que leurs énoncés soient *mutuellement déterminés*[1].

Dans *Mathias et la Révolution*, on parle certes mais on s'écoute aussi, on se répond, bref on se parle et les énoncés sont bien « mutuellement déterminés ». Cette manière même d'évoquer les personnages (prenant le temps, ouverts au dialogue, aux rencontres, aux changements de trajectoire, discutant collectivement…) et de mettre en œuvre le dialogue est en soi un changement de façon de penser et de vivre l'expérience quotidienne, le monde, donc, est déjà une démarche révolutionnaire, ou du moins prérévolutionnaire.

---

1. Catherine Kerbrat-Orecchioni, *Les Interactions verbales*, tome 1, *Approche interactionnelle et structure des conversations*, Armand Colin, 1990, p. 197.

Et je m'interroge : peut-on écrire sinon un roman révolutionnaire ? Écrire la révolution ou le désir de révolution ? Au début du roman, Mathias se dit : « Quand on dit un mot, ça fait exister la chose » (p. 13). Est-ce que dire « révolution », dans le titre même, serait une manière de faire exister la chose, de la rendre actuelle ou possible ?

L. K. – « Vraiment écrire » a sûrement toujours quelque chose de révolutionnaire, au sens de : bouleverser le cadre de pensée habituel, chercher quelque chose de nouveau qui mette en cause, questionne, renverse le cadre de pensée donné. Que ce soit sur un plan général ou sur un plan intime, comme dans mon livre *Le Psychanalyste*. Par la pensée et par les sentiments, l'émotion, ou plutôt par une pensée sensible. Et, oui, dire « la révolution », en parler, y penser… la fait exister, si on prend les mots au sérieux, c'est-à-dire si on considère que les mots ont cette particularité à la fois de chercher à décrire au plus près la réalité et de la questionner, de jouer avec elle. Si je dis « la Révolution », je la fais exister, et je fais exister son absence…

S. B. – Et, en lien avec la première partie sur le fait que « tout le monde en parle, de la révolution » et sur les références plus ou moins identifiées, je me demande si on peut vraiment considérer que la révolution est omniprésente (dans les discussions, dans notre quotidien).

L. K. – Comme je l'ai dit (voir question 3) le fait que « tout le monde en parle, de la Révolution » est une décision, un saut dans la fiction. Mais sauter implique l'existence d'un point d'appui, et ce point d'appui a une existence bien réelle : les mots. Les mots sont porteurs de possible (et de tous les rêves). Alors j'ai voulu qu'à partir d'une réalité très quotidienne, rien que du « normal », on voie du possible, de l'inédit, du surprenant, et d'abord justement dans les paroles. Deux jeunes femmes qui se prostituent et qui lisent Saint-Just, par exemple. Ce n'était pas autre chose en Mai 68, quand tout le monde se mettait à parler, de tout, de tout, de tout, dans une usine occupée.

S. B. – Et comme il n'y a aucune mention de la nature générique de l'ouvrage, peut-on considérer que c'est un essai ? un roman, une fiction ? et pourrait-on aller jusqu'à dire que c'est une utopie ? Je repense à cette très belle évocation de l'utopie dans *Mathias et la Révolution* :

> Je devais avoir dix ans, et j'avais posé à mon père une question sur l'utopie. Il m'a dit : Comme tu le sais, la Terre est ronde. Alors si on part dans la direction du Soleil avec le projet de le rejoindre, on n'y arrivera pas, jamais. D'un autre côté, si on part en tournant le dos au Soleil avec pour projet de s'en éloigner pour toujours, de le perdre pour toujours, on n'y parviendra pas non plus.
>
> Mais les deux démarches reviennent-elles au même ?
>
> Bien sûr que non.
>
> Elles ne vont pas dans le même sens.

L. K. – Les personnages de *Mathias et la Révolution* ont, pour la plupart, choisi d'aller vers le soleil révolutionnaire – on y reviendra au sujet de « l'enthousiasme » qu'ils formulent. À part quelques-uns comme l'académicien ou le colleur d'affiches (Morel) ou ceux qui ont peur (comme Ernest). Je ne sais pas si la notion d'utopie convient quand les derniers mots du livre sont « Le travail commence »… Ce qui veut dire qu'on n'est pas encore là où on veut être. Mais il y a une dimension de fiction joyeuse. J'espère !

III. « Depuis maintenant »

S. B. – La Révolution française est envisagée, à travers Mathias et les personnes multiples qu'il rencontre, « depuis maintenant », depuis une époque présente (« les années 10 », dirait Nathalie Quintane[1]). Afin de montrer que ou en quoi la Révolution de 1789 permet de penser le présent, Leslie Kaplan s'appuie sur un certain nombre d'analogies, dont celle favorisée par une date : le 20 mai. Le roman, construit à la fois sur une pluralité d'espaces et de voix, l'est aussi sur une unité de temps : il se passe en une seule journée, le 20 mai 2013.

> Étoiles, esclaves, insurgés, émeutes, aujourd'hui on est le 20 mai, dit une fille jolie et débraillée, elle avait une jupe longue à fleurs, on est le 20 mai et on ne parle que d'émeutes. Le 20 mai 1795 il y a eu aussi des émeutes, c'était

1. Nathalie Quintane, *Les Années 10*, La Fabrique, 2014.

le 1er prairial, an III, le peuple réclamait « du pain et la Constitution de l'an I », avec le retour au suffrage universel.

[…] Le 20 mai 1795, c'est le 1er prairial. La réaction thermidorienne. Il y a la disette, rien à manger à Paris, le pain trop cher. Des femmes, des hommes envahissent l'Assemblée en demandant, c'est leur mot d'ordre, du pain et la Constitution de 1793. Un manifestant est tué. […] Il y aura quatre jours d'émeutes. Mais l'Assemblée utilise l'armée, menace d'affamer les faubourgs, fait des promesses qu'elle ne tiendra pas, l'insurrection est arrêtée, le peuple rend les armes, les canons. […]

– Eh bien, dit la dame, eh bien. Elle avait l'air sidérée. Je ne pensais pas du tout à ça.

Comme Mathias la regardait à son tour, elle dit, Je pensais au 20 mai 1968. C'était un lundi justement, comme aujourd'hui.

Lundi 20 mai 1968.

La France entière en grève. Dix millions de grévistes. Des milliers d'usines occupées.

La date du 20 mai permet de mettre en correspondance trois années : 1795, 1968 et 2013 (le moment de la diégèse qui est aussi le moment de la genèse du récit). Une révolution en rappelle une autre, et peut-être en appelle une autre. Il s'agit ainsi de rappeler que les « émeutes » peuvent amener à la « révolution », que la Révolution a commencé par être nommé des « émeutes » :

Tout d'un coup il entendit un groupe de lycéens bruyants qui passaient à côté de son banc, ils riaient et hurlaient, C'est une émeute / Non non non / C'est une jacquerie / Non

non non / C'est une révolte ? / Non non non, Sire, c'est une révolution / Une révolution ? Une révolution ? Laquelle ? 14 juillet 1789 ? 10 août 1792 ? 31 mai-2 juin 1793[1] ?

L'analogie est à la fois explicitée par les personnages, mais elle peut aussi apparaître dans la structure chapitrale : ainsi le dernier chapitre de la partie II s'achève par une évocation de l'abolition de l'abolition de l'esclavage par Bonaparte, et la partie III s'ouvre par un chapitre sur le racisme ordinaire d'une mère d'élève ; un certain nombre d'enjeux restent sinon les mêmes du moins très proches, comme la question de la traite des humains pour des raisons commerciales (de l'esclavage à la société de consommation), celle de la propriété privée, de la liberté, de la violence…

Ce parallélisme est aussi au cœur de la bande dessinée *Petite histoire de la Révolution française* de Grégory Jarry et Otto T. (Éditions Flblb, 2015). Dans cet ouvrage, des « émeutes » contemporaines créent ce qu'Eric Hazan nomme une « évaporation » du pouvoir, puisque le président abandonne son poste, et les députés décident de faire appel au descendant de la royauté. À l'inverse d'Eric

1. Référence à Taine, qui écrit, dans *Les Origines de la France contemporaine* (III, t. 1, p. 3) : « Dans la nuit du 14 au 15 juillet 1789, le duc de la Rochefoucauld-Liancourt fit réveiller Louis XVI pour lui annoncer la prise de la Bastille. "C'est donc une révolte, dit le roi. – Sire, répondit le duc, c'est une révolution." L'événement était bien plus grave encore. »

Hazan, qui écrit *Premières mesures révolutionnaires* et *La Dynamique de la révolte* pour que, lorsque la révolution aura éclaté, les révolutionnaires empêchent la réaction-restauration de se produire comme lors des révolutions passées (aspect très présent dans *Mathias et la Révolution*), le roi passe en revue les épisodes de la Révolution française afin de faire en sorte que ça n'arrive plus. C'est l'occasion pour Grégory Jarry et Otto T. d'un montage parallèle (en haut un texte faisant le récit des événements de la Révolution, en bas une bande dessinée sur ce qui se passe à notre époque) qui met en correspondance 1789 et l'époque contemporaine.

Un lecteur de 2018 pourrait même continuer à développer ces analogies, dans la mesure où l'arrivée d'Emmanuel Macron à la présidence de la France en mai 2017 renforce l'écart entre les plus riches et les plus pauvres, écart qui a donné lieu à la Révolution. Plus précisément, ce lecteur de 2018 pourrait même voir dans la phrase du député Le Chapelier rapportée dans *Mathias et la Révolution* – « ceux qui presque toujours par leur faute, je souligne !, sont tourmentés par la misère » – une sorte de plagiat par anticipation de cette déclaration d'un député LREM en janvier 2018 : « Pour l'immense majorité de SDF qui dorment dans la rue, c'est leur choix[1]. »

1. Voir par exemple : https://www.huffingtonpost.fr/2018/02/05/pour-sylvain-maillard-depute-lrem-la-majorite-des-sdf-sont-a-la-rue-par-choix-a-23353353/

Ce que cherche à mettre en avant Leslie Kaplan, c'est que « le fait que la Révolution française a existé dit que c'est possible de changer l'état des choses, de faire bouger la façon de penser des gens[1] », ce qu'énonce également Mathias : « ça a eu lieu », « un changement général et total de la société a eu lieu, il a été possible ». Ce « ça a eu lieu » est porteur d'un espoir, espoir qui s'oppose à « l'inévitabilité » que cherche à imposer le capitalisme néolibéral à notre époque, comme le soulignait Pierre Bourdieu :

> On entend dire partout, à longueur de journée, – et c'est ce qui fait la force de ce discours dominant –, qu'il n'y a rien à opposer à la vision néolibérale, qu'elle parvient à se présenter comme évidente, comme dépourvue de toute alternative. […] Ce travail d'imposition, commencé depuis très longtemps, continue aujourd'hui. […] C'est ainsi qu'au bout du compte, le néolibéralisme se présente sous les dehors de l'inévitabilité[2].

Face à cette « naturalisation de l'opinion » consistant à « construire une image du réel qui a l'air d'être le réel »[3],

1. Présentation de *Mathias et la Révolution* sur le site des éditions P.O.L.

2. Pierre Bourdieu, « Le mythe de la "mondialisation" et l'État social européen », intervention à la Confédération générale des travailleurs grecs (GSE) à Athènes, octobre 1996, repris dans *Contre-feux*, Liber-Raisons d'agir, 1998, p. 34-35.

3. Philippe Breton, *La Parole manipulée*, La Découverte, 2000, p. 17-18. Cette naturalisation de l'opinion s'appuie notamment sur l'injonction « réaliste » décrite par Stéphane Bikialo et Julien Rault dans *Au nom du réalisme*, Éditions Utopia, 2018.

Mathias et la Révolution évoque au contraire une multitude de personnages – souvent jeunes – qui réfléchissent à ce qui pourrait être fait pour que cela change ; et ils sont évoqués dans cette ouverture analysée précédemment, et que l'on retrouve aussi dans la marche, le temps pris, la rêverie qui permet de sortir du quotidien et d'en faire une expérience : un peu comme *Une traversée de Paris* d'Eric Hazan, sorti en 2016 (Seuil), dans la continuité de *L'Invention de Paris* (Seuil, 2002).

Quel rapport à cette œuvre qui semble en accord avec ce que vous faites depuis longtemps et qui vous rapproche, en plus de ce qui concerne la révolution, d'Eric Hazan ? Pourquoi ne pas en faire le « Depuis maintenant 7 » ? Pourquoi ne pas avoir choisi, dans cet esprit, un titre comme « Mathias et la révolution » (minuscule), voire « Mathias et les révolutions » (pluriel) ?

L. K. – J'ai arrêté la série des « Depuis maintenant » à la mort de mon père. Après *Mon Amérique commence en Pologne*, j'ai éprouvé la nécessité de marquer le coup, même si j'écris toujours « depuis maintenant ». Écrire « depuis maintenant », c'est essayer de partir de personnages d'aujourd'hui, qui pensent et qui parlent et qui se posent des questions d'aujourd'hui, qui sont en proie à ces questions et qui veulent y répondre, et qui ne se détournent pas des contradictions. Eric Hazan, dans sa façon de parler de la Révolution française, et de « l'invention de Paris », est très proche d'une multitude de personnages qui traversent l'Histoire et qui sont eux-mêmes traversés de conflits et de questions. C'est vraiment un conteur. Voir aussi comment il raconte son métier d'éditeur dans *Pour aboutir à un livre* (La Fabrique, 2016).

Le titre *Mathias et la Révolution*, qui s'est imposé tout de suite, veut souligner le caractère exemplaire de la Révolution française : cette révolution a eu lieu, elle a changé l'ordre des choses – et elle n'a pas tout changé. Nous appuyer là-dessus nous donne *une* méthode (pas la seule !) pour penser aujourd'hui. Je trouvais stimulant de penser à partir de faits, et pas seulement à partir du désir de révolution.

IV. La révolution, point d'appui ou lieu de mémoire commémoratif

S. B. – La Révolution, car elle a « eu lieu », sert de point d'appui pour la possibilité, l'imagination d'un autre cadre de pensée. Mais en même temps le roman suggère à plusieurs reprises le risque d'une réduction de la Révolution à un « lieu de mémoire », c'est-à-dire à sa dimension patrimoniale, commémorative. Je pense ainsi aux analyses de Pierre Nora :

> Les lieux de mémoire naissent et vivent du sentiment qu'il n'y a pas de mémoire spontanée, qu'il faut créer des archives, qu'il faut maintenir des anniversaires [...]. Sans vigilance commémorative, l'histoire les balaierait vite. Ce sont des bastions sur lesquels on s'arc-boute. Mais si ce qu'ils défendent n'était pas menacé, on n'aurait pas non plus besoin de les

construire. Si les souvenirs qu'ils enferment, on les vivait vraiment, ils seraient inutiles[1].

Et il précise : « Habiterions-nous encore notre mémoire, nous n'aurions pas besoin d'y consacrer des lieux[2]. » Nora distingue alors la « mémoire saisie par l'histoire », vécue comme un devoir, non spontanée, obsédée par l'archive, et la « mémoire vraie », spontanée (geste, habitude, métiers qui se transmettent par le corps, le silence, l'imprégnation...), opposant la « mémoire-histoire », où le passé est donné comme radicalement autre et qui relève d'un éclairage ponctuel[3], et l'« histoire-mémoire », qui considère que le passé est encore présent, réactualisable. Je pense à ce que dit très joliment Arno Bertina : « Le présent est le temps des métamorphoses, toujours (le passé fige et le futur n'est qu'un projet) ; c'est le présent qui permet de respirer. »

Pour Mathias et la plupart des personnages qu'il rencontre, la Révolution est une « mémoire vraie », une « histoire-mémoire ». Mathias réactive la mémoire des lieux et des personnages historiques qu'il croise lors de sa

1. Pierre Nora, « Entre mémoire et histoire. La problématique des lieux » (1984), dans *Les Lieux de mémoire*, tome 1, Gallimard, « Quarto », 1997, p. 28-29.

2. Pierre Nora, *ibid.*, p. 23-24.

3. *Ibid.*, p. 30-35.

« dérive » – dirait Guy Debord – révolutionnaire, comme Gaspard Monge :

> Mathias avançait dans la rue Monge et il pensait à Monge, Gaspard Monge, né en 1746, fils d'un marchand forain, à quatorze ans il inventait la pompe à incendie. [...]
>
> – Vous ressemblez beaucoup à Gaspard Monge.
>
> – Connais pas, dit l'homme.
>
> – Mais si, dit Mathias, mais si. Vous connaissez. C'est lui qui a créé l'École polytechnique. Avec son ami Pache il a fait inscrire « liberté, égalité, fraternité » sur le fronton des établissements publics.

Mathias non seulement réactive le souvenir de la personne et de ses actions derrière le nom de rue mais actualise à la fois la personne et ses actions par l'analogie physique qu'il suggère à Ernest, d'une part, et par la réflexion en creux sur ce qui reste de cette inscription « liberté, égalité, fraternité » sur les établissements publics, d'autre part, réflexion par laquelle se poursuit la discussion avec Ernest et qui revient à plusieurs reprises dans le roman. Ainsi, pour Mathias, « les lieux de mémoire ne sont pas *ce* dont on se souvient, mais *là* où la mémoire travaille[1] ».

Par là, le roman vise non seulement à éviter que la Révolution et celles et ceux qui l'ont faite tombent dans l'oubli, mais aussi qu'ils se transforment en événement historique, purement commémoratif et anecdotique. Ce second risque est rendu sensible par la discussion avec les

1. Pierre Nora, *ibid.*, p. 17-18.

touristes américains : « De l'Histoire, partout », indique le père de famille, enthousiaste, ce à quoi Mathias répond : « Paris n'est pas un musée. » Ce risque est incarné en la personne de « l'académicien », selon lequel « notre grande Révolution est un phare, mais il faut comprendre son sens, la culture de masse est une dérive de la démocratie ». L'académicien se revendique d'une Révolution qui est de l'ordre du patrimoine (« un phare »), qu'il réinterprète avec sa conception réactionnaire.

Il s'agit ainsi pour Leslie Kaplan de ne pas figer la « Révolution », ni la « révolution » (ou plutôt « une », comme l'écrit Bernard Noël[1]), car, comme le rappellent plusieurs personnages à différents moments du roman : « il y a beaucoup de révolutions dans la Révolution ». Cette pluralité de points de vue, d'héritages en lien avec la Révolution est également au cœur de la pièce de Joël Pommerat, *Ça ira (1) Fin de Louis*, créée en septembre 2015, alors que *Mathias et la Révolution* était déjà sous presse ; on y retrouve l'importance du dialogue, des débats, et aussi la variété des positionnements, les évolutions vers plus de compromis ou plus de fermeté, la question de la violence notamment au cœur des oppositions au sein des députés issus du tiers état. Joël Pommerat dit avoir voulu monter une pièce « immersive et non participative ». Avez-vous vu la pièce

1. Bernard Noël, « Nécessaire, mais… », paru dans l'ouvrage collectif *La Révolution nécessaire, laquelle ?* Éditions Golias, 2009, repris dans Bernard Noël, *L'Outrage aux mots, Œuvres II*, P.O.L, 2011, p. 649-653.

de Pommerat ? Diriez-vous de *Mathias et la Révolution* qu'il est un roman « immersif » ?

L. K. – J'ai vu deux fois la pièce de Pommerat, je l'ai beaucoup aimée, et oui, j'aimerais que le livre soit « immersif », qu'il provoque une attention précise, réflexive et enthousiaste comme, il me semble, la mise en scène de Pommerat.

S. B. – Et cette phrase, « il y a beaucoup de révolutions dans la Révolution », comment la commenteriez-vous ? Pour aller jusqu'à la Révolution (et pas « l'émeute »), il faudra un mouvement collectif d'ampleur qui fédère des personnes ne se révoltant pas pour les mêmes raisons ? Ou : il y a différentes étapes dans la Révolution (jusqu'aux formes de réaction ou de récupération contre lesquelles met en garde Eric Hazan, par exemple, dans *Premières mesures révolutionnaires*) ?

L. K. – Il y a toujours beaucoup de révolutions dans une révolution, dans les deux sens que vous donnez : beaucoup de personnes différentes qui se révoltent, ensemble, pour des raisons différentes, et beaucoup d'étapes et de moments différents. C'est très important de ne pas oublier ces deux aspects, pour éviter tout dogmatisme, tout a priori qui n'accueillerait pas le côté inédit de l'événement, et le fait que cet événement dépasse tout le monde. Il dépasse tout le monde, et il oblige tout le monde à inventer : à inventer l'unité, à inventer des façons de se parler et de s'écouter les uns les autres, et aussi à inventer des façons de faire avec les ennemis… C'est justement parce qu'« il y a beaucoup de révolutions dans la Révolution » que des moments révolutionnaires très différents se sont succédé pendant la Révolution française : Jeu de Paume, Assemblée constituante, Gironde, Montagne, Comité de salut public, Thermidor, Directoire…

S. B. – En lien avec cette phrase, le roman insiste sur le mot « émeute » ; c'est le mot qui est utilisé pour nommer ce qui se passe en ce 20 mai 2013 – des manifestations en banlieue en raison d'un mort dans un hôpital public –, mais ce mot est explicitement repris en référence à son emploi dans le discours politique et médiatique, comme le souligne Anaïs :

> – Le mot émeute, dit Anaïs.
>
> Elle laissa planer le mot.
>
> On voit tout de suite des gens échevelés, déchaînés, furieux. On se demande toujours si c'est organisé ou non. Si c'est parti des gens eux-mêmes ou si ce sont des éléments extérieurs qui seraient à l'origine, des fauteurs de trouble. […]
>
> Le mot « manifestation » dit que les manifestants expriment quelque chose, mettent leurs sentiments, leurs idées à l'extérieur, les font apparaître pour les autres, les montrent, les rendent publics.
>
> Mais « émeutes » signifie qu'il n'y a rien à dire, rien à montrer, pur plaisir mauvais à s'agiter, pour rien, pur corps, pulsions brutes.

Alors que la « Révolution » de 1789 est ce phare qui fait la fierté et l'honneur des Français, les « émeutes » de 2013 inquiètent et sont envisagées comme un déchaînement de violence gratuite ou inadaptée. Le roman pointe cette contradiction ou inquiétante réaction qui fait que les personnes qui défendent avec émotion l'apport de la Révolution de 1789 pour les idées neuves, le progrès, le bonheur, la lutte contre les inégalités, l'abolition de l'esclavage, la liberté de circulation, les droits de l'homme peuvent être les mêmes qui vont s'inquiéter et se méfier des « émeutes », émeutes qui sont pourtant les actualisations de ces enjeux ou revendications révolutionnaires et qui ont existé aussi dans les années 1789-1793 avant qu'on ne parle de la Révolution.

J'aimerais bien que vous nous parliez de cela : Révolution/émeute.

L. K. – Une révolution est un changement du cadre de pensée. Pas une émeute. Mais des émeutes peuvent produire une révolution. Ou la continuation de la révolution. « Du pain et la constitution de 1793 », réclamaient les émeutiers de germinal, et en accolant les deux revendications ils signifiaient que le fait de ne plus avoir faim était lié à la révolution dans les institutions. Mais ceux qui avaient le pouvoir en 1795 n'étaient pas près d'aller dans le sens d'une révolution sociale… Pourtant la Révolution française a été préparée par des années de « jacqueries », c'est-à-dire des émeutes paysannes, tout au long du XVIIIe siècle, et particulièrement dans les années qui ont précédé la convocation des états généraux. On pourrait aussi dire que les « émeutes » sont toujours le fait de « l'autre », celui dont on refuse les revendications, les demandes, les questions, ou même celui dont les demandes, revendications, questions, etc. sont considérées comme insensées, incapables de construire un sens pour la communauté… jusqu'à ce que cet autre arrive justement à imposer ce sens, à faire entendre sa légitimité. Plus près de nous, les mouvements contre le colonialisme ont toujours commencé par être considérés comme des émeutes et ceux qui y participaient comme des hors-la-loi, des brigands. Et le grand mouvement de contestation de Mai 68 a commencé par des occupations étudiantes et des barricades au Quartier latin (fait de « la chienlit » pour de Gaulle), mais après ce mouvement a uni pendant un temps des étudiants, des ouvriers, des femmes et des hommes, des jeunes et des vieux, et a inventé des nouvelles façons de parler, de se parler, et d'agir.

V. La révolution comme enthousiasme

S. B. – Comme le rappelle le personnage d'Anaïs, « émeute », c'est aussi « Émotion. Mouvement. Moteur ». Le mot « émeute » porte en lui une force motrice, un enthousiasme que Leslie Kaplan met au cœur de son roman, comme elle le souligne dans la présentation du livre sur le site des éditions P.O.L :

> C'est un roman « d'idées » qui montre comment on vit concrètement dans sa vie les idées aujourd'hui, un roman

politique, qui interroge comment vivre ensemble ici et maintenant, et dans le moment actuel qui est souvent un moment déprimé et cynique, c'est un livre qui met au contraire l'accent sur le désir de mouvement, de changement, sur la joie de ce désir, et qui dit qu'un autre point de vue est possible.

Je pense à *Faire mouvement* d'Eric Hazan[1] (encore lui!) ou à *Déplace le ciel* de Leslie Kaplan, pièce qu'elle achevait tout en commençant à réfléchir à *Mathias et la Révolution* :

> « Déplacer le ciel » c'est changer, bouger, commencer, recommencer, défaire, déjouer et jouer, et révolutionner... et c'est toujours se confronter à de « l'autre », quel qu'il soit, à l'inconnu, à l'infini, à l'ouvert[2].

La Révolution, c'est le mouvement, le déplacement, le saut (vers l'inconnu, hors de la rangée des assassins[3]), mais c'est aussi ce qui inspire, c'est l'enthousiasme :

> C'était l'élan révolutionnaire, l'enthousiasme. [...] Vive l'enthousiasme!

---

1. Eric Hazan, *Faire mouvement*, entretiens avec Mathieu Potte-Bonneville, Les Prairies ordinaires, 2005.

2. Leslie Kaplan, « Déplace le ciel », mars 2013, http://www.theatre-des-lucioles.net/spip.php?article39

3. Leslie Kaplan, « La phrase la plus politique pour moi en tant qu'écrivain », *Les Ambassades*, publication du CRL de la région Centre à l'occasion du colloque de Tours les 3 et 4 mars 2000, repris dans *Les Outils*, P.O.L, 2003, p. 26-30, et mis en ligne le 18 mai 2012 sur http://leslie-kaplan.net/le-detail-le-saut-et-le-lien/article/la-phrase-la-plus-politique

> […] Deux hommes discutaient au comptoir. Pendant qu'il attendait sa monnaie Mathias entendit l'un dire à l'autre, avec un fort accent américain, Tu me demandes où je puise mon inspiration. Mais c'est l'histoire de la poule et de l'œuf, comme vous dites ici. Quand je suis inspiré, tout m'inspire. La table m'inspire. Le ciel m'inspire. Et toi aussi, tu m'inspires. Est-ce que c'est l'objet qui crée le désir ou le désir qui crée l'objet ? L'autre rit, Mathias paya et sortit, tout en se disant, c'est exactement ça. La Révolution, c'est ça. De pur enthousiasme il demanda l'heure à une jeune femme.

La Révolution, c'est ce qui inspire, c'est l'enthousiasme : on retrouve cela chez Arno Bertina dans *Des châteaux qui brûlent* avec le « beau rire[1] » et la fête que mettent en place les grévistes[2]. Croire en, préparer, faire la ou une révolution, c'est une manière de « trouver une façon d'être qui donne de la joie » (p. 220). Il y a dans *Mathias et la Révolution* de cette joie de la rencontre, de cette légèreté qui donne de l'élan individuel et collectif.

Mettre en avant cet enthousiasme révolutionnaire est en soi un parti pris politique : si la Révolution de 1789 est ce « phare » pour la société française, la Révolution en tant que telle est vue comme dangereuse, amenant au chaos ou

1. Arno Bertina, *Des châteaux qui brûlent*, Verticales, 2017, p. 155. Voir le numéro de la revue *Siècle 21* (printemps 2018) coordonné par Alexandre Adler consacré à Arno Bertina et en particulier à ce roman.

2. Il est d'ailleurs aussi question des « châteaux qui brûlent » dans *Mathias et la Révolution* : p. 196 et 198.

à l'inconnu, et ne pouvant que se conclure dans un bain de sang. Le roman fait place à des discussions à ce sujet :

> – Pourquoi tu dis que la révolution est nécessairement violente, la définition de la révolution ce n'est pas la guerre civile ni le sang versé, c'est la transformation de la société par elle-même. L'équation révolution égale violence c'est pour dissuader, comme révolution égale terreur…

Ce personnage espagnol s'insurge contre deux types de restriction sémantique du mot « révolution » : d'une part, celle qui consiste à restreindre la révolution aux actes ou aux conséquences de ces actes, alors qu'elle est un changement plus large de cadre de pensée, d'autre part, celle qui assimile révolution et « terreur » ou qui restreint la Révolution de 1789 à ce qu'on appelle la « Terreur ». Il y a là une manière de décrédibiliser la Révolution, d'autant plus visible si on la met en relation avec d'autres formes de « terreur » issues du pouvoir, comme en témoigne une discussion entre Anaïs, Sybille et une gardienne de la ménagerie du Jardin des plantes, construite en 1793 :

> Mais ce qu'on appelle la Terreur…
>
> À Paris, le Tribunal révolutionnaire a prononcé 2 585 condamnations à mort sur 4 021 jugements rendus, entre avril 1793 et le 9 thermidor, juillet 1794, contre des « ennemis de la patrie » pas toujours bien définis, loin de là, et c'est énorme, terrifiant en effet. Mais c'était la guerre aux frontières, la guerre civile, la répression pouvait se justifier par cette période exceptionnelle. Si on compare aux 23 000 fusillés de la Commune, fusillés sur ordre de Thiers un siècle

plus tard… Pourquoi le mot « terreur » dans un cas et pas dans l'autre, je me demande. L'insistance sur « la Terreur », l'image d'un Robespierre idéologue froid et sanguinaire, est une façon de discréditer la Révolution.

Écrire la révolution devient ainsi dans *Mathias et la Révolution* une façon non seulement de la rendre actuelle, d'en faire une mémoire plus qu'une histoire, mais aussi de lui redonner sa puissance d'enthousiasme et sa légitimité mise en cause par les différents retours réactionnaires de 1789 à 2013.

Cela dit, même si je souscris à une définition plus large, philosophique de la Révolution, je me demande si la violence n'est pas un des aspects consubstantiels – et légitime – de la Révolution, dans la mesure où celle-ci intervient toujours quand les autres moyens d'opposition à un pouvoir injuste, autocrate – même élu – ont été épuisés, et en réponse à la violence de la répression qui s'abat sur les opposants à ce régime.

L. K. – Oui, l'enthousiasme est aussi une façon de critiquer le naturalisme, une vision où l'ordre des choses est pensé comme inévitable, comme vous le dites en citant Pierre Bourdieu. Et c'est l'enthousiasme, pour les idées, pour un monde meilleur, etc. qui fait que la violence n'est peut-être pas inévitable, ou du moins que pour s'opposer à un pouvoir injuste on n'est pas nécessairement obligé de passer par le même degré de violence que lui. Le pouvoir qui opprime, ou les privilégiés qui jouissent d'un tel pouvoir, n'ont aucun rapport à l'enthousiasme, globalement ils s'ennuient. Il y a un livre que j'ai lu et relu adolescente, c'est *Spartacus*, de Howard Fast, qui parle de Rome et de la grande révolte des esclaves, il est écrit dans les années 1950 et résonne avec les luttes anti-impérialistes. Le livre montre très bien ce qui porte Spartacus et les esclaves, et à l'opposé, ce qui manque complètement aux Romains…

Entretien avec Nathalie Bach sur *Désordre*

La politique, ce n'est pas à côté ni en plus, ça traverse tout

Nathalie Bach – La première surprise de *Désordre* vient de son format. C'est très pratique, c'est fait pour être passé sous le manteau ?

Leslie Kaplan – Cette idée me plaît beaucoup, comme de vous voir le triturer entre vos mains ! En réalité si ce texte est arrivé sous cette forme, c'est par urgence, après un coup de fureur. Je l'ai écrit en février. Ce qui a été formidable c'est que Frédéric Boyer [directeur des éditions P.O.L] a voulu le publier tout de suite, avant même la parution prévue du prochain livre.

N. B. – C'est une fable, un pamphlet, une satire, un manifeste ?

L. K. – Disons que je le vois comme un opuscule qui relève tout de même du conte. C'est franchement du côté de la fiction et qui tient effectivement du pamphlet, donc dans ce sens ce n'est pas un manifeste. Je n'ai pas réfléchi au genre si ce n'était de parler de ce qu'il se passe, ici et maintenant, en détournant les choses de façon joyeuse, de pouvoir changer, renverser, mettre à l'envers.

N. B. – Vous évoquiez la fureur, c'était l'impulsion première ?

L. K. – Oui, l'indignation qui tournait surtout autour de la question de la violence. De celle qui viendrait soi-disant d'en bas alors qu'elle vient clairement d'en haut. Il y a eu tout de même depuis le mouvement, précisons-le, celui des Gilets jaunes, une vieille dame décédée à Marseille, il ne faudrait pas l'oublier, et près de trois cents blessés à la tête, plus d'une vingtaine de personnes éborgnées, ça veut quand même dire qui ont perdu un œil, cinq mains arrachées, c'est incroyable ! *Désordre* est vraiment né d'un ras-le-bol, fin janvier, avec cette accumulation des choses sans que rien ne change. Et puis il y a eu aussi le fait que nous sommes allés en famille à l'Assemblée des assemblées, à Commercy. C'était absolument formidable. Nous avions fait circuler un texte entre amis qui relayait des questions et des revendications très simples. Tout cela de façon très calme et très intense à la fois, avec des gens très sérieux sans aucun propos raciste ni antisémite. Mais la question de fond était l'absolue surdité du pouvoir et aussi, après l'affaire Benalla, cette fameuse phrase « Qu'on vienne me chercher ». Et quand ils sont venus, ça a donné quoi ? Les matraques, les gaz ? Nous sommes allés bien entendu à la manif du 1er mai, et là, que dire du mensonge pur et simple à propos de l'hôpital de la Pitié-Salpêtrière !

N. B. – *Désordre* fait état d'une succession de crimes dont la lecture, il faut le dire, est absolument jouissive. Crimes de classe, crimes du XIXe ?

L. K. – Il y a eu un article dans le journal *L'Humanité* qui effectivement parlait des crimes de classe et j'ai trouvé ça très bien. Moi je dis que ce sont des crimes du XIXe parce qu'il y avait, semblait-il, mais c'est complètement imaginaire bien entendu [rires], les opprimés, les dominés d'un côté, et puis les autres. Parce que l'on nous renvoie cette oppression d'aujourd'hui comme un archaïsme qui n'existerait plus !

N. B. – Vous rappelez *Le Dernier des Hommes* de Murnau et les sœurs Papin qui sont devenues *Les Bonnes* dans le théâtre de Jean Genet.

L. K. – Deux beaux exemples de crimes en réponse à une humiliation absolue. Je pense, en vous parlant, à quel point la culture se transmet à travers ces œuvres très fortes et très présentes. Grâce à elles, les sœurs Papin sont toujours là, comme l'homme pipi chez Murnau. Une des choses que je voulais souligner, c'est que maintenant qu'on a un peu refusé la « lutte de classes », elle ressort autrement et réapparaît. On voit dans les médias dominants à quel point on a du mal à qualifier les choses. Tout est fait pour les effacer.

N. B. – Vous aviez 25 ans en 1968, un mois de mai auquel vous avez activement participé. *L'Excès-l'Usine* traduisait déjà, presque au-delà des mots, les maux d'une aliénation sociétale. Quelle analogie voyez-vous avec ce qu'il se passe aujourd'hui ?

L. K. – Ça n'a rien à voir et ça a beaucoup à voir en même temps. Comme chacun sait, le mouvement de 68 était à l'origine un mouvement étudiant, à Nanterre, une histoire de chambre de filles et de garçons qui a remis en cause le fonctionnement universitaire, le savoir... Les Gilets jaunes sont un mouvement populaire qui est parti de la question du prix de l'essence, puis est arrivée la question de la démocratie, de comment on y est représenté. En ce sens c'est très différent, même si dans les deux cas on part d'une petite chose, d'un détail. Ce que je retrouve de semblable, et c'est très important, c'est la question de la parole, comme une libération où les gens se mettent à parler dans tous les sens, d'une façon ouverte, sans hiérarchie, et ça rentre ou pas dans les codes, et ça rentre ou pas dans ce qui se dit. C'est énorme, la volonté d'essayer de se libérer de cette civilisation du cliché où tout serait fixé, à sa place. Ce que disent les gens, c'est l'importance de sortir de l'isolement. Le mouvement de ces ronds-points leur permet de ne plus être tout seuls, c'est fondamental. Notamment pour de nombreuses femmes qui élèvent seules leurs enfants.

N. B. – Toute votre œuvre est une recherche constante autour du langage, de la langue. Dans *Écriture et inconscient : Le travail de Leslie Kaplan*, le psychanalyste Heitor O'Dwyer de Macedo dit de vous : « C'est un écrivain qui fait du lieu où tout discours s'arrête le point de départ de son rapport aux mots. » Justement votre écriture jouxte le procédé analytique qui rappelle que, même répété à l'infini, tout se dit de façon toujours nouvelle. La naissance même du mouvement. Votre écriture fait mouvement.

L. K. – Je pense que les mots, si c'est de la parole vivante et pas du discours, les mots sont actifs, portent et sont dans le corps. Les slogans par exemple sont une façon de condenser une pensée. Fondamentalement les gens parlent, se parlent c'est-à-dire s'adressent à quelqu'un et disent des choses qui ont à voir avec eux comme sujet. Oui, c'est ce que je cherche.

N. B. – On a le sentiment qu'avec *Désordre* il y a la tentative de donner corps à un langage absent ou, au mieux, déficient.

L. K. – Parce que plus que l'arrogance, la non-écoute et l'absence d'imagination du gouvernement, il y a le refus de l'autre. D'où le refuge dans le déni, le mensonge, tout est lié. C'est impressionnant comme c'est vide et absurde. C'est insupportable. Je ne suis pas assez politologue mais il me semble que même quelqu'un comme Sarkozy, pourtant archi-réactionnaire, avait un sens politique, je veux dire à savoir comment s'y prendre, plus développé. Pourtant il a dit les pires horreurs à propos de cette histoire du schizophrène dangereux, des hôpitaux psychiatriques, pour justifier une violence qui venait une fois de plus d'en bas, des fous. Quant à Hollande, c'était l'absence. Évidemment Macron hérite de tout cela, avec visiblement assez peu de cartes en perdant d'emblée tout le pouvoir de séduction qu'il avait eu. Il s'est arc-bouté sur le fait qu'il n'était pas Marine Le Pen et que donc il était mieux, lui, mais au point où il en est, quelle va être la différence ? On va voir. Ce que l'on sait c'est que ça ne va pas et qu'il faut continuer à le dire.

N. B. – Ça ne va pas, ici et ailleurs…

L. K. – Trump, Bolsonaro, ils sont très forts… Le capitalisme, le néolibéralisme, a tellement pris l'ensemble de tout y compris au niveau mondial… Il y a la question de l'alternative à construire… En tous les cas cela suscite des réactions qui sont pour le moment parcellaires et doivent trouver des formes de mise en lien, de rencontre.

N. B. – Comment, d'un côté comme de l'autre, reprendre langue ?

L. K. – C'est une question à poser à tout le monde et certainement aussi à un écrivain. Je crois qu'en face du vide il est important d'inventer là où on est, y compris d'autres formes de vie, de parole, de déconstruire les clichés y compris dans les mots. Qu'est-ce que ça veut dire « violence », qu'est-ce que ça veut dire « agression », qu'est-ce que ça veut dire « détruire ». Qui détruit quoi ? C'est un long travail qu'il faut faire, je dirais même qu'il n'y a que ça à faire et qu'on ne peut pas ne pas le faire.

N. B. – Votre dernier ouvrage, *Mai 68, le chaos peut être un chantier*, était visionnaire.

L. K. – J'avais écrit *Mathias et la Révolution* juste avant Nuit debout, disons que c'était prémonitoire. Je ne crois pas être visionnaire mais plutôt attentive au monde… Savoir où on est soi, comment on se situe. Tenir compte du monde et de sa propre subjectivité et savoir jusqu'où on le déforme aussi, c'est du travail.

N. B. – Vous n'avez cessé d'explorer le et la politique, qui sont toujours émancipés chez vous par la poétique.

L. K. – Ça va peut-être vous étonner mais je relisais Hemingway, je dis cela parce que ça m'a étonnée moi-même. Dans *Death in the Afternoon*, il termine en disant, je résume, que ce qui est important c'est de durer et de faire son travail. « *To last and to do your work.* » Il veut dire par là penser son expérience et l'écrire. Je pense que c'est la seule façon pour un écrivain d'être un peu vrai, ce qui n'empêche pas, au contraire, d'inventer toutes sortes de fictions. Alors si les gens ne s'intéressent pas à l'expérience d'un mouvement social ou à l'évolution politique du monde tant pis pour eux, mais pour moi c'est une sorte d'absurdité. La politique, ce n'est pas à côté ni en plus, ça traverse tout.

N. B. – Et votre théâtre aussi. Le public est touché, surpris… comme si une intellectuelle ne pouvait pas être drôle et accessible. Vous écrivez non pas *pour*, mais *avec.*

L. K. – Il est toujours plus facile de qualifier quelque chose ou quelqu'un d'intellectuel, c'est compliqué de penser sa singularité, c'est souvent angoissant. Changer le cadre de pensée, sortir des idées reçues, de tout ce qui appauvrit… Le théâtre m'intéresse beaucoup dans cette présence, et en même temps cette situation d'urgence, et aussi dans le fait que cela crée chaque fois une sorte de petite communauté. C'est aussi drôlement intéressant de travailler la complexité dans une voix, une parole.

N. B. – Qui dirait par exemple « Ça suffit la connerie » ?

L. K. – Encore faut-il savoir de quelle connerie il s'agit ! La bêtise, c'est terrible, c'est un sujet énorme. Il y a toujours un côté autoritaire à la bêtise. Cette phrase « Ça suffit la connerie », c'est une réponse politique, quand on est dans le déni de ce qui est politique.

N. B. – Peut-on renverser les choses ?

L. K. – C'est quand même la seule façon de faire émerger un possible, dans le sens où on n'est pas obligé de continuer comme ça. C'est aussi la chose la plus compliquée. Pour moi c'est l'histoire de l'humanité, c'est fondamental que chacun creuse, à sa façon, afin d'être amené à autre chose. Cela porte aussi sur l'autoritarisme qui est l'interdit de penser, donc l'interdit d'imaginer autre chose. Évidemment il y a aussi les interdits d'agir qui sont nécessaires, comme par exemple, tuer ! [rires] Mais penser les crimes, imaginer les crimes et faire des fictions avec les crimes peut être extrêmement salutaire et permettre de renverser l'ordre des choses tel qu'il est.

N. B. – Un renversement de l'intime, c'est ça le début de la révolution, non ?

L. K. – Exactement. La révolution est d'abord un point de vue et d'une certaine façon, comme le politique, elle est toujours là, si on fait attention à ne pas en faire un mot creux. Quand elle se manifeste, elle est accompagnée de formes de pensées originales, c'est-à-dire qui n'ont pas existé avant. On invente alors des tas de choses, que ce soit la Révolution française, russe, enfin, dans toutes les révolutions il y a des périodes de bouillonnements intellectuels très positifs. Mais j'aime à revenir sur l'intérêt du détail, qui est toujours une condensation du réel. Et c'est une discipline de vraiment tenir compte du détail.

N. B. – Justement, le mouvement des Gilets jaunes a-t-il à voir avec une révolution ?

L. K. – Ça, je ne crois pas pour le moment, même s'il y a des désirs de remettre en cause des formes institutionnelles, une révolution demande plus d'ancrage dans la réalité, ce qui n'est pas encore le cas. D'autant qu'à l'intérieur du mouvement il n'y a pas d'unité. On peut simplement observer que cela renvoie à l'état général du monde où tout le monde cherche. C'est une période de recherche. Mais il me semble que quand il y a du mouvement, que ce soit contre l'oppression, l'exploitation, c'est forcément un signe positif, même en partant de toutes petites choses.

La revendication est une chose, mais qui là se déploie vraiment sur un cri et quelque chose de beaucoup plus large qui dit « On est là, on existe, on veut parler et qu'on tienne compte de nous. » Ça vise vraiment la dignité.

En cela *Désordre* est à considérer comme une perspective. C'est un petit outil. Qui a surgi comme ce mouvement qui nous a tous surpris. Et une chose qui me paraît vraiment de l'ordre de la nécessité, c'est de se laisser surprendre, de ne pas avoir peur.

II

Avec des écrivains

Les premières années P.O.L, un récit

Les premières années P.O.L coïncident avec mes premières années de publication. J'ai terminé *L'Excès-l'Usine* en décembre 1979, je n'avais aucune idée d'où l'envoyer. J'ai suivi quelques conseils d'amis, et j'ai eu des réponses négatives, dont certaines surprenantes : dans la même semaine deux maisons d'édition importantes m'ont répondu que c'était très intéressant, vraiment très, une façon inhabituelle de parler de l'usine, *inédit* (le même mot, comme on dit, ça ne s'invente pas), mais… bref, pour elles, ça le resterait, *inédit*.

Un ami m'a conseillé de l'envoyer à Paul Otchakovsky-Laurens qui dirigeait alors une collection chez Hachette, je l'ai fait, neuf mois plus tard il me téléphonait, c'était en mai 1981, j'avais ma fille Naruna, 10 mois, dans les bras. Je le dis parce que c'était aussi un moment où l'on avait le sentiment que quelque chose commençait, Mitterrand arrivait au pouvoir *contre* Giscard, on ne pensait pas encore que c'était *pour* enterrer le mouvement de Mai 68.

Une effervescence.

Entre-temps j'avais envoyé le manuscrit à Maurice Blanchot, en lui écrivant que je voulais beaucoup qu'il le lise, même si ce n'était pas, et ne serait sans doute jamais, un livre... Il m'avait répondu, c'était un texte « inattendu et nécessaire », sa lettre m'avait portée pendant des mois.

Paul Otchakovsky-Laurens m'a dit qu'il voulait le publier. Je l'ai rencontré dans des bureaux d'Hachette, alors à côté du musée d'Art moderne, bois sombre, couloirs, lui et Carine Toly au milieu des livres. Carine portait une pile qu'elle a laissé tomber. Paul m'a parlé du livre.

Ce qui m'a frappée d'emblée : sa jeunesse, c'est-à-dire, je suppose, d'une part qu'il n'était pas plus vieux que moi, et aussi, surtout, sa disponibilité au nouveau. Pour lui, ce qui comptait c'était uniquement qu'il aimait le livre, *ce livre-là*. Il ne posait pas de préalable, il ne s'inscrivait pas dans une « stratégie éditoriale », etc. Il ne se situait pas par rapport à d'autres, et il ne jugeait pas le livre par rapport à d'autres (tout en ayant une énorme connaissance de la littérature contemporaine). Je pense que cette position m'a beaucoup tranquillisée. Quand nous avons déjeuné ensemble plus tard, je lui ai dit que j'avais écrit à Maurice Blanchot que lui, Paul, voulait publier le livre, et que Blanchot m'avait répondu : « Paul Otchakovsky-Laurens aime la littérature. »

Voilà les faits, au départ. *The facts.*

Paul m'a fait lire les auteurs qu'il publiait dans sa collection Hachette/P.O.L, et ceux qu'il avait publiés du temps de la collection qu'il dirigeait chez Flammarion.

Je connaissais seulement Georges Perec, depuis *Les Choses*, récemment j'avais lu *La Vie mode d'emploi*, je ne connaissais pas du tout les autres.

Exploration, découverte. Des mondes et des mondes.

Par exemple :

> Les collines sont de couleur blonde ou rose, et parmi ce rose et ce blond des petits carrés d'un vert vif

ou :

> Tandis que le paysage défaillait à l'approche de l'obscurité, ce tissu dans l'air ne laissait plus entrevoir que sa transparence.

ou encore :

> Tournant le dos aux arbres,
> les lourds feuillages avant
> le jour,
> elle dort dans le lin.

Emmanuel Hocquard
(trois livres :
Album d'images de la villa Harris, 1978,
Une journée dans le détroit, 1980,
Une ville ou une petite île, 1981).

et :

Rude voyage. Je regardais sans cesse dans le rétroviseur. Chaque fois qu'une voiture me doublait, ou (exceptionnellement) que j'en doublais une, je me torturais l'esprit pour déterminer si je l'avais déjà vue auparavant. Il m'arriva d'être certain que oui. Affût très éprouvant.

René Belletto, *Le Revenant*, 1981

et encore :

Ne lui avait jamais dit qu'elle l'avait aimé
fracassant les arbres sur le passage
leurs ombres dans les chambres qu'il numérote
et la nuit cette rumeur dedans la tête
pleure ne pas le dire. l'articulation.

Liliane Giraudon, *Je marche ou je m'endors*, 1982

Prendre à la lettre ce qu'on veut lui ravir. Bien balancer sa phrase (« elle est bien balancée ! »). Pour tourner la difficulté, se tourner vers l'objectif.

Jean-Jacques Viton, *Terminal* : *Épopée*, 1981

et :

Alors aujourd'hui, 15 juillet, je comprends que je ne le verrai plus, que je le reverrai, discontinu (global), immortelle son absence. Le nom Hervé existe, l'image Hervé, et si par exemple je criais dans la ruelle « Hervé, on est à table », « Hervé, viens ! »

Hubert Lucot, *Autobiogre d'A.M.75*, 1980

Souvenir très pénible du service de presse de *L'Excès-l'Usine* chez Hachette, alors 79 boulevard Saint-Germain, impression d'un milieu hostile, je signe des livres à des inconnus dans une pièce minuscule, Paul mécontent de l'environnement, furieux contre Hachette, Lagardère…

Quelques jours avant il y avait eu un entretien très long, merveilleux, avec Marguerite Duras à Neauphle-le-Château. Paul avait eu l'idée d'envoyer les épreuves à Duras. Pour moi un moment bouleversant. La générosité de Duras. Son jardin. Et l'émotion incroyable, tout le temps. Quand je lui ai dit que je venais de lire Robert Antelme, *L'Espèce humaine*, en fait je l'avais découvert dans *L'Entretien infini*, elle m'a dit, « C'était mon mari. » Comment les choses se recoupent, peuvent se recouper, se mettre en rapport, les liens, les passerelles, les ponts.

La revue *Banana Split* de Liliane Giraudon et Jean-Jacques Viton a accueilli cet entretien, et après *L'Autre Journal* de Michel Butel, avant qu'il ne soit republié, d'abord dans la deuxième édition de *L'Excès-l'Usine*, ensuite dans *Les Outils* : le *Nouvel Observateur* l'avait refusé, Jean Daniel m'avait téléphoné pour m'expliquer qu'il l'avait fait lire à son plombier, lequel n'avait rien compris, hélas, alors… *No comment.*

J'ai passé l'été suivant à terminer *Le Livre des ciels.*

À la rentrée : Paul m'appelle pour me dire qu'il veut me parler.

Je le retrouve dans un café avec Carine Toly.

Il me dit qu'il a pris une décision : il va fonder une maison d'édition, *sa* maison d'édition.

Je suis enthousiaste, convaincue d'emblée. Je crois que j'ai crié de joie, de toute façon dans le souvenir c'est ça : une banquette de café, une ambiance feutrée, enfumée, et tout d'un coup des rires, des cris, des hourras.

Ce qu'il allait faire n'avait rien à voir avec ce qui se faisait, et en même temps, en un sens c'était logique.

Il allait continuer l'exploration, la découverte, la recherche, ce qui était sa façon de concevoir la littérature, et il le ferait de façon complètement libre.

Une bascule, une façon de basculer, un renversement.

Je pense que je ne mesurais absolument pas les difficultés matérielles, concrètes.

Mais c'était une décision, et du coup la « réalité » passait au deuxième plan (ce qui ne veut pas dire qu'elle n'existait pas), l'espace s'ouvrait, l'acte tranchait, faisait de la place, reconfigurait les choses autrement.

Ici plusieurs points.

Paul a toujours dit, « Le critère pour moi c'est : ce que j'aime », et, qu'on soit d'accord ou non avec ses choix, son éthique est de se tenir à ce principe, rigoureusement.

Il dit aussi, « Le succès est toujours un malentendu », et il faut entendre cette proposition nullement comme un point de vue désabusé, d'amertume, mais : un livre excède toujours une lecture, la lecture du moment, qu'elle soit favorable ou défavorable, qu'il y ait succès ou insuccès.

Autre point, qui a pu être très présent dans les « premières années P.O.L », mais qui s'est maintenu par la suite parce que je pense que c'est ce qu'il faut bien appeler le « caractère » de Paul, sa « jeunesse » éternelle : son intérêt pour le nouveau, cette disponibilité pour toutes les formes de nouveau. Sa capacité, rare, d'enthousiasme.

D'où une certaine précarité, rien n'est jamais gagné, et si on essaie quelque chose ça peut marcher, ou non, un livre peut marcher, ou non, une idée peut marcher, ou non.

D'où aussi le doute, non pas sur ses choix, mais sur l'avenir, une inquiétude, qui va avec une certitude quant au fond.

Et aussi une position de base, qui m'a toujours paru essentielle : la littérature peut TOUT écrire, ce qui ne veut bien sûr pas dire que la littérature peut tout…

Ce « TOUT écrire » me fait penser à ce que Jean-Luc Godard a dit du cinéma, et que l'on pourrait paraphraser : S'agit-il de faire de la littérature politique ? Non, absolument pas, mais de faire politiquement de la littérature.

Et cela me fait aussi penser au mot d'ordre des ouvriers de la Fiat, pendant le « Mai rampant » en Italie : Ce que nous voulons : TOUT.

Ce désir, et cette absence de hiérarchie, est bien la marque du moderne.

Le contexte, ne pas l'oublier : on est après les années 1970, dans ces années 1980 où l'on cherchait, l'on pouvait chercher, comment reprendre autrement l'événement 68, cette secousse…

Et j'ai l'image d'un des premiers échanges sur le cinéma que j'ai eu avec Paul, c'était sur le film de Godard *Sauve qui peut (la vie)*. Tous les deux dans l'amour de ce film. Le titre et le propos, l'époque et ses impasses, le tragique et les possibles…

Donc 1983, fondation de P.O.L et *Le Livre des ciels*, achevé d'imprimer le 2 février 1983, dépôt légal : mars 1983, nº d'éditeur : 1001.

Ensuite, dans ces « premières années », que je définis de façon simple par un repérage dans la ville, c'est-à-dire avant l'arrivée au 33 rue Saint-André-des-Arts en 1995, il y a eu deux moments différents, liés non pas à la politique éditoriale de Paul qui n'a, il me semble, jamais varié, mais à des lieux différents.

D'abord rue Jacob, au 26, de 1983 à 1986. Locaux blancs, rez-de-chaussée lumineux, longeant une cour intérieure, la rue Jacob très chic, plein Saint-Germain-des-Prés.

C'est ouvert, avec des plafonds hauts, assez nu. À cause de cet ouvert et de cette nudité je me souviens de la sensation d'entrer dans un domaine, un espace, une pratique, un champ d'expérimentation infini. Pour moi, c'est le moment de mes deux premiers livres P.O.L, après *Le Livre des ciels* il y a *Le Criminel*, qui avec le premier, *L'Excès-l'Usine*, republié chez P.O.L en 1987, faisaient dans ma tête une « trilogie ».

Ensuite Villa d'Alésia, numéro 8, de 1986 à 1995. Une petite maison dans une toute petite rue entre la rue des

Plantes et la rue d'Alésia, passage, détour, des ateliers, pavé et feuillage, on quittait la rue d'Alésia, ses magasins de lingerie, ses boutiques de fringues, on arrivait, on montait les quelques marches du perron, on entrait.

Il y avait toujours cette sensation de commencement, une intensité, redoublée sûrement pour moi parce que c'était la période de l'enfance de mes enfants, je prenais l'autobus 38 vers la porte d'Orléans, c'était le même autobus que je prenais pour aller à la crèche, rue Boulard, il y avait quelque chose de léger, de dansant, de fluide. La petite maison pleine de livres, des tas de manuscrits partout, présence silencieuse de Thierry, allées et venues des coursiers, quelque chose de pas installé, de pas lourd, tout le monde en train de courir, même assis, Paul longiligne, inquiet et joyeux, accueillant.

Pendant ces premières années P.O.L s'appuie beaucoup sur des libraires qui soutiennent ses choix, à Paris et en province, et ce réseau sera toujours très important pour la diffusion de ses livres.

Des écrivains très, très différents… J'ai toujours admiré chez Paul cette incroyable capacité à aimer des styles si différents, et aussi, des genres si différents. La poésie, le roman, l'essai, le théâtre, les écrits d'Antoine Vitez, une collection de jazz, *Thelonious Monk* par Yves Buin, le cinéma.

Les livres de Marguerite Duras, sa présence.

Je lisais Serge Daney, il cherchait un lieu pour une revue d'un genre nouveau, j'en ai parlé à Paul, P.O.L décide d'éditer *Trafic*, la revue de cinéma fondée par Serge Daney.

Des tentatives, sans arrêt, des livres de société, le courrier des lecteurs du journal *Libération* (*La vie, tu parles*), un essai sur le sida. Deux livres de féministes historiques, femme et homme.

Des auteurs étrangers, des traductions de l'américain, de l'italien, de l'allemand, du polonais.

L'expérimentation, la recherche, le désir toujours.

Il y a eu la « Collection », dirigée par Christophe Mercier, une série de très jolis petits livres de toutes les couleurs, tentative de publier des textes classiques tombés dans le domaine public avec des préfaces d'auteurs contemporains, qui s'est soldée par un échec et a failli couler la maison P.O.L. Pourtant les 180 000 soldés sont partis immédiatement et les soldeurs en redemandaient, mais la structure P.O.L, trop petite, n'était pas adaptée, il aurait fallu pouvoir multiplier par deux le tirage, et faire un prix deux fois plus bas.

De 1984 à 1991, les romans ont eu des couvertures illustrées en couleurs. Après Hachette et l'alphabet, avec du rouge pour P.O.L et du noir pour les autres lettres, chiffres et signes, il y a eu le sigle P.O.L avec les cercles blancs et noirs du jeu de go, hommage à Georges Perec et idée d'infini. Au tout début, couverture pelliculée assez périssable. Ensuite couverture blanche gaufrée, lettres du titre en bleu, lettres du nom de l'auteur en beige. Sur les couvertures illustrées : une lame de couteau nette et féroce, *Le Droit Chemin* de Michel Manière (1986), le lavabo sanglant avec les poils de *La Moustache* d'Emmanuel Carrère

(1986), les horloges empilées dans tous les sens devant la gare Saint-Lazare, *Comédie classique* de Marie NDiaye (1987), les dessins d'enfant de *Prince et Léonardours* de Mathieu Lindon (1987), les élégantes *Cigarettes* de Harry Mathews (1988), un tableau mauve et brun, étrange, « Ulysse devant l'île aux sirènes », pour *Quarantaine* de Gérard Gavarry (1990)... Trois de mes romans ont eu une couverture illustrée, *Le Pont de Brooklyn*, avec une photo oppressante en noir et blanc du « pont-cathédrale », *L'Épreuve du passeur*, un tableau peint exprès de Pablo Reinoso, *Le Silence du diable*, le visage étonné et triste d'*Irrung auf Grün*, de Paul Klee.

Alors la littérature selon P.O.L premières années : quelques extraits.

Cette nuit j'ai couru derrière toi tu fais les choses vite que tu as à faire ô rose là

Rose ô colonne d'air structure du poème (comment apprendre à désécrire et serai-je meilleur comment approcher sans écrire).

Dominique Fourcade, *Rose-déclic*, 1984

« Que dirais-tu si je me rasais la moustache ? »

Agnès, qui feuilletait un magazine sur le canapé du salon, eut un rire léger, puis répondit : « Ce serait une bonne idée. »

Emmanuel Carrère, *La Moustache*, 1986

La rencontrant un soir dans un couloir, Rose se pencha vers elle pour l'embrasser. Simulant une voix d'homme, l'enfant lui chuchota dans un ralenti effrayant : « Tu connais le docteur ?... est-ce que tu sais qu'il fait des morts ?... »

Liliane Giraudon, « *La Nuit* », 1986

mais entre le vent et le lieu
se fait jour l'embrasure vide
un obstacle où s'enferme l'aube

Joseph Guglielmi, *Aube*, 1984

Je ne sais plus exactement. Il a dû me regarder et me reconnaître et sourire. J'ai hurlé que non, que je ne voulais pas voir. Je suis repartie, j'ai remonté l'escalier. Je hurlais, de cela je me souviens. La guerre sortait dans des hurlements. Six années sans crier. Je me suis retrouvée chez des voisins. Ils me forçaient à boire du rhum, ils me le versaient dans la bouche. Dans les cris.

Marguerite Duras, *La Douleur*, 1985

Excès (lyrisme et restriction), m'en tenir au « réel » (surtout latent, voire anodin condensé), dont nul langage ne fait l'épargne. Choses, les laisser innommées ; réceptif, ne pas dire, pas encore, jouir de mon aptitude, après deux décennies de travail, à ressentir l'exister qu'elles induisent...

Hubert Lucot, *Langst*, 1984

JEAN DE LA VIANDE VIDE et L'HOMME DE GOLFIÈRE

Nous allons au fond. Nous allons à Fond. Nous voulons sortir. Le monde d'action va accoucher. Nous ne sommes pas nés.

L'HOMME DE GOLFIÈRE

Si le Monde est immonde, sortons !

JEAN DE VIANDE VIDE

Nous abandonnons tous nos chapeaux et nos idéaux et nous aspirons au trou simple.

Valère Novarina, *Le Drame de la vie*, 1984

Quel mobile peut pousser un homme qui a beaucoup lu et qui a réfléchi à s'embarquer un soir d'été sur un grand bateau blanc et à parcourir des milles et des milles sur l'océan afin d'aller pêcher à la ligne, tout seul face à l'horizon vide, sur un rivage désolé ?

Emmanuel Hocquard,
Aerea dans les forêts de Manhattan, 1985

ciels enlisés d'elle, lieux crevés
les creux les vides : elle, l'incise
ici déclin. Les lèvres sexuelles
silences l'île des ciels nivelés
en cervelles. L'exil les suicides

Michelle Grangaud, *Mémento-fragments,* 1987
Le poème cité est « L'Excès-l'Usine
– Le Livre des ciels »

J'entrepris d'écrire, à l'intention de ma mère adoptive, une lettre de suicide, que j'enverrais peu avant de me donner la mort, dans les trois jours, une semaine, un mois, je ne savais, mais enfin ce serait chose faite, je veux dire écrire cette lettre.

Explications, remerciements, pardon sollicité, je t'embrasse et je t'aime, Michel.

René Belletto, *L'Enfer*, 1986

Il y a une conduite instinctive qu'on peut essayer d'explorer, qu'on peut rendre au silence. Rendre au silence une conduite masculine est beaucoup plus difficile, beaucoup plus faux, parce que les hommes, ce n'est pas le silence. Dans les temps anciens, dans les temps reculés depuis des millénaires, le silence, c'est les femmes. Donc la littérature c'est les femmes. Qu'on y parle d'elles ou qu'elles la fassent, c'est elles.

Marguerite Duras, *La Vie matérielle*, 1987

Je vois une chose. Elle m'émeut. Je la transcris comme je la vois. Je m'abstiens de tout commentaire. Si j'ai bien décrit l'objet, il y aura bien quelqu'un pour en être ému, mais aussi quelqu'un pour dire « Mais Bon Dieu, qu'est-ce que c'est que ça ? » Peut-être les deux ont-ils raison.

Charles Reznikoff, *Le Musicien*,
traduit de l'américain par Emmanuel Hocquard
et Claude Richard, 1986, dans un entretien
reproduit sur la quatrième de couverture

Alex ne dit jamais grand-chose quand ils sont ensemble. Il marche un peu en avant d'elle, les mains dans les poches de son blouson. Elle ne comprend pas pourquoi il est devenu si triste, depuis qu'elle attend l'enfant.

– J'aurai voulu que ça se passe autrement, c'est tout.

Patrick Lapeyre, *La Lenteur de l'avenir*, 1987

– Bonjour, fait le peintre, je t'avais oublié.
– Est-ce jour de peinture ?
– C'est tous les jours le jour.

Bernard Noël, *Onze romans d'œil*, 1988

une extraordinaire aventure une aventure extraordinaire [...]
1° je suis sur le point d'écrire
2° je suis disposé à écrire
3° je suis destiné à écrire [...]
Res est difficilis dietu
La chose est difficile à dire
Jamdudum
Jamdudum
Depuis longtemps.

Olivier Cadiot, *L'Art poétic'*, 1988

Premier matin par où commencer bonjour mes beautés. Un pied puis l'autre dans la descente du ciel en peau de lit c'est en peau d'ours qu'est ma pensée j'ai chaud d'une crasse de nuit bonjour mes beautés par où démarrer.

Christian Prigent, *Commencement*, 1989

mais les seuls qui auraient pu apercevoir ces torches c'étaient les rares automobilistes qui fonçaient sur le ruban noir de l'autoroute minuscules très éloignés à quelques kilomètres de la prison ou peut-être un avion qui passe là-haut mais ils volent très haut là-haut dans le ciel noir silencieux et ils ne voient rien

Nanni Balestrini, *Les Invisibles*,
traduit de l'italien par Chantal Moiroud
et Mario Fusco, 1992

La tendresse habite chaque parcelle de l'air, aujourd'hui. Le terrible semble avoir reculé jusqu'à l'immense vitre arrondie qui est en même temps un miroir et qui, toujours un peu sale, découvre de façon indécise la beauté du parc.

Marie Depussé, *Dieu gît dans les détails*, 1993

Industriellement caduc, le cinéma redeviendrait un artisanat, pauvre ou de luxe, et il parlerait de tout ce qui reste en plan(s) une fois que sont passés les rouleaux compresseurs de la communication médiatisée. Un résistant ?… Si la télévision véhicule de la culture, le cinéma fait passer par des expériences… Si la télé est notre prose (et on ne parlera jamais assez bien), le cinéma n'a plus de chance que dans la poésie.

Serge Daney, *Le Salaire du zappeur*,
« Back to the future », 1993

On conseilla à un vieux juif russe de se choisir un nom bien américain que les autorités d'état civil n'auraient pas de mal à transcrire. Il demanda conseil à un employé de la salle des bagages qui lui proposa Rockefeller, Rockefeller pour être sûr de ne pas l'oublier. Mais, lorsque plusieurs heures tard, l'officier d'état civil lui demanda son nom, il l'avait oublié et répondait, en yiddish : Schon vergessen (j'ai déjà oublié) et c'est ainsi qu'il fut inscrit sous le nom bien américain de John Ferguson.

Georges Perec, *Récits d'Ellis Island, histoires d'errance et d'espoir*,
avec photos de Robert Bober, 1994

Et, pour ne pas terminer, voici la fin du texte de Serge Daney, « Journal de l'an passé », publié dans le premier numéro de la revue *Trafic*, hiver 1991. Il me paraît résonner exemplairement avec ma perception de « P.O.L, premières années »… et, à vrai dire, des suivantes… :

1er novembre. Le premier numéro de *Trafic* est sur les rails. Comme on ne sable pas le champagne sur une bouteille à la mer, nous resterons sobres.

Écrire avec Mai 68

J'ai vécu la grève de mai-juin 1968 dans une usine occupée, à Lyon, dans le quartier de Gerland. C'était une usine de machines à laver, Brandt. J'avais été embauchée le 1er avril, la grève a démarré le lundi 20 mai.

J'avais commencé à travailler en usine en janvier, j'étais partie « m'établir », c'est-à-dire travailler en usine pour des raisons politiques, j'étais maoïste, influencée par ce que j'imaginais comme beaucoup d'autres de la Révolution culturelle en Chine, sans rien connaître véritablement, mais j'étais enthousiasmée par l'idée de l'union des travailleurs intellectuels et des travailleurs manuels.

L'Union des jeunesses communistes marxistes-léninistes, l'UJCML, avait été fondée en 1966 par des élèves de Louis Althusser, une scission de l'Union des étudiants communistes (UEC, affiliée au Parti communiste), au moment de la rupture URSS/Chine, l'URSS étant considérée comme révisionniste et la Chine faisant la Révolution culturelle. Le contexte : les séminaires à l'École normale supérieure de la rue d'Ulm, Louis Althusser (*Lire le Capital*), l'après-guerre d'Algérie, la rupture sino-soviétique et les partis pro-soviétiques, en particulier italien et français, accusés de remettre en cause le marxisme et le léninisme et d'être devenus réformistes…

J'ai travaillé d'abord en région parisienne, dans une usine de biscottes Gringoire, à Mantes-la-Ville, et ensuite, avec trois camarades, je suis descendue à Lyon, « cœur ouvrier de la France », avait dit le camarade qui organisait l'établissement, Robert Linhart, qui a par la suite écrit *L'Établi.* (Importance de ce livre publié en 1978, qui décrit la grève des ouvriers de Citroën contre la récupération gratuite des journées de grève à l'automne 68, et qui a joué un rôle de déclencheur pour moi, avec la sonnerie « dix ans après ».)

Donc en quatre mois, très peu de temps, et sans préparation, j'ai été confrontée à ce que je pourrais maintenant appeler, c'est le nom d'un travail en cours, « le monde et son contraire » : le monde totalitaire de l'usine d'abord, et tout de suite après le monde de la liberté, la grève. J'ai dit : sans préparation, et en effet : même si j'avais rencontré des ouvriers, surtout des travailleurs immigrés, en faisant de l'alphabétisation à la fin de la guerre d'Algérie, même si j'avais lu *Le Capital*, le travail en usine, l'usine vécue de l'intérieur, ça n'avait rien à voir.

Choc, bouleversement. *L'Excès-l'Usine.*

Je précise qu'après la grève et l'occupation de mai-juin 68 j'ai de nouveau travaillé en usine pendant environ un an et demi, espérant que quelque chose recommencerait… ça n'a pas été le cas. Mais d'avoir vécu de l'intérieur, et en si peu de temps, l'usine et l'envers de l'usine, m'a durablement marquée : la possibilité d'une bascule, d'un renversement complet avait existé réellement, et quand je me suis mise à écrire j'ai cherché avant tout comment transmettre cette possibilité.

D'autant que : cette bascule était un renversement général.

Le pays entier arrêté.

10 millions de grévistes.

Lundi 13 mai : le mot d'ordre était : « Dix ans ça suffit ». Dix ans de De Gaulle… Manifestation impressionnante à Paris, un million de personnes, je suis montée de Lyon à Paris avec d'autres camarades pour participer. Le 14, grève à Sud-Aviation à Nantes. Et le 20 mai, ça a été la grève générale.

Précision : il y avait un contexte de ce qu'on a pu appeler « l'insubordination ouvrière » (Xavier Vigna), grève très longue à la Rhodiaceta en 1967…

Bascule, renversement, le monde à l'envers. Les ouvriers de la Fiat en Italie ont inventé pendant leur long « Mai rampant » un mot d'ordre très simple et radical : « Ce que nous voulons : tout. » Une expression large, absolue, et qui demandait à être précisée, détaillée, par chacun, par toutes les sensations, perceptions, idées, propositions, de chacun. En France le journal *Tout!* s'est inspiré de ce mot d'ordre. Fondé en septembre 1970 par ceux qu'on appelait les « mao-spontanéistes » avec Jean-Paul Sartre comme directeur de publication, c'était un « quinzomadaire », surtout écrit par les militants du groupe Vive la révolution. Le journal *Tout!* a compté une douzaine de numéros. À la différence de la Gauche prolétarienne, le groupe Vive la révolution, auquel j'appartenais, était ouvert sur la contre-culture, le mouvement des femmes, le mouvement homosexuel.

En Mai 68 « on a pris la parole comme on a pris la Bastille », ainsi que l'a dit Michel de Certeau, et cette prise de parole était un questionnement général, une mise en question générale. Tout était questionné, et d'abord ce que les mots voulaient dire.

Et le questionnement général dans la société venait pour moi recouper ce que je vivais à l'usine. « Expérience-limite », selon le terme de Maurice Blanchot, qui met tout en perspective, et d'abord le langage. Les mots et les choses ne correspondent plus. Le « travail » ? Le « loisir » ? La « vie » ? J'ai parlé de ça dans l'entretien que j'ai fait avec

Marguerite Duras quand le livre *L'Excès-l'Usine* est sorti, et je l'ai rapproché de ce que j'ai appelé « le point de vue de l'absence », « le point de vue de la débilité », du point de vue de Cézanne qui a dit vouloir peindre « par tous les côtés en même temps »…

Vivre une « expérience-limite » et être fidèle à cette expérience, c'est refuser un point de vue naturaliste, essayer de maintenir un point de vue d'étonnement, de surprise, et essayer de maintenir un point de vue « dedans-dehors » qui tienne compte à la fois de l'événement, de ce qui arrive, et du sujet qui vit l'événement, à qui cet événement arrive.

Le point de vue naturaliste est : c'est comme ça, et ce point de vue sous-entend : ça ne peut pas être autrement.

Alors ma question a été : comment maintenir par l'écriture, non seulement par les thèmes, les questions, mais aussi *par les formes elles-mêmes*, le point de vue que ça peut justement être autrement.

Est-ce que ça vérifiait la dialectique et le texte de Mao *De la contradiction* : « sauter de contradiction en contradiction, saisir l'ensemble de la société… à travers le découpage… véritablement infini, des contradictions » (*Mon Amérique commence en Pologne*) ? J'étais surtout stupéfaite et je n'avais pas les mots pour dire quoi que ce soit, ces mots je les ai trouvés après en écrivant, par l'acte d'écrire. Pourtant il y avait une évidence que « tout se divise toujours en deux », comme il est dit dans Sergio Leone

(*Le Bon, la Brute et le Truand*) ou dans l'atmosphère des chansons de Bob Dylan de l'époque…

La rencontre avec les ouvriers et les ouvrières était aussi source de malentendus.

Voir déjà pendant l'alphabétisation en banlieue, les ouvriers pas du tout impressionnés par la théorie de la circulation du capital, ils le savaient bien…

Voir « l'élément avancé de la classe ouvrière » qui s'avère être un témoin de Jéhovah.

Voir le *Petit Livre rouge* que je donne à un jeune immigré très actif pendant la grève, il m'apporte lui une bible.

Voir *Je ne veux pas mourir idiot*, la pièce de Wolinski que je suis allée voir à sa sortie en 1969 avec trois ouvriers de l'usine de Bezons (près de Nanterre), où je distribuais des tracts, et qui racontait la rencontre d'une étudiante et d'un ouvrier pendant la grève… une histoire de désir et d'amour…

Mais j'ai peut-être été aidée par la lecture de Brecht : garder un point de vue d'étonnement, fin d'*Arturo Ui* (vu d'ailleurs au TNP, Jean Vilar, Georges Wilson, 1960).

« Apprenez à voir au lieu de regarder bêtement… »

Pas de savoir *a priori*, provoquer, accueillir des questions, ouvrir, pas fermer, importance du déroulement, pas du dénouement, comme il le répète.

Et comme je l'ai élaboré après, voir mon essai *Les Outils*, pas de savoir *sur*, mais être et écrire *avec*. Et reconnaître sa place de sujet.

J'ai lu et relu les *Écrits* de Brecht, et aussi *Spartacus*, de Howard Fast, *Manhattan Transfer*, de Dos Passos, *Les Petits Enfants du siècle* de Christiane Rochefort (et d'elle, aussi, *Le Repos du guerrier*)… Tous ces livres parlaient de révolte, et du désir, explicite ou non, de révolution…

Donc bascule, renversement, et la visée c'est : « tout ». *Le monde et son contraire.*

Chacun détaille. Mais qu'il/elle détaille à partir de lui, d'elle : ce qui compte c'est l'expérience singulière, existentielle, de chacun. Donc rien à voir avec de l'« individualisme ».

L'individualisme : se conformer à une définition.

Singularité : mouvement de la vie, de l'existence.

Voir *Gaston, l'aventure d'un ouvrier*, écrit par un jeune ouvrier, Jean-Marie Konczyk, proche du groupe VLR et publié en octobre 1971 aux éditions Gît-le-Cœur, extraits publiés dans *Les Temps modernes*.

D'où la richesse des années suivantes sur le plan culturel, TOUS les thèmes :

– mise en question de l'école…

– mise en question des rapports hommes/femmes…

– mouvements pour les droits des homosexuels, Front homosexuel d'action révolutionnaire (FHAR)…

– questionnement sur la folie, importance de l'enseignement de Lacan et des lieux alternatifs (par ailleurs extrêmement différents), comme la clinique de Jean Oury, La Borde, ou de Claude Jeangirard à La Chesnaie, ou le lieu de Maud Mannoni à Bonneuil, ou les lieux de Fernand Deligny dans les Cévennes…

La politique et le personnel sont liés, tout se recoupe et il y a des « correspondances » partout.

C'est certainement ce qui a contribué au caractère « poétique » du mouvement, les graffitis sont des condensations poétiques : « plutôt la vie », « cache-toi, objet », « la beauté est dans la rue », « le respect se perd, n'allez pas le rechercher », « consommez moins, vous vivrez mieux », etc. Et le plus beau de tous : « Soyez réalistes, demandez l'impossible. »

Mai 68 a mis au jour ce que j'appellerais « le scandale de la singularité ». Mettant en cause « tout », chacun pensait à « la vie », à l'ensemble de sa vie, au détail de sa vie, au sens… Singularité et critique radicale vont ensemble, chacun se pense par rapport à l'ensemble de la société et du monde.

Ça a été « un mouvement de contestation du totalitarisme » sous-jacent de la société industrielle de masse, et ce mouvement a opposé au totalitarisme des formes d'action et de pensée nouvelles fondées sur un désir de singularité.

La pente totalitaire, c'est « la catégorie, la case et le cas ». Mettre les hommes et les femmes dans des boîtes. Je vous rappelle la définition de Raul Hilberg, l'auteur de *La Destruction des Juifs d'Europe* : la destruction a commencé le jour où le premier fonctionnaire a ouvert un dossier « non-aryen ».

Cette pente totalitaire est la pente de la société industrielle de masse, du capitalisme, c'est une menace qui est toujours présente : il n'y a qu'à voir comment tout dans la société est actuellement soumis à l'évaluation, à la nécessité d'évaluer, dès l'école, à l'université, au travail, dans le domaine de la santé…

Voir « Mai 68 et après » dans *Les Outils*.

À l'opposé, chercher à maintenir et développer ce qu'a pu ouvrir Mai 68 c'est essayer de trouver des formes de récit qui tiennent compte du réel, de la singularité, du détail.

Le *réel*, pas la réalité : le réel contient le possible, la fiction, c'est l'opposé du point de vue déterministe, explicatif, « c'est comme ça et pas autrement »… Le réel excède les mots, il excède « la catégorie, la case, le cas ». Il est surdéterminé (pour reprendre un concept freudien…).

Le *détail* n'est pas l'anecdote. L'anecdote est dépourvue de sens, voir la trivialisation, nouvel opium du peuple, des talk-shows à partir des années 1980… Le détail est un condensé de sens. Pas LE sens, mais DU sens.

Et le point de vue c'est « Depuis maintenant », titre que j'ai donné à la série – pas la nostalgie.

Par exemple :

L'Excès-l'Usine joué à la Centrale de Rennes en 1994, avec des femmes détenues et des comédiens et comédiennes de l'école de théâtre de Rennes. Image forte : une vieille qui empile les rouleaux de Scotch et à la fin se scotche le visage…

« Depuis maintenant » est devenu un « spectacle à installer partout dans la ville » pendant la résidence des Lucioles au TGP à Saint-Denis, 1996, représentations dans le théâtre, sur les marchés, dans les cours de HLM, les écoles, les lycées…

D'autre part, avoir vécu les événements a renforcé paradoxalement, et dans l'après-coup, ma confiance dans la fiction, entendue au sens large comme la possibilité d'un autre monde : la bascule est possible, puisqu'elle a existé. J'ai souvent cité la phrase de Kafka dans son *Journal* (janvier 1914) : « écrire, c'est sauter hors de la rangée des assassins… », pour valoriser le possible, l'autre monde possible.

Le saut kafkaïen et le renversement contestataire ne sont pas sans rapport.

Voir sur mon blog de Mediapart dans la série « À quoi sert la littérature » : « Avec Kafka » …

Cette bascule avait une valeur d'interprétation. Elle mettait à nu, elle faisait apparaître, ce qui est, le système existant, l'oppression et l'aliénation. Et elle n'était pas sans rapport avec une bascule intime provoquée par une *interprétation psychanalytique*, où les mots ont une efficace matérielle. Voir mon roman *Le Psychanalyste* où j'ai voulu mettre en tension la psychanalyse, Kafka et la banlieue…

En Mai 68 tout était questionné, toutes les parties de la société, tous les mots de la langue, et tout le monde était philosophe. C'est la figure de *Miss Nobody Knows* dans mon livre qui inaugure la série « Depuis maintenant ». Et son opposé, Stéphane, celui qui « sait tout » et qui en meurt…

Cette figure réapparaît dans le roman suivant, *Les Prostituées philosophes*, et aussi dans celui d'après, *Le Psychanalyste*. Dans les deux cas, elle fait irruption, on tombe amoureux d'elle, et elle disparaît.

En Mai 68, dialogue général, tout le monde parlait avec tout le monde. Tout le monde parlait avec tout le monde et tout le monde pouvait tout penser. C'est-à-dire : pas d'explication naturaliste sur l'origine, sociale, psychologique, de la pensée.

Et, comme je l'ai dit dans *Mai 68 : Le chaos peut être un chantier*, un « vrai dialogue » suppose

– un déplacement, parler avec qui on n'aurait jamais parlé, avec un inconnu : étudiants et ouvriers, ouvriers et cadres, hommes et femmes, Français et immigrés…

– un autre temps, prendre le temps de se parler…
– et le désir d'instaurer un monde nouveau, qui s'instaure déjà en fait par ce dialogue…

Bascule et renversement : ce qui est normal ne l'est plus. Le questionnement porte en fin de compte sur « ce qui est normal, ce qui est fou ». L'usine, la chose la plus banale, le socle de toute notre civilisation industrielle de masse, est un lieu de folie. Ne pas céder là-dessus.

Voir le film *La Reprise du travail aux usines Wonder + Reprise* d'Hervé Le Roux (1996) qui est sorti en salle en même temps que paraissait « Depuis maintenant »…

Ça met tout en perspective. Et d'abord, comme je l'ai dit, le langage. Ce que les mots veulent dire. Méfiance, soupçon, radical.

Voir les propositions que j'ai imaginées pour les ateliers d'écriture que j'ai pu faire dans les années 1980-1990, et qui se présentent sous forme de questions. Certaines sont citées dans *Les Outils*.

Ce qui ne change pas/Ce qui ne peut pas changer
Les idées nouvelles, est-ce qu'il y en a
Le pire ennemi
Sur quoi on s'appuie
Pourquoi on lit/Pourquoi on ne lit pas
Où vont les mots
Etc.

Noter que face au mouvement de Mai 68 et de ce qu'il a soulevé comme questionnements, seul s'oppose le vide, le « vide autoritaire », le moi c'est moi, l'État c'est moi, l'actuelle forme du pouvoir. De Gaulle à l'époque.

Dont la seule arme était la peur, et la furie peureuse des propriétaires.

Et la seule pensée le recours au ressassement, aux clichés.

D'où le constat : le « cliché », l'idée reçue, la « bêtise » sont une défense contre la pensée, contre le scandale de la singularité.

Voir mon texte « Renversement », court essai publié avec la pièce de théâtre *Louise, elle est folle*.

La bêtise est une tentative de fermer, d'arrêter la pensée, et c'est une réplique du binaire marchand : acheter/pas acheter.

Le cliché, l'idée reçue, est autoritaire.

L'écriture est une recherche, infinie.

Importance des rencontres. Du hasard.

Des dialogues. Tout le monde peut tout penser. Pas de déterminisme, de psychologie, de sociologie.

Pas de point de vue omniscient… C'est très difficile !

Fin suspendue, ouverte.

Et comme l'a dit Maurice Blanchot, « il est seulement clair que la Révolution n'a jamais lieu une fois pour toutes »…

Miss Nobody Knows

Sur le pont passait un métro aérien. La jeune femme s'arrêta pour le suivre du regard. Elle tenait un sac en plastique bourré d'où elle sortit un carnet et un stylo. Elle entra dans le café, s'accouda au comptoir et demanda un verre de vin.

Elle ouvrit le carnet, tourna quelques pages, écrivit la date, ensuite :

Le principe des rails.

Comment on fabrique un pot d'échappement.

Le métal. Ce que c'est.

La formule du vin.

Ce que veut dire H_2O.

Elle ratura, reprit :

Ce que veut dire vraiment H_2O.

La peau. De quoi elle est faite.

Elle s'arrêta pour boire du vin, parut réfléchir, continua :

De quoi est faite l'eau, l'eau salée, la mer.

Pourquoi on pleure.

Elle s'arrêta encore, les yeux vagues, se ressaisit :

Pourquoi ampère. Pourquoi Ampère.

Pourquoi on opère.

Elle eut l'air subitement épuisée. Elle relut, tira un trait et ferma le carnet.

Le garçon derrière le comptoir la regardait. Elle dit, plutôt pour elle-même :

– Je note les questions.

Je dois noter les questions, c'est tout.

Un client lui offrit un verre. Elle accepta. Il lui demanda son nom gentiment, elle haussa les épaules et dit à voix basse, Je n'ai pas de maison. Ensuite elle le regarda en penchant la tête sur le côté, et elle se mit à chantonner un blues, elle articulait bien, on comprenait toutes les paroles, *Nobody knows the trouble I see, Nobody knows my sorrow.*

Le garçon lui fit un clin d'œil et dit, Miss Nobody Knows.

Elle continua à chantonner sans sourire.

Sur un banc. Sort son carnet, écrit la date. Ensuite, d'une traite, sans lever les yeux :

– L'herbe qui pousse. La couleur.

Les différentes lumières du ciel.

La buée.
Pourquoi les mouches.
Le cerveau animal.
S'arrête, reprend :
Le silence. Le bruit du silence.
Rature, écrit :
Comment on entend le silence.
Rature encore, l'air affolé, reste avec le stylo suspendu.
Écrit :
Est-ce que le silence forme un tout.
Ferme le carnet.

Assise à une table de café :
– D'où viennent les villes.
Pourquoi le ciment.
Le béton.
La pierre.
Pourquoi la méchanceté.
Rature, corrige :
Pourquoi toujours la méchanceté.
Pourquoi toujours.
Pourquoi toujours.
Pourquoi toujours.
Pose la main gauche sur la main droite qui écrit.
Ensuite :
L'origine des noms.
Les prénoms.
Qui c'est, celle-là.

Fait une grimace et se lève brusquement. Part très vite, le carnet encore ouvert à la main.

Un matin :
– Les étoiles, les galaxies.
Le sommeil.
Pourquoi il faut dormir.
Pourquoi il ne faut pas dormir.
De quoi est faite la nuit.
La tombée de la nuit.
Le noir.
À quoi sert la peur.
À quoi servent les enfants.
Est-ce qu'ils existent, les enfants.

Gaie, très gaie, Miss Nobody Knows. S'assoit brusquement sous un porche, écrit, rit en silence :
– L'air.
Pourquoi marcher vite est agréable.
Les nuages bleus.
Les nuages en paquets.
Les nuages ballons.
Les nuages qui cherchent.
Ceux qui disent, Bonjour mademoiselle vous cherchez quelque chose.
Les gens gentils.
Les gens tellement gentils.
La couleur satinée.

Les vestes brillantes.

Les femmes.

Pourquoi toutes les femmes.

Se lève d'un bond et se remet à marcher.

Entre ses jambes passe la ville, entre ses pas. Ville suspendue et pleine. Ville fleuve, ville océan. Grande ville désordre.

Large.

Étendue et plate, posée à plat sous le ciel, tirée. Tirée aux quatre coins, tendue.

Et trouée, piquée de trous. Les fenêtres, les carrefours, les lumières.

Ruisseaux et flaques, reflets. Eau qui suinte. Vieux égouts.

Les pans de murs, fissurés et jaunes. Les graffitis. Le grain.

Les allées d'arbres.

Le vent.

Le vent. Est-il vraiment si brutal.

Les immeubles, décalés. Les toits. Les escaliers en fer.

Façades maigres, impossibles. Et en pleine ville, les trains.

La vitesse folle des trains au milieu des immeubles.

Une petite fille tranquille rentre après l'école.

Ville désarticulée et pleine, ses certitudes, ses coins. Mais inquiète, curieuse. Percée de cris.

Ville vidée, vieille ville. Jeune.

Désordre, évidence, désordre.

Les horloges, au bas des pentes, au coin des rues.

Sur le boulevard un homme s'arrête, il tire un passant par la manche, il lui demande en chuchotant : Et le grand pont suspendu, est-ce qu'il existe encore ?

Une vieille dame maquillée avec soin hurle dans un téléphone public, elle crie, Ils m'ont encore coupée, ce téléphone pue, saloperie de téléphone, c'est pas possible, je peux pas le croire. Elle s'énerve, elle s'étrangle, en même temps elle rit. Elle a déjà perdu trois pièces dans l'appareil, elle continue, elle le harcèle encore.

On mange. Les trottoirs sont pleins comme des assiettes.

Pommes, petits pains, saucisses chaudes, légumes et pots.

C'est la fête, bien sûr. Le ciel peut être si vif, si large, une toile lavée et neuve, des carreaux bleus. Mais il y a tous ces vieux qui marchent, légers comme des plumes, ils marchent avec précaution, avec douceur, quand on les regarde on sent le pavé dur sous leurs pieds, on le sent quand on voit leurs baskets déprimés et leur anorak trop court, incongru.

Avec des grands gestes des hommes discutent sur un toit.

Dans des caisses, par terre, des vestes, des robes, des livres, des disques, du vin. Des objets ménagers.

Des moteurs.

Des draps.

Quelque chose flotte entre les choses posées, s'insinue entre les rainures du trottoir, les encadrements des fenêtres, les stores, s'insinue, s'affirme, se cale contre les murs et se dresse, recule et repart.

À un fronton : Dieu n'a jamais voulu que tu sois moins que toi-même.

Jeune Dieu, exigeant et calme. Dieu atomique. Comment vivre tout ce qu'il dit.

Une radio verse sa musique dans la rue.

– Parce qu'à cette époque, je te parle des années après 68, les quelques années qui ont suivi 68

BABY STOP CRYING

elles étaient dures pour tout le monde, tu te rappelles, ces années-là

BABY STOP CRYING

je l'ai connu, il était encore lycéen, très doué, brillant, un sujet brillant, et révolté, à l'époque il y avait le mouvement lycéen,

BABY

il s'est marié, j'étais invitée, sa femme était insignifiante mais je me souviens de sa mère, une grande blonde très jeune, très belle, ils avaient tous les deux une relation, ah, privilégiée, ils étaient du même blond tous les deux, c'était frappant

STOP CRYING

à l'époque je me rappelle avoir pensé, C'est ce qui lui donne sa force, son insolence, il n'avait peur de rien, de rien, toujours le premier à se bagarrer, sa mère était venue à son procès, elle était déchaînée, elle avait insulté le procureur

BABY BABY

son père par contre je ne l'aimais pas, un pauvre type, que veux-tu que je te dise, et il pouvait toujours se vanter d'avoir des fusils cachés, il disait ça, des fusils cachés, on les sortira, vous pouvez être tranquilles, eh bien moi

BABY STOP CRYING

moi il ne m'impressionnait pas du tout, il me dégoûtait plutôt

et quand Jérémie a eu son accident, tu te souviens, ce n'était pas un accident d'ailleurs, les flics l'ont tellement tabassé on croyait qu'il était fini, il est resté handicapé, lui si grand, si fort

STOP

eh bien après sa mère a dit, Je vais danser ce soir, je vais au bal, je ne vais pas rester chez moi quand même, j'aime trop danser, elle a dit

CRYING

je me demande ce qu'il est devenu

et ses enfants

il avait deux enfants

Dans un café.

Lui, très bas :

– Ça fait trois mois que je dors n'importe où.

Elle :

– Tais-toi.

– Je vis sous les ponts. Je mange à la soupe populaire.

– Ça ne m'intéresse pas.

– Je veux te raconter ma vie.

– Ça ne m'intéresse pas. Garde ta vie.

– Je n'ai que ça à te donner.

– Je n'en veux pas.

– Il faut que je te parle.

– Non.

– Tu ne sais pas ce que c'est. La chaîne. Être ligoté par ses propres gestes.

La dernière usine où j'ai travaillé était construite en rase campagne. Je dormais dans une roulotte, je ne voulais pas dormir dans le foyer.

– Une roulotte ?

– Je hais la campagne. Des routes tristes, la terre retournée, de la ville qui part en morceaux. Tout s'effiloche. Les gens ont l'air fou. Mon père était ouvrier agricole, il est mort étranglé sur une machine. Il savait à peine parler français.

– Tu ne m'en as jamais parlé.

– Que veux-tu que je te dise. Il me battait, il courait derrière moi avec sa ceinture et il me battait. Quand j'y pense ça me fait rire.

– Ton rire me dégoûte.

– Mais c'est vrai. Quand je revois la scène, moi si petit, et lui, un homme immense, courant derrière moi avec sa ceinture, ça me fait rire.

– Même quand tu dis la vérité tu mens. Tu mens dans tes mots, dans ta parole tu mens. Tu dis la vérité pour mieux mentir.

– Écoute-moi.

– Non.

– Prête-moi de l'argent.

– Jamais.

Dans le métro.

– J'ai peur de ressembler à mon père.

On me dit souvent, Jean, tu ressembles tellement à ton père. Je le sais, les yeux, les lunettes, des expressions.

Quand j'étais étudiant, c'était un affrontement continuel, on s'opposait sur tout, la société, les livres, la vie.

Maintenant nous n'avons pas les mêmes idées, pas plus qu'avant.

Mais je ne me bagarre plus. Avec lui, je veux dire, je me bagarre avec les autres.

Avec lui la peur occupe trop de place. La peur de lui ressembler a pris la place de la bagarre.

Chaque fois que je le vois la question me taraude, insidieuse : Est-ce que je lui ressemble ?

Quand je fais quelque chose je me méfie. L'aurait-il fait ? Je ne veux pas.

Cette peur de lui ressembler est l'ultime combat avec lui, et en même temps, je le sais bien, c'est un refus mélangé, qui maintient sa présence.

Il m'aura gagné si je lui ressemble mais la peur est déjà un point pour lui. Je le sais mais je n'arrive pas à être calme.

My *Manhattan Transfer*

C'est avec Serge Daney, ce qu'il écrivait dans le journal *Libération* dans les années 1980, que j'ai commencé à lire régulièrement des textes de critique de cinéma. Mais il me semble qu'un livre de littérature, un roman, que j'ai lu et relu adolescente, a beaucoup compté dans ma façon d'envisager les rapports entre écriture et cinéma, et dans mon désir d'écrire *avec* le cinéma, *Manhattan Transfer* de John Dos Passos. C'est un vaste « roman d'éducation », publié en 1925, qui couvre une trentaine d'années de la fin du XIXe siècle au milieu des années 1920, il suit le destin d'une multiplicité de personnages, jeunes et moins jeunes, de tous les milieux sociaux, ils apparaissent et disparaissent, se font et sont défaits, se débattent, arrivent ou succombent, réussite ou échec, chance ou malheur, rencontres et hasards, ils perdent leur vie ou trouvent leur voie à l'intérieur de la Métropole. Croisements de lignes de ville et de lignes de vie, plaisir des croisements. Je découvrais avec fascination ce qui n'était pas un roman classique, ou du XIXe siècle, mais une « écriture cinématographique », même si je ne l'appelais pas comme ça, une écriture qui « correspondait » au cinéma que j'allais voir et que j'aimais dans les années 1960. Un roman polyphonique qui se déroulait avec une évidence ouverte, une indétermination. Trois parties, une succession de chapitres, et à l'intérieur de chaque chapitre des séquences où le lecteur était placé du point de vue d'un héros momentané. Un petit comptable, le livre commence avec la naissance de sa fille qui deviendra actrice de théâtre. Deux marins, l'un sera serveur et épousera une veuve épicière, l'autre, anarchiste, deviendra millionnaire mais restera anticapitaliste. Un financier, un architecte, un avocat, un syndicaliste, un garçon venant de la campagne, on comprendra au détour d'une phrase qu'il fuit la ferme où il a tué son « vieux »… Aucune explication, ni sociologique ni psychologique, seulement des lieux, des actions, des paroles. C'est par les façons de parler, par les accents, transcrits, que le lecteur saisissait, ou non, l'origine des personnages, leur situation. Dialogues elliptiques, condensés. Le lecteur était placé dans la scène, devant la scène, il la prenait en cours de route, il retrouvait, ou non, le personnage par la suite, et il reconstruisait, ou non, ce qu'il était devenu entre-temps. Montage. Le personnage monologuait en association libre et le lecteur lui aussi pratiquait l'association libre pour le suivre. L'écriture donnait à voir, à entendre, et le travail d'analyse devait être fait par le lecteur. Pas de dénouement, seulement du déroulement, pour reprendre l'opposition de Brecht. Au début des chapitres, une courte description évoquait la ville, un de ses aspects, on pouvait penser à des cartons de cinéma muet, et la ville était toujours présente, Manhattan, dans sa totalité et son système, l'argent, et en même temps toujours diffractée dans ses parties concrètes, ses morceaux, ses contraires, quais et quartiers riches, restaurants et bancs publics, parcs et ateliers, théâtres et *nickelodeons. A nickel before midnight buys tomorrow... A nickel before midnight buys our yesterdays...* Le lecteur percevait le système et ses lois, le roi dollar et les conventions bourgeoises, et aussi comment chacun, chacune, suivait le système, s'en écartait, le transgressait, lui opposait ou non son désir. On était dans un monde en crise, la Première Guerre mondiale fera des États-Unis la première puissance, Manhattan qui était déjà la deuxième place financière deviendra la première, certains gagneront, d'autres seront ruinés ou laissés pour compte ou exclus, mais aucune fatalité, ce qu'on voit ce sont les rapports entre les personnages, les relations, pas une quelconque nature humaine, tout est toujours et tout le temps en mouvement, et d'abord toutes les catégories, la normalité, la folie. Amoralisme et caractère vivifiant du conflit. Rien n'est donné, tout bouge, inquiétude, questionnement, mais il y a du sens, il se découvre, il se construit, le système capitaliste se décline, énergie et cruauté, et en même temps il peut y avoir autre chose. Et l'interprétation venait souvent par le gag, deux actions qui se rencontrent de façon surprenante et pourtant significative : comment le fils de bonne famille qui est dans la finance et l'imposteur qui devait épouser sa sœur mais se révélait être déjà marié se retrouvent à acheter ensemble le même costume chez Brooks… Un entrepreneur déchu qui a tout perdu vient demander de l'argent à un ancien employé qui invoque ses « principes » pour refuser de lui en prêter… Ou encore on voyait des répétitions étranges, opaques, du pur réel, comme le feu qui revient dans la ville, au début du livre l'incendie d'un immeuble auquel le père de la petite Ellen assiste, effrayé, plus tard il y aura le feu allumé dans un moment de folie par le garçon qu'elle aime et où il mourra, dans le dernier chapitre elle aidera à étouffer l'incendie de la maison de haute couture où la jeune ouvrière qui prépare sa robe sera défigurée.

O City city, écrivait Eliot au même moment.

Association libre, montage, gros plans, plans d'ensemble.

Les différentes ascensions et chutes, *rise and fall*, du roman évoquaient pour moi tous les *rise and fall* des films que je voyais à l'époque, *Scarface*, *White Heat*, ou tous les « série B », *Machine Gun Kelly*, *The Rise and Fall of Legs Diamond*, *Baby Face Nelson*, et les deux personnages principaux, ceux qui étaient le cœur du livre, Ellen et Jimmy, vivaient aussi un *rise and fall* aux valeurs en quelque sorte inversées. Ellen Thatcher, Ellie, Elaine, Helene, Helena, petite fille joueuse et solitaire, jeune actrice très belle, finira par épouser un avocat ambitieux, sans scrupule, Jimmy Herf fils de famille riche qui tourne le dos à son milieu d'origine, se sépare d'Ellen, qu'il aime, et partira sur les routes peut-être pour devenir écrivain… Le portrait d'Ellen a sûrement été pour moi un des éléments de la fascination pour le livre : il posait en creux les questions des possibles d'une femme dans le monde marchand, sujet désirant et objet du désir des hommes qui ont le pouvoir, *very expensive, eh*, c'était dans *Scarface*, « *leave the coat* », le manteau de vison, c'était dans *Legs Diamond*. Prostitution et valeurs bourgeoises étaient renvoyées dos à dos comme dans *L'Opéra de quat'sous*… Ellen évoluait un peu comme Anna Karina dans les films de Jean-Luc Godard : pour commencer elle vivait la question – si *Une femme est une femme*, alors être une femme, c'est quoi – mais quelques années plus tard, dans *Pierrot le Fou*, sa défense contre l'amour était de devenir une femme fatale, sans affects… Ellen abandonne ses idéaux, « *I guess I'm growing* », dit-elle, et elle laisse « la psychanalyse, la littérature, le radicalisme, *all that* » pour épouser un homme qu'elle n'aime pas.

Mais le livre se termine sur Jimmy :

Say, will you give me a lift ? he asks the redhaired man at the wheel.

How fur ye goin ?

I dunno… Pretty far.

– Dites, vous voulez bien m'avancer un peu ? il demande au type roux qui est au volant.

– Tu vas loin ?
– J'sais pas… Assez loin.
Fin ouverte, une route, *Les Temps modernes* à jamais, et ce n'était pas sans rappeler aussi *Le Petit Soldat* où, au début du film, le héros passe une frontière, « Je m'appelle Bruno Forestier, je suis reporter et cherchant ce qui est important ici-bas », et où à la fin, après avoir échappé à la torture et la mort, et perdu la femme qu'il aime, ce qu'il dit c'est : « Il ne me restait qu'à ne pas devenir amer, mais j'étais content, j'avais beaucoup de temps devant moi. »

On tue Woyzeck

Sur la question de l'envie dans la poétique de Büchner

Georg Büchner travaillait sur *Woyzeck* pendant l'hiver 1836, il est mort du typhus en février 1837, il avait 23 ans. Il avait déjà une œuvre philosophique, scientifique et littéraire : des essais sur Descartes et Spinoza – il a d'ailleurs été reçu docteur en philosophie en 1836 à l'Université de Zurich –, un mémoire sur le système nerveux du barbeau, présenté à la Société d'histoire naturelle de Strasbourg (en 1836), du théâtre : un drame, *La Mort de Danton* (1835), une comédie, *Léonce et Léna* (1836), un texte narratif inachevé sur un épisode de la vie du poète Lenz. Et ces fragments, *Woyzeck*. Il avait fondé avec d'autres une section de la Société des droits de l'homme, participé au mouvement d'étudiants d'extrême gauche et écrit un journal-tract, *Le Messager hessois*, une feuille révolutionnaire visant à encourager les paysans et les artisans de Hesse à se soulever en masse, publié de façon anonyme en 1834, pour lequel il a été dénoncé, et à cause duquel il a fui vers Strasbourg et ensuite Zurich.

La pièce : inspirée d'un fait divers, comme il y en a eu plusieurs semblables au même moment en Allemagne. Un soldat jaloux tue sa maîtresse avec un couteau. Dans la pièce, le soldat, Franz Woyzeck, est très pauvre et un peu fou, il a des hallucinations, provoquées peut-être par le régime qu'il suit (ne manger que des pois) pour un docteur qui fait des recherches, noter qu'il y a eu aussi à l'époque ce type d'expérimentation. Woyzeck a un enfant hors mariage avec Marie, une femme qui l'a aimé mais qui n'est pas fidèle. Il sera moqué par son capitaine, humilié par son rival, le beau sergent-major, et il tuera Marie dans la campagne, près d'un étang où il jettera le couteau. Il sera jugé, on n'en sait pas plus. La dernière phrase des fragments est prononcée par un employé du tribunal : « Un bon meurtre, un vrai meurtre, un beau meurtre, aussi beau qu'on peut le désirer, nous n'en avons pas eu pareil depuis longtemps. »

Le fait qu'il s'agisse de fragments permet sans doute une projection très libre du lecteur, en même temps chaque scène existe très fort, dans une grande simplicité, une évidence. D'emblée la beauté inquiétante de la nature, on est dans la campagne, au loin la ville, « il y a quelque chose qui bat » sous le sol, on peut entendre des voix, en tout cas Woyzeck les entend, il pense aux francs-maçons, « quelle clarté ! un feu court tout autour du ciel, et un vacarme en descend comme des trompettes », mais non, ensuite c'est du « silence, rien que du silence, comme si le monde était mort ».

D'emblée une atmosphère inquiétante, quelque chose se passe. Woyzeck le dit à Marie, scène 2 : « Marie, il s'est de nouveau passé quelque chose, beaucoup de choses. »

Quelque chose se passe, qui nous échappe, mais quoi ?

Et c'est ce Woyzeck qui le voit et l'entend, un homme de peu, de rien, un misérable soldat, qui n'a « rien d'autre au monde » que Marie, c'est ce qu'il dit au capitaine quand celui-ci lui fait des insinuations, et Marie est si belle, tout le monde peut être amoureux de Marie.

On est dans une ville de garnison, les soldats défilent, Marie trouve que « les soldats, c'est des beaux garçons », elle le chante, et il y a une fête foraine, une fête pour les pauvres, défouloir, sensations fortes, lumières violentes, bruit… et on montre des animaux savants, « le cheval astronomique »…

Et dès le début la question centrale de la pièce est posée, mine de rien, en passant, par le bonimenteur : un homme, qu'est-ce que c'est, quelle est la différence entre un homme et un animal.

« Messieurs, cet animal que vous voyez là, la queue soudée au corps et debout sur ses quatre sabots, est membre de toutes les sociétés savantes et professeur à notre université… c'est de la bêtaphysique. Oui, ce n'est pas un individu bête, c'est une personne. Un être humain, un être humain animal et pourtant une bête, un animal »…

Qu'est-ce qu'un homme, qu'est-ce que la nature, qu'est-ce que la morale…

Dans ces fragments on assiste à un drame de la jalousie, cela pourrait être banal mais tout de suite ce qui n'est pas banal : les pauvres, les misérables se détachent, Woyzeck, Marie, ils existent très fort, et d'emblée ils existent par rapport à ces autres qui ont un discours plein de haine, de mépris, la voisine jalouse de Marie, le professeur, le docteur qui expérimentent sur Woyzeck, le capitaine…

Voir la scène 7 : le professeur montre Woyzeck à ses étudiants et se réjouit de ses tremblements, dus au régime suivi par celui-ci à la demande du professeur pour gagner un peu d'argent supplémentaire, et le professeur lui demande de remuer les oreilles…

Et voir les scènes entre Woyzeck et son capitaine, le capitaine débite des insanités pendant que Woyzeck le rase, des insanités à prétention philosophique, Woyzeck répondant oui à tout, l'esprit ailleurs, on suppose.

Le capitaine : « J'ai très peur pour le monde quand je pense à l'éternité. S'occuper, Woyzeck, s'occuper ! L'éternité c'est éternel, c'est éternel, tu comprends ça ? »

Et le capitainc essaie de se moquer de Woyzeck, et lui fait des reproches, sa bêtise, son manque de moralité.

La moralité, c'est quand on est moral, tu comprends.

Le capitaine : « Woyzeck, tu n'as pas de vertu… »

Woyzeck : « Oui, mon capitaine, la vertu ! Je ne sais pas encore ce que c'est. Voyez-vous, nous autres gens du commun, ça n'a pas de vertu, on n'a comme ça que la nature, mais si j'étais un monsieur et que j'avais un chapeau et une montre, et un manteau à l'anglaise, et que je savais parler avec distinction, je serais bien prêt à être vertueux. »

C'est-à-dire : qu'est-ce qu'un homme, un animal ou autre chose, mais qui pose la question, et comment…

Comme dit la chanson, « Est-ce ainsi que les hommes vivent »… vivent entre eux.

L'atmosphère des fragments pointe l'absence de liens, de lien social, on est dans un creux de l'Histoire, 1836, après la grande Révolution, échec des mouvements révolutionnaires en Allemagne, et avant la prochaine poussée révolutionnaire en Europe à partir de 1848.

Solitude, désolation, la mort est partout, dès le début, et ce n'est pas seulement l'annonce du meurtre, c'est la mort dans les relations humaines, la société, le monde, tout le monde est orphelin.

Voir l'extraordinaire conte de la grand-mère qui tient à la fois du rêve et de la description hyperréaliste, qui suit le sentiment de celui ou celle qui rêve et donne une peinture, une vision concrète, matérielle, pleine d'objets familiers, tous cassés.

« Il était une fois un pauvre enfant qui n'avait ni père ni mère, tout le monde était mort et il n'y avait plus personne au monde. Tout le monde était mort et il allait et criait jour et nuit. Et parce qu'il n'y avait plus personne sur la terre, il voulut aller au ciel, et la lune le regardait si aimablement, et quand il arriva enfin à la lune, c'était un morceau de bois pourri, et alors il est allé jusqu'au soleil, et quand il arriva au soleil c'était un tournesol fané, et quand il arriva aux étoiles c'étaient de petits moucherons dorés épinglés dans le ciel comme le lanier les épingle sur le prunellier, et quand il voulut revenir sur terre, la terre était un pot renversé, et il était tout seul, et alors il s'est assis et il a pleuré, et il est toujours assis là tout seul. »

Le thème des histoires d'aventures « partir découvrir le monde » devient la rencontre récurrente avec un monde mort, c'est la fin de l'espérance, et en ce sens la fin de l'enfance, d'une enfance possible : Il était une fois un pauvre enfant…

Dans tous ces fragments le réel est là dans sa complexité, dans son épaisseur pliée, dépliée, présence « millefeuille » du monde…

Et en même temps on a une condensation, proche de la poésie, la société entière est représentée par une ville de garnison, avec ses deux piliers : le capitaine, le docteur, l'armée et la science au service de l'exploitation et de l'oppression du soldat.

Dehors c'est la nature, la nuit, la lune, l'étang.

Et une insistance sur le thème : le monde est mort, dès la première scène, « comme si le monde était mort », « tout est mort » quand Marie se sent coupable, et, avant le meurtre, le conte de la grand-mère.

Alors, l'envie ?

L'envie vise un autre supposé être bien dans sa peau, dans son corps, etc.

Dans un chapitre de son livre *Lettres à une jeune psychanalyste* Heitor de Macedo, parlant de « la paranoïa selon Philippe Réfabert », décrit une rencontre fortuite qu'il fait, un jour où il se sent particulièrement bien, avec un géant, rencontre qui a failli tourner mal, et qu'il analyse après coup :

« … le Cosaque [c'est le nom qu'il lui donne] a dû percevoir le scandale de ma joie, de mon bien-être, cette intimité qu'on a parfois avec le réel du monde. Dans un premier temps, il a dû vouloir avaler cette aisance et puis, très vite, elle lui a fait injure et il fallait l'attaquer. Alors il projette sur moi la haine qui le submerge. »

Plus loin, l'auteur parle de « l'envie, sœur jumelle de la haine »…

Se rappeler aussi la définition dans l'*Orestie* d'Eschyle (*Les Choéphores*), c'est Électre qui parle : « Quand le poids de la haine a attaqué un cœur, c'est une double souffrance pour celui qui la porte en soi, il sent le poids de ses propres malheurs et gémit au spectacle du bonheur d'autrui. »

Mais ce qui est étonnant dans *Woyzeck*, c'est qu'il s'agit de l'envie des « privilégiés » à l'égard des pauvres.

Ces privilégiés (le capitaine, le docteur) non seulement exploitent Woyzeck mais le méprisent ouvertement, le provoquent, lui font des insinuations assassines sur sa femme, bref : ils redoublent l'exploitation par la méchanceté haineuse.

Pourquoi ?

Le capitaine mais aussi bien les autres notables, le docteur, le professeur, imaginent chez lui une vie animale, sans morale, pure nature.

Le misérable, le pauvre, les bas-de-l'échelle mais aussi bien l'enfant, le fou, l'innocent débile, n'ont pas accès à la morale bourgeoise répressive, et vivent, pense le bourgeois, une vie libre, sans entraves. Et il est ainsi, paradoxalement, objet d'envie, précisément pour ceux qui ont engendré ce rapport inégal.

Voir la scène citée précédemment où le capitaine a reproché à Woyzeck de ne pas avoir de vertu, voir aussi le passage où le docteur a reproché à Woyzeck d'avoir uriné dans la rue au lieu de garder son urine pour qu'elle soit examinée, et Woyzeck lui a objecté : « La nature ! »

Le capitaine lui répond : « La nature ! Woyzeck, l'homme est libre ; en l'homme l'individualité se transfigure en liberté… »

Le capitaine est « éprouvé », c'est ce qu'il dit, par le discours de Woyzeck.

Auparavant il lui a dit : « Tu m'embrouilles complètement avec ta réponse », quand Woyzeck, à qui il venait de reprocher son enfant hors mariage, lui a opposé le « Laissez venir à moi les petits enfants » du Christ.

Le capitaine aimerait que Woyzeck soit bête, dise oui, et se taise. Les reparties de Woyzeck le désorientent, mais plus encore lui renvoient son envie non dite et non pensée par rapport à des êtres misérables mais qui vivent, imagine-t-il, dans le péché, dans la sensualité.

Une phrase des fragments m'a frappée.

Scène 12, le capitaine dit à Woyzeck : « Tu cours à travers le monde comme un rasoir ouvert. »

C'est une image très parlante, qui fait penser à ce que Rilke dit de « l'Ouvert », dans la huitième *Élégie de Duino* :

> De tous ses yeux la créature voit l'*ouvert.*
>
> Nos yeux seuls sont comme retournés.

Dans *L'Espace littéraire*, Maurice Blanchot a commenté cette notion de l'Ouvert chez Rilke. Rilke oppose la conscience, qui est le lot de la condition humaine, et qui empêche ce qui serait un accès direct au monde, à « l'animal, la fleur, [qui] est tout cela, sans s'en rendre compte et a ainsi devant soi cette liberté indescriptiblement ouverte qui, pour nous, n'a peut-être ses équivalents, extrêmement momentanés, que dans les premiers instants de l'amour, quand l'être voit dans l'autre, dans l'aimé, sa propre étendue, ou encore dans l'effusion vers Dieu ». Rilke développe l'idée d'un

« espace intérieur du monde », lequel, commente Blanchot, « n'est pas moins l'intimité des choses que la nôtre et la libre communication de l'une et de l'autre ».

> À travers tous les êtres passe l'unique espace
> Espace intérieur du monde. Silencieusement volent les oiseaux
> Tout à travers nous. Ô moi qui veux croître,
> Je regarde au-dehors et c'est en moi que l'arbre croît.

Blanchot conclura que « l'Ouvert c'est le poème ».

Ce qu'on peut dire : Woyzeck n'est pas « moral », soumis à la moralité bourgeoise, il a une conduite sexuelle amorale, il cite Jésus Christ, « Laissez venir à moi les petits enfants », il est lui-même comme un enfant, innocent, entier…

Et ce faisant il a accès à une vérité d'un autre ordre que la soi-disant exactitude scientifique, une vérité qui est une ouverture au monde.

On peut penser à Brecht, qui a découvert Büchner en 1916, quand Max Reinhardt a monté *La Mort de Danton* à Berlin, et qui écrit dans *L'Opéra de quatr' sous* la chanson « Ballade à propos de la question de quoi vit l'homme » :

> Vous messieurs qui nous apprenez comment on vit en honnête homme
> Et comment on peut éviter péchés et délits
> Vous devriez d'abord nous procurer de quoi bouffer
> Ensuite vous pourrez faire des discours…
> D'abord vient la bouffe, ensuite vient la morale.

Et l'envie vise aussi Marie, belle, prostituée, etc., comme le montre entre autres la scène avec sa voisine.

Cette vision de la haine de classe a donné à Büchner quand il a été redécouvert une grande postérité, en tant qu'anarchiste prémarxiste…

En réponse, comme réponse, à cette envie meurtrière, à la misère, à l'aliénation (« Oui mon capitaine »), Woyzeck oppose la folie, le délire, les hallucinations, les voix, la terre qui parle…, une pensée qui tient compte de la complexité, une pensée poétique.

« Il y a un silence si bizarre… Un feu court tout autour du ciel, et un vacarme en descend comme des trompettes !… » dans la scène 1.

Mais aussi plus loin, scène 11 : « Docteur avez-vous déjà vu des signes de la nature double ? Quand le soleil est en plein midi et que c'est comme si le monde prenait feu, alors une voix terrible m'a déjà parlé ! Avez-vous déjà vu les figures que les champignons dessinent en poussant sur le sol. »

Et dans la scène 12 quand le capitaine fait des allusions transparentes et assassines à la liaison de Marie et du tambour-major, pendant que le docteur prend des notes « scientifiques » sur le comportement de Woyzeck, Woyzeck dit : « J'y vais ! Beaucoup de choses sont possibles. L'homme !… Voyez ce beau soleil solide et ferme, on pourrait avoir envie d'y planter un pieu et de s'y pendre, rien qu'à cause du tiret qui sépare oui et encore oui… et non, mon Capitaine, oui et non ? Le non est-il coupable du oui ou le oui du non ? »

On pense à Paul Celan, dans un poème traduit par Blanchot :

Parle toi aussi
Parle le dernier à parler
Dis ton dire
Parle –
Cependant ne sépare pas du Oui le Non
Donne à ta parole aussi le sens
Lui donnant l'ombre.

Dans les fragments, la poésie et le meurtre sont liés, mais les pauvres gens se tuent entre eux, et Woyzeck tue Marie comme une partie de lui-même.

Büchner s'est appuyé sur des recherches documentaires précises et en particulier il a consulté les actes d'une longue procédure concernant un vrai Woyzeck, pauvre soldat qui a effectivement tué sa maîtresse avec un couteau.

Le prénom du « vrai » Woyzeck était Johann Christian, et la femme qu'il a tuée s'appelait Johanna Christiana Woost, même prénom…

Cette vision de Woyzeck nous amène à comprendre que le parti pris esthétique de Büchner, fait de renversement et de condensation, est en même temps sa position éthique.

Il y a une opposition nette, maintenue, soutenue dans les fragments entre :

– les marionnettes que sont les privilégiés, le capitaine, le docteur, l'huissier : marionnettes définies par un trait un seul

– et les pauvres gens, Woyzeck et Marie, à qui Büchner donne une complexité réelle.

Bien loin d'affirmer de bons sentiments à l'égard des pauvres, ou d'imaginer des « bons pauvres », Büchner renverse la représentation du pauvre, de l'homme de peu, dont il n'y aurait pas grand-chose à dire, et il met en scène des pauvres qui sont, à l'opposé des marionnettes que sont les puissants, des personnages tragiques.

C'est un parti pris délibéré de construction des personnages qui déjoue une représentation déterministe, explicative, naturaliste, qui ramènerait à du connu : Woyzeck tue parce qu'il est pauvre, misérable, aliéné, fou…

Le docteur dit à Woyzeck qu'il a une idée fixe, une « *aberratio* », mais c'est lui qui l'a, comme les autres il est d'une seule (et plate) pièce.

Dans la pièce, chez les puissants, privilégiés etc. la haine et l'envie sont déniées.

C'est l'objectivité scientifique du docteur, l'utilisation du « beau » chez l'huissier, c'est sa propre supériorité affirmée sans arrêt chez le capitaine…

C'est ce déni forcené de leur propre haine, de leur propre envie, qui en fait des marionnettes, et pas des personnages (tragiques).

Au contraire les personnages Woyzeck, Marie sont étranges, surprenants, hors codes, dérangeants, questionnants, des « porte-questions ».

Ils vivent des conflits, ils délirent (une voix dit à Woyzeck, « Poignarde »).

Le personnage de Marie est aussi très complexe, beauté, désir, remords, elle se moque du tambour-major trop bête et prétentieux, (scène 10), elle défie Woyzeck (« Et alors ? », scène 13)...

Marie ressemble à Marion, autre personnage féminin très fort de Büchner dans *La Mort de Danton*, amorale, qui est, elle, presque assassinée par son premier amoureux jaloux parce qu'elle aime tous les hommes : « Mais je devins comme un océan qui engloutissait tout dans un tourbillon toujours plus profond. Je n'avais plus qu'un seul contraire, les hommes se fondaient tous en un seul corps. »

Mais Marie est désespérée (pas Marion).

Woyzeck et Marie sont confrontés à l'impossible, vivre « normalement » dans des conditions anormales.

Vivre normalement, c'est « aimer et travailler » (Freud, sur la santé psychique).

Ils sont des personnages humains tragiques.

Avec eux, par eux, nous rencontrons des inconnus (« l'inconnu devant soi », Char).

Sans aucun sentimentalisme.

Le sentimentalisme, c'est tourner autour de ce qu'on connaît, mettre en scène ça et seulement ça (ce qui « fait pleurer Margot ») et donc ne rencontrer personne, sauf soi-même et ses propres larmes.

Quelques autres figures de l'envie qui vise un autre supposé heureux, innocent, enfant, libre :

Iago, vis-à-vis du Maure de Venise, *Othello.*

La riche famille Marville à l'égard de leur *cousin Pons*, dans le roman éponyme de Balzac, ce cousin pauvre pique-assiette, innocent, gourmand, mais collectionneur génial.

Dans les *Notes du sous-sol* de Dostoïevski, le narrateur vis-à-vis de la très jeune Lisa.

Dans la nouvelle de Melville, le marin Billy Budd, beau, bon, et bègue, objet de l'envie meurtrière du contremaître John Claggart.

Au cinéma, dans *Meurtre d'un bookmaker chinois*, de John Cassavetes, les patrons de la mafia à l'égard de Cosmo Vitelli, le personnage incarné par Ben Gazzara.

Avec Kafka

À quoi sert la littérature

Un personnage grotesque, ignorant et éructant, se pavanant sur la scène du monde, un menteur acharné la main sur le cœur, tous ceux pour qui le pouvoir veut dire « moi c'est moi et toi tais-toi »… Que faire avec ça ? Déjà sortir de la sidération, de l'accablement, se décoller, se détacher, ouvrir la pensée. La fiction peut être un des moyens pour ça.

Dialogue

Qu'est-ce qu'un dialogue ? Comment est-ce qu'on signifie à l'autre qu'on veut *vraiment* lui parler, qu'on lui parle *vraiment*, qu'on ne fait pas semblant, qu'on ne lui donne pas des mots pour rien, des mots creux, des mots vides, des mots pour en finir, pour finir de lui parler, pour passer à autre chose, de plus important, de plus urgent, mais qu'on veut prendre le temps, tout le temps, le temps qu'il faut, qu'on cherche avec lui, qu'on cherche de quoi il s'agit, de quoi il s'agit quand on parle avec lui, pourquoi, comment, si *vraiment* on parle avec lui, comment est-ce qu'on signifie que, sous tout ce qu'on dit, sous tous les mots, toutes les phrases, maintenant, là, quand on est en train de parler, il y a encore autre chose, une autre chose, tout autre chose, qui leur donne justement, à ces mots, à ces phrases, leur efficace, sans lesquels les mots, les phrases, n'ont tout simplement aucune efficace, et que c'est le désir, le désir de lui parler, à lui, là, précisément, à ce moment précis, comment on fait entendre ça, et qu'est-ce qu'on fait entendre avec ça, qu'est-ce qu'on refuse aussi avec ça, qu'est-ce qu'on espère, qu'est-ce qu'on met en place pour ça, comment on s'y prend, sans y penser, en y pensant, comment on fait quand on parle, quand on dialogue.

Court dialogue de Kafka :

– Jamais tu ne tireras l'eau de la profondeur de ce puits.

– Quelle eau ? Quel puits ?

– Qui le demande ?

Silence.

– Quel silence ?

Parler est toujours se tenir en face de l'autre avec une question, prêt à une question, ouvert, intéressé, attendant une réponse. Parler avec quelqu'un, être disponible à un autre, désirer rencontrer quelqu'un qu'on ne connaît pas.

Parler comporte toujours une question vitale pour celui qui parle : « Tu m'écoutes ? »

À l'opposé, dans *Alice à travers le miroir* :

« When I *use a word, » Humpty Dumpty said, in rather a scornful tone, « it means just what I choose it to mean – neither more nor less. »*

« The question is, » said Alice, « whether you can make words mean so many different things. »

« The question is, » said Humpty Dumpty, « which is to be master – that's all. »

– Quand *moi* j'utilise un mot, dit Humpty Dumpty avec un ton assez méprisant, il veut dire exactement ce que je veux qu'il dise, ni plus ni moins.

– La question, dit Alice, est de savoir si on peut faire dire aux mots tant de choses différentes.

– La question, dit Humpty Dumpty, est qui est le maître, un point c'est tout.

That's all, un point c'est tout, fin du dialogue…

Mais que se passe-t-il ? Humpty Dumpty tombe de son mur et se casse en mille morceaux, *And all the King's horses and all the King's men couldn't put Humpty Dumpty together again*. Et tous les chevaux du roi et tous les hommes du roi ne purent le réparer, ce Humpty Dumpty.

Destin de ce gros œuf autoritaire, péremptoire et bête, qui pense qu'il peut s'approprier le langage et que les mots lui appartiennent, qui n'a pas compris que les mots appartiennent à chacun parce qu'ils ne sont à personne, mais à tous.

Sur quoi se fonde une communauté ? Sur le partage ? Sur le mensonge ?

Communautés de scélérats

« Il était une fois une communauté de scélérats, écrit Kafka dans un petit récit de 1917, ou plutôt ce n'étaient pas des scélérats, mais des hommes ordinaires. Ils se soutenaient toujours mutuellement. Par exemple, lorsque l'un d'eux avait fait par quelque scélératesse le malheur d'un étranger… ils examinaient le cas, le jugeaient, imposaient pénitence, pardonnaient et ainsi de suite […]. "Quoi ? Pourquoi te tracasses-tu ? Tu as pourtant fait ce qui va de soi" […] même après leur mort, ils ne renonçaient pas à leur communauté, ils montaient au ciel en dansant… »

Lien entre « l'ordinaire », « ce qui va de soi », et « la scélératesse », l'exclusion. Et une bonne, très bonne, conscience. On pense à ce que Hannah Arendt développera sur « la banalité du mal » dans *Eichmann à Jérusalem*, où elle parle d'Eichmann comme d'un « clown ». Et à un autre court récit de 1920 intitulé « Communauté » où Kafka fait le portrait de cinq amis : « Nous sommes cinq amis, nous sommes sortis un jour d'une maison les uns derrière les autres… Les gens nous remarquèrent, nous montrèrent du doigt et dirent : "Ces cinq-là viennent de sortir de cette maison." Depuis lors nous vivons ensemble, ce serait une vie paisible si un sixième ne se mêlait pas continuellement à nous. » Ah, ce sixième ! « … pourquoi s'impose-t-il là où on ne veut pas de lui ? Nous ne le connaissons pas et nous ne voulons pas l'admettre parmi nous. Nous autres cinq, nous ne nous connaissions pas non plus autrefois, et, si l'on veut, nous continuons à ne pas nous connaître. Mais ce qui est possible et toléré pour nous cinq n'est pas possible pour un sixième et n'est pas toléré. En outre nous sommes cinq et ne voulons pas être six. » « Nous sommes cinq », c'est martelé, et d'autant plus que c'est arrivé par hasard, aucun sens à l'origine, ça s'est juste trouvé, et pas de lien significatif non plus, « nous ne nous connaissions pas et nous continuons à ne pas nous connaître ». Alors pourquoi les cinq font-ils communauté ? C'est comme ça et c'est tout. Autorité de la réalité. Aplatissement du monde qui se déroule calme et féroce sur un seul plan, ce qui est. Et pourtant, revanche, de qui, de quoi ? De l'esprit, mais oui : cette description si précise, si exacte, n'est pas neutre, elle agit, elle fait rire le lecteur, qui voit devant lui les cinq bien serrés se confortant les uns les autres, et repoussant (avec leur coude, dit Kafka) le sixième qui essaie sans cesse de revenir. On voit le geste, ça tient du gag, et sous les affirmations péremptoires, enfantines, apparaît la nullité des « raisons », la déclaration simple : nous sommes cinq et nous ne voulons pas être six. Autorité du vide.

« Quel sens peut donc bien avoir cette perpétuelle vie en commun, ajoute Kafka, pour nous non plus elle n'a pas de sens, mais puisque déjà nous sommes ensemble, nous y restons »... La réalité n'a aucun sens en elle-même, c'est nous qui lui donnons du sens, qui est UN sens, et pas du tout LE sens, le seul sens possible. Et ici le sens de cette communauté si amicale est la volonté de rester entre soi, le refus, le rejet de ce qui est autre, point final. Ce point final fait rire, d'un rire particulier, indigné, et nerveux, bien entendu il n'y a pas de point final, mensonge et impuissance du point final, mais ce qui se dévoile d'un coup sous l'affirmation autoritaire et vide du « c'est comme ça et pas autrement » est une chose pas drôle, et qu'on *reconnaît* même si elle surprend toujours : la haine.

Le néolibéralisme est bien le stade grotesque du capitalisme, qui a besoin de définitions simplistes et excluantes. On pense comme on achète. J'aime, j'aime pas. « L'identité » c'est ceci et pas cela. Mais ne pas oublier que de la définition à l'insulte il n'y a qu'un changement de ponctuation. Juif. Juif! Musulman. Musulman!

Métamorphoses

« Un matin, au sortir d'un rêve agité, Gregor Samsa s'éveilla transformé dans son lit en une véritable vermine. » À qui ce n'est pas arrivé ? Vraiment, à qui ? On fait un cauchemar et on se réveille, toujours dans le cauchemar. Et c'est quoi ? On n'est plus ce qu'on était, on est une chose horrible, rampante, lamentable, moins qu'humaine. Une chose, quelque chose qu'un autre a dit, pensé, voulu, de vous. On était homme ou femme, et on se réveille… choisissez, on est devenu ça. Les attributs humains ont disparu : il n'y a plus que « ça », quelque chose, d'autre, d'obscur, de dégoûtant, qui fait horreur, qui fait ricaner, et on est ça, on n'est plus que ça.

Il y a ceux qui font semblant que rien ne s'est passé, qui font comme si de rien n'était. Il y a ceux qui au contraire (au contraire ?) vous voient comme « ça », vous prennent pour « ça », vous identifient, vous définissent comme « ça », et vous rejettent de plus en plus loin, très loin, dehors, de plus en plus dehors, jusqu'à ce que...

Mais est-ce qu'on le croit, qu'on est devenu « ça » ? Ou pas ? Et alors, quoi ?

La Métamorphose ou l'invention d'un mythe moderne : un récit qui donne forme à notre angoisse et qui interprète, qui peut interpréter, ce qui nous arrive, à nous qui vivons ensemble ici aujourd'hui. N'importe qui peut tomber en dehors de l'humanité, peut être menacé par la définition, la réduction, l'exclusion, à partir de « la catégorie, la case et le cas ». « L'identité » devient une chose lourde, pesante, dangereuse dès qu'on oublie qu'elle n'est qu'un perpétuel bricolage, fabriquée avec des détails toujours singuliers, des dates et des lieux, du ciel et des musiques, des parents, des amis, des ennemis, de l'école et des nourritures. Force, obstination de Kafka à affirmer sans cesse qu'il n'y a qu'une seule identité, humaine, que l'on soit accusé injustement, banni par son père, ou parti chercher du travail loin de son pays...

Mais cela va aussi avec une extrême tolérance pour ce dont on est fait, soi-même et l'autre. Quand son jeune ami Janouch lui raconte, pensant sans doute susciter son ironie, comment un de ses collègues apprenti poète n'écrit que sur du très beau papier, Kafka ne se moque pas mais commente seulement : « Chaque magicien a son cérémonial. Haydn, le grand Haydn, ne composait pas sans mettre une perruque solennellement poudrée. »

Le capitalisme, où seul compte ce qui se compte, ce n'est pas seulement la simplification, le rejet de la complexité. C'est aussi la perte de sens, l'absurdité générale de tout. Que signifie le mot « travail » aujourd'hui ?

Kafka à la mine

Quand on lit *Une visite à la mine*, court récit de quelques pages, on fait une drôle d'expérience. On suit calmement dix ingénieurs qui descendent dans la mine à la demande de la direction qui veut faire percer des nouvelles galeries, on les détaille l'un après l'autre. Un regarde partout, Deux prend des notes dans son carnet tout en marchant, Trois a « la manie de se mordre les lèvres » d'impatience, Quatre, « l'index en l'air », parle sans arrêt, Cinq, « pâle et fragile », presse la main sur son front, Six et Sept marchent courbés, Huit « malgré ses beaux habits s'agenouille dans la boue et va frapper sur le sol » avec son petit marteau, Neuf pousse une petite voiture avec des instruments « extrêmement précieux, emmitouflés de la ouate la plus douce », Dix a l'air un peu autoritaire « mais ce n'est qu'au nom des instruments ». Ce sont des figures, des dessins, des chorégraphies. On les imagine bouger, comme on imagine aussi le domestique qui les accompagne et dont la suffisance fait rire le narrateur.

Mais quand le récit se termine, on reste avec un sentiment qu'on a du mal à nommer. Ce n'est pas la fureur sarcastique que Marx vous a refilée en décrivant dans *Le Capital* la journée de travail d'un ouvrier, et en le citant : « Mon petit garçon que voici, j'avais coutume de le porter sur mon dos, lorsqu'il avait 7 ans, aller et retour de la fabrique, à cause de la neige, et il travaillait ordinairement seize heures… Bien souvent je me suis agenouillé pour le faire manger pendant qu'il était à la machine, parce qu'il ne devait ni l'abandonner ni interrompre son travail. » Ou : « Dans les ateliers de vernissage, on trouve des jeunes filles de 12 ans qui travaillent quatorze heures par jour pendant le mois entier, sans autre répit régulier que deux ou trois demi-heures au plus pour les repas… » Et que disent les propriétaires de fabriques ? « Nous ne trouvons pas que le travail, qu'il s'exécute le jour ou la nuit, fasse la moindre différence pour la santé… » (La santé de qui, demande évidemment Marx.) « Nous ne pourrions bien faire, ajoutent ces propriétaires, sans le travail de nuit de garçons au-dessous de 18 ans. Notre grande objection serait l'augmentation des frais de production. »

Ce n'est pas non plus le ton de Tchekhov, qui raconte aussi une visite d'usine surprenante. Dans *Une visite médicale*, Tchekhov met en scène un jeune interne appelé à la campagne pour soigner la très jeune héritière d'une grande fabrique où travaillent des centaines d'ouvriers. Le diagnostic du médecin est que cette jeune femme solitaire, intelligente et cultivée n'a rien, absolument rien d'autre qu'une immense tristesse devant le gâchis de vie que représente cette fabrique, travail épuisant, brutalité, saleté, toute cette horreur, et pour quoi ? Pour que la gouvernante française qui vit là avec l'héritière et sa mère puisse manger de l'esturgeon et boire des vins très chers. La jeune femme accepte ce que lui dit le médecin avec bonheur et la nouvelle se termine sur une note d'espoir, tout cela va finir, va bientôt finir.

Kafka, lui, choisit de ne pas parler du travail des mineurs, il nomme seulement « la mine » et décrit en détail les caractéristiques, les comportements, les attitudes, voire les poses des dix ingénieurs. Planent alors une série de questions qui ne sont pas formulées mais qui attrapent le lecteur et creusent en lui une inquiétude d'autant plus forte que le ton du récit est léger, il y a même une certaine allégresse à suivre ces ingénieurs, à se les représenter avec toutes leurs différences si finement décrites, leur savoir et leur art, leurs facéties. Jusqu'à ce qu'on se rende compte que rien n'a été dit ni de la nature de la mine ni de la journée des mineurs, rien non plus du pourquoi de cette mine, et ce hors-champ pratiqué par Kafka fait dans l'après-coup de ces dix ingénieurs des marionnettes vides et vaines, des hommes creux, la tête bourrée de paille, « *hollow men* », dira Eliot quelques années plus tard.

À des situations inextricables, régies par un ensemble de règles arbitraires, pire, incompréhensibles, voire inconnaissables, on applique souvent l'adjectif « kafkaïen ». Mais est-ce le seul aspect du monde de Kafka ?

Kafkaïen ? Vous avez dit kafkaïen ?

Avec Kafka on pense souvent, et à raison, à un monde bureaucratique, et même totalitaire. Ce caractère prémonitoire de Kafka est certain mais il ne faut pas oublier qu'en même temps qu'il décrit ce monde terrible, Kafka se place toujours du point de vue d'un personnage qui essaie de comprendre et de trouver un sens – non pas de donner un sens à ce monde qui n'en a pas mais d'inventer un sens DANS ce monde. Obligé d'inventer.

En ce sens l'artiste que décrit Kafka, et singulièrement l'artiste de cirque, est une métaphore de la condition humaine : liberté et angoisse devant cette liberté, devant l'absurde, et nécessité d'inventer sa propre vie.

L'artiste est quelqu'un qui se donne ses propres règles, qui choisit sans arrêt, qui décide, lui, de ce qu'il fait, et de la valeur de sa performance. Et l'univers du cirque représente une sorte de paradigme : le travail du cirque est un travail plein de risques, qui met en jeu la vie et la mort, et on peut dire que l'artiste de cirque représente une figure de l'artiste poussée à son maximum.

Dans *Premier chagrin*, un trapéziste génial, admiré de tous, traverse une crise : « Cette barre unique entre les mains, est-ce une vie ? » Il donne une réponse à la fois drôle et tragique à sa question, non pas en remettant en cause son art – à quoi sert, en somme, cet art du trapèze – mais en réclamant un deuxième trapèze… C'est l'humour de Kafka, et c'est aussi la vérité de la condition de l'artiste, qui se sent à la fois parfaitement libre, et parfaitement contraint, il ne peut pas ne pas… (« Bon qu'à ça », a répondu Beckett, à la question « Pourquoi écrivez-vous ? »).

Et l'équilibre/déséquilibre entre ce sentiment de liberté et cette nécessité est source de conflits, de contradictions. Le héros kafkaïen s'y confronte avec lucidité, obstination, et surtout patience, l'impatience étant pour Kafka le plus grand des péchés… chose qu'un artiste de cirque ne peut que comprendre.

Mais il y a un autre aspect de l'amour de Kafka pour le cirque : le cirque crée une petite communauté, un lieu où chacun existe et vit avec d'autres, et toutes les questions politiques – au sens strict, la politique étant ce qui définit la vie en commun – peuvent s'y poser. Là aussi, que ce soit dans *Premier chagrin*, dans *Un champion de jeûne*, dans *Un rapport pour une académie*, dans *Joséphine la cantatrice,* Kafka montre à la fois les conflits qui découlent de la vie en commun, les questions soulevées par cette vie et pourtant sa nécessité. Il s'agit toujours de « trouver une issue » avec les autres, sans se dissimuler les contradictions, il s'agit toujours de trouver comment « sauter hors de la rangée des assassins », en gardant à l'esprit que les assassins, chacun a les siens, et que ce dont on part, c'est de l'expérience singulière de chacun, de ses doutes, de ses peurs, de ses joies. « Je me bats ; personne ne le sait ; plus d'un s'en doute, c'est inévitable ; mais personne ne le sait. [...] Naturellement, tout le monde se bat, mais je me bats plus que d'autres ; la plupart des gens se battent comme en dormant, de même qu'on agite la main pour chasser une vision en rêve ; mais moi, je suis sorti des rangs et je me bats en faisant un emploi scrupuleux et bien considéré de toutes mes forces. [...] je n'espère pas la victoire, et ce n'est pas le combat en tant que tel qui me réjouit, il me réjouit uniquement en tant qu'il est la seule chose à faire. En tant que tel, il est vrai, il me donne plus de joie que je ne puis réellement en goûter, plus que je ne puis en donner, peut-être n'est-ce pas au combat mais à cette joie que je succomberai. » (*Journal.*)

Ce que la question des réfugiés nous apprend à nous, en Europe, sur notre société : le « droit d'avoir des droits ».

Kafka, Kaurismäki et les réfugiés

Un port, le ciel bleu, des couleurs crues, un paquebot. La soute. La tête d'un homme fait irruption. Il a fui la Syrie, ses parents et son frère sont morts sous les bombes. Il va essayer de trouver un asile, du travail, un lieu où vivre, et comment faire venir sa sœur. Il tourne en rond. L'administration : « on connaît », « vous n'êtes pas le premier »... Au même moment, dans les méandres des banques et des bureaucraties, un autre tente de changer de vie et d'ouvrir un restaurant. On est en Europe, en Finlande. C'est *L'Autre côté de l'espoir* (2017). Kaurismäki déroule une histoire simple, tragique, tout le monde se débrouille et tout le monde est dépassé, le tragique vient de l'arbitraire des lois et de la bonne conscience des hommes, de leur certitude rigide et inentamable, mais cette haine tranquille en cache une autre, le meurtre plane, racisme et néonazis, « Retourne chez toi, chamelier »...

Tout en montrant de façon exemplaire le cercle vicieux bien connu – on a besoin de papiers pour travailler, et comme on ne travaille pas on n'a pas de papiers – et la situation intenable, « kafkaïenne », qui en résulte, le film de Kaurismäki met en joie, il montre toujours en même temps des personnages actifs, obstinés, sans arrêt étonnés, à l'image des différents « K. » de Kafka, et l'amitié, et l'amour, et le rock... Mais le film pose aussi en creux une question.

Dialogue dans *Le Château* entre K. l'arpenteur et le maire.

– Un résultat demeure acquis, dit K., c'est que la question est extrêmement confuse, et insoluble, sauf pour ce qui touche à mon expulsion.

– Qui oserait vous expulser, Monsieur l'Arpenteur ? dit le maire, la complication même des questions préliminaires vous garantit le traitement le plus courtois, seulement vous êtes trop susceptible. Personne ne vous retient, mais on ne vous chasse pas.

– Ah ! Monsieur le Maire, dit K., c'est vous maintenant qui simplifiez bien trop. Je vais vous énumérer quelques-uns des motifs qui me retiennent : les sacrifices que j'ai faits pour partir de chez moi, un long et pénible voyage, les espoirs que je bâtissais légitimement sur mon engagement, ma complète absence de fortune, l'impossibilité de retrouver chez moi un travail équivalent et enfin – ce n'est pas la moindre des raisons, – ma fiancée qui est d'ici.

– Frieda ? dit le maire sans la moindre surprise. Je sais. Mais Frieda vous suivrait partout. Pour le reste évidemment il faudra encore réfléchir un peu et j'en parlerai au Château. Si une décision intervenait ou qu'il fût nécessaire de vous écouter encore, je vous enverrais chercher. Êtes-vous d'accord ?

– Non, pas du tout, dit K., je ne veux pas de cadeaux du Château, je ne demande que mon droit.

« Je ne demande que mon droit », la réponse de K. l'arpenteur interroge. De quel droit K. parle-t-il, lui qui n'est pas « du pays » ? Poser la question de ses droits est en même temps une façon de chercher une issue à la situation inextricable dans laquelle il se trouve, lui le réfugié, l'exilé, le déplacé, le sans-papiers. Comment des gens peuvent-ils se retrouver sans droits parce qu'ils se retrouvent sans pays ? Qu'en est-il pour eux des « droits de l'homme » ? Hannah Arendt, qui a toujours dit que « ce sont des hommes, et non pas l'homme, qui vivent sur terre et habitent le monde », remarque que la notion d'homme ne suffit pas à garantir les droits de ces hommes qui, en perdant leur pays, perdent la citoyenneté qui y est attachée. Elle demande comment il peut y avoir des hommes privés du « droit d'avoir des droits », et c'est exactement une « catégorie » de ce genre, d'hommes privés « du droit d'avoir des droits », d'hommes en marge de l'humanité, d'humains non humains, que cherchent à créer actuellement dans tous les pays européens les différents mouvements racistes et xénophobes, à la faveur de ces situations « kafkaïennes » non résolues par les administrations.

Écrire déplace le ciel

pourquoi elles sont deux, dans *Déplace le ciel*?

pourquoi la télévision ?

et les animaux ? pourquoi les animaux ?

pourquoi elles parlent anglais ?

et pourquoi elles rêvent tout le temps ? oui, pourquoi les rêves ?

on naît d'emblée dans le langage, dans une parole qui vient d'un autre et il y a toujours « de l'autre » dans le langage, les mots sont « pour parler », l'autre est présent même quand je parle seul

cet autre peut prendre toutes les formes, un autre réel, homme ou femme, la société, le monde, un autre non humain, une autre langue, un autre moi-même, l'inconscient

mais d'emblée il y a un dialogue, il y a du deux

il y a un écart entre ce que je dis et le fait que c'est moi qui le dis, entre l'énoncé et l'énonciation

l'écart c'est le jeu, l'écart c'est le risque, l'écart c'est la vie

le langage contient le possible, ce que je dis pose en même temps ce que je ne dis pas, le pose et s'y oppose, crée et détruit

le langage est à la fois polysémique et adressé

le langage est fait de sons et de sens, et le son dit (et entendu) n'est jamais exactement « ça » : si je ne dis rien, il n'y a rien (pour moi, pour l'autre), mais dès que je parle et que je dis quelque chose (par exemple « la table »), j'ai en tête une chose, par exemple une table, particulière qui n'est pas la seule chose (table) possible, l'autre n'a pas forcément la même chose (table) en tête…

dans le même mouvement, le langage est toujours adressé à quelqu'un, à un autre, même s'il n'y a personne en face, cet autre, qui peut être soi-même, on peut vouloir le séduire, le détruire, on l'aime, on le hait, etc., et ces sentiments à son égard non seulement influent sur ce qu'on dit, mais sont la forme même dans laquelle on dit ce qu'on dit : on parle à l'autre d'une façon froide, ou chaleureuse, ou rhétorique, ou grossière, ou elliptique, etc.

c'est pourquoi la question du langage est toujours plus que la question de la communication

il y a toujours un risque dans la faculté humaine de parler, on dit toujours « plus », ou « autre chose » que ce qu'on croit, qu'on veut, dire, et il y a toujours des malentendus possibles

et le langage pose toujours d'emblée la question de la confiance en l'autre, de la bonne foi réciproque, du dialogue. Et aussi, d'emblée, la question de la trahison : tu ne m'écoutes, tu ne m'entends pas, tu me trahis…

c'est pourquoi aussi la question du langage recoupe celle de l'inconscient, comme Freud l'a découvert, et étudié dans les lapsus, les actes manqués, les symptômes… les lapsus par exemple sont comme des jeux de mots involontaires : on dit quelque chose voulant dire autre chose, mais ce qu'on a dit compte vraiment, s'avère être vraiment ce qu'on voulait dire…

alors le langage est, et n'est pas, « la communication ». Il y a dans notre société l'idée d'une communication parfaite qui serait possible, avec un peu de bonne volonté : je ne le crois pas, je crois que c'est un fantasme publicitaire, je pense que le langage porte toujours un risque, qu'il faut assumer

sous ses dehors « gentils », l'idée d'une communication parfaite cache, à mon avis, l'idée pas gentille du tout, et même très agressive, que l'on puisse arrêter le langage, arrêter de parler, avoir « le dernier mot », ce qui revient à faire taire l'autre.

c'est « moi c'est moi et toi tais-toi » (= t'es toi, et on peut entendre : « tuez » toi…)…

mais il n'y a pas de dernier mot, on n'a pas raison dans l'absolu et une fois pour toutes, le langage reste toujours ouvert

c'est pourquoi le langage est le lieu du conflit, de l'angoisse, cette angoisse est liée à la condition de l'être humain parlant, au fait que chacun n'est pas tout, est confronté à l'autre, et que cette limite, il faut en tenir compte

« *Each man is defeated. A man, if he is a man, is not defeated.* » « Chaque homme est vaincu. Un homme, s'il est un homme, n'est pas vaincu. » (William Carlos Wiliams)

defeated : vaincu
ou : dépassé
le tragique

le langage creuse en nous une distance paradoxale, une distance qui nous divise et nous sépare de nous-mêmes : car avant de pouvoir les utiliser à son tour, l'homme est littéralement fait, fabriqué, par les mots, et les mots sont la peau des rêves

c'est inconfortable mais c'est comme ça : l'autre existe, le langage est dialogue et la vérité est singulière

la moindre des choses quand on écrit est de reconnaître ça, y compris bien sûr en jouant avec, en le détournant, etc.

parce que c'est une façon de soutenir, maintenir, rendre compte de la complexité du langage et de la parole, de l'explorer, et ce faisant de s'étonner toujours, de s'émerveiller, de réfléchir sur le fait humain : être qui parle, être de pulsions (sexuelles)

paradoxe du paradoxe : tout ça, qui donne une limite, permet aussi la joie, la vie vivante le langage : c'est plusieurs niveaux, c'est passer, circuler, sauter, rebondir, jouer, penser

le langage, le reconnaître, l'explorer, dans toutes ses dimensions, c'est voir aussi ce qu'il devient, comment on (on ?) le traite, etc. : une façon de comprendre le monde dans lequel nous sommes ici et maintenant

la vérité est singulière : particulière et universelle en même temps, et rechercher cette vérité, qui est UNE vérité, pas toute, pas LA vérité, demande un effort, qui est aussi de reconnaître que c'est une vérité limitée, pas totale

limitée veut aussi dire sans garantie, sans garantie d'être comprise, entendue (sans parler d'être « banquable »…)

c'est le risque et le prix à payer

qu'il y ait un prix à payer : aucun pathos, ce n'est pas un plaidoyer pour un quelconque romantisme, « moi et le monde on est opposés », « je suis seul », etc.

mais : je est limité, il y a l'autre, les autres, c'est un fait, le langage est toujours adressé, il est parole, dialogue, et saisir cet écart, cette trace de l'écart entre moi et le monde, entre mon énoncé et ma façon d'énoncer… est une partie prenante de la vérité que je cherche cela demande un effort, ne va pas tout seul : pour faire apparaître cette vérité, il faut une construction

ce qui ne veut pas dire : énorme, vaste, long… pénible… mais il faut une élaboration, un travail de pensée (qui peut être rapide comme l'éclair…)

une expérience, pour être « vraiment » une expérience, doit être pensée

c'est la question de la distance, pas seulement au sens de la distanciation avec des formes d'aliénation produites par la société, mais au sens de : saisir l'écart moi/monde, pas se croire détenteur de LA vérité, se décaler, se déplacer… le monde est vaste, il n'y a pas de « dernier mot », et la vérité ce n'est pas « moi c'est moi et toi tais-toi »

le réel ce n'est pas « la réalité », soi-disant « donnée » mais faite des préjugés, des idées reçues, etc., de « l'air du temps »

le réel, quand on l'attrape, est la trace d'un sujet, de l'écart de ce sujet avec le monde

pour attraper le réel… il faut une distance, la distance d'un saut

et il y a autant de façons de sauter que… d'être(s)…

et il est important de faire apparaître cette division, cet écart

qui est la marque de la singularité

et aussi, par là même, de l'inconscient

c'est la castration, mais oui : un être humain est à la fois limité (date de naissance, lieu, etc.), et illimité par la parole, la pensée

mais ces contraires, qu'il faut assumer, c'est quoi

aucun homme n'est tout

mais s'il fait avec ce qu'il est, il est un homme, limité, illimité

en fait il est « comme » une œuvre (d'art)

qui est un objet limité/illimité

un objet particulier, et en même temps ouvert à tout et à tous, interprétable à l'infini, universel

« universel » ne veut pas dire : d'emblée on se pose dans l'universel

mais : en assumant sa particularité, et (contradictoirement) en s'adressant à « tous », on trouve l'universel, on le touche

qu'est-ce que ça a à voir avec l'inconscient ? Freud a montré comment on s'inscrit dans le langage, dans ce bien commun, comment les rêves, cette « voie royale » vers l'inconscient, sont structurés comme un langage, fait de mots et de phrases… comme des rébus, où ce qui est dessiné est à la fois son et sens

l'inconscient (freudien) est dû au langage, au caractère contradictoire de l'humain qui parle et qui a des pulsions (sexuelles), si je dis « une rose »… c'est LA rose, et c'est la mienne, faite de mes associations singulières déposées dans la rose commune, et chaque fois qu'on parle, on vit ça

en un sens c'est ça le scandale freudien, on n'échappe pas au fait que « l'homme » est cet être contradictoire qui a des pulsions (sexuelles…) et qui parle, et prendre en compte ce double aspect, c'est comprendre la castration, la limite, etc.

toute entreprise de domination vise à effacer cette contradiction, et essaie de promouvoir un discours unique et général, si je dis « rose », ça doit être ça et pas autre chose, etc.

c'est ce que j'ai appelé « la catégorie, la case et le cas »

or le totalitarisme est un phénomène historique précis (Allemagne, URSS…), mais le marché est depuis toujours sur une pente normative, totalitaire au sens où il vise à éliminer les différences toutes les rues piétonnes, tous les vêtements…

domination, suprématie, concurrence, guerre

écrire c'est rappeler qu'« une rose est une rose est une rose » (Gertrude Stein)… pour moi… pour toi… pour eux… et c'est jouer avec le risque que je prends quand je parle et que je dis « une rose » : qu'est-ce que je veux dire, moi…

une rose, ce n'est pas une tulipe, c'est *la* rose, mais en même temps c'est *ma* rose

alors ?

alors dialogue, alors examiner la phrase, alors poser les mots, alors prendre son temps, alors jouer avec les possibilités infinies du langage, ce bien très précieux qui relie les hommes entre eux et qui doit toujours à nouveau être maintenu, défendu, développé, dans toute sa complexité, ses contraires…

et toujours à nouveau chercher comment je me situe moi, dans ma particularité, par rapport à ce bien commun, le langage

pas question de l'aplatir, de l'amoindrir, de le laisser tomber et ne pas croire que ça va tout seul, que ça glisse, lisse, vers une vérité simple, directe, comme le direct ou l'actu à la télé

mais justement la société en général, et particulièrement la nôtre, est menacée par l'appauvrissement du langage, par la simplification, par l'idée reçue, par le cliché, par tout ce qui est convention, code, par des façons de penser consensuelles

et sous des apparences « soft », c'est une dictature de comment il faut penser, c'est une façon d'imposer des interdits de penser autrement

c'est la « civilisation du cliché »

penser avec des idées reçues, avec des clichés est une façon de se débarrasser de l'angoisse inhérente à la condition humaine, inhérente au langage : qui est le lieu de conflits, qui est fait de certitude et d'incertitude... et affronter l'incertitude, assumer l'infini des mots, assumer l'inquiétude, est toujours plus difficile que d'avoir des certitudes fermées

le monde dans lequel nous vivons, ou une grande partie de ce monde, fait comme si le langage était un moyen simple, neutre, fait pour la communication, il efface l'écart entre énonciation et énoncé, met en avant la fausse idée d'une pure et simple communication, qui passe ou pas, problème purement technique

c'est une vision publicitaire du langage, un monde lisse de morts-vivants, de zombies

c'est le stade suprême de la marchandise, ce sont les mots qui deviennent, qui sont devenus des produits, à vendre, emballés, sous cellophane

il y a non seulement l'utilisation de mots vides, de slogans, mais on cherche à effacer la trace de l'écart, à gommer ce que c'est, parler

dégradation de la parole dans l'espace public

il y a toujours eu des clichés bien sûr mais pourquoi dégradation ?

poids dans la culture à la fois de la publicité et de la télévision, « marché de l'individu et disparition de l'expérience », comme l'a écrit Serge Daney

narcissisme, nombrilisme, dévoilement des secrets… sexuels, de préférence…

le langage publicitaire, un système autoréférent, la pub fait la pub pour la pub, pour un monde beau, bon, vrai, véritable, sincère et authentique, et propre, un monde fabriqué d'un coup, hors espace-temps

« illimité sans engagement aucun », comme il est dit d'un abonnement à une marque de téléphone portable, toute-puissance vide

pour la pub, il n'y a que deux options : ou bien on a le produit, la chose, l'objet, ou bien on l'a pas, le monde est binaire, il se divise en deux… le reste du monde égale zéro, agressivité latente mais totale de la pub, élimination de l'autre et des autres

et urgence à s'interroger sur le langage, sur la parole dans l'espace public, sur comment la parole est traitée : le travail de théâtre mené avec Frédérique Loliée et Élise Vigier qui a donné lieu à une trilogie, *Toute ma vie j'ai été une femme*, *Louise, elle est folle* et *Déplace le ciel*, a été, entre autres, une façon d'explorer le langage

dans *Toute ma vie j'ai été une femme* je partais d'une phrase qui contenait un potentiel « infini infini infini » qui tentait de se dérouler dans toutes les directions et qui ramassait au passage un certain nombre de traits de la société de consommation aujourd'hui

Louise, elle est folle posait d'emblée la question du risque toujours présent dans le langage, de la trahison possible, du malentendu, de la fermeture à l'autre, de la peur du conflit et de la pensée cliché… du rapport entre folie et réalité

Déplace le ciel parle de l'autre langue, de la langue de l'autre, de la langue de l'autre scène, du rêve, de la multiplicité des plans du réel, et des rêves qui peuvent transformer la réalité

tous ces thèmes bien sûr coexistent dans tous les textes mais avec un accent mis sur un aspect ou un autre

le langage contient le possible, ce qui est et ce qui n'est pas, et cette dimension de fiction est inhérente aux mots, c'est la part joueuse, joyeuse, inquiétante, troublante, de tout échange. Comme je l'ai dit, c'est le fait de pouvoir circuler sur toutes sortes de niveaux en même temps, c'est la polysémie, tu m'entends, quoi, est-ce que tu m'entends, je t'écoute, oui mais tu n'entends pas… C'est le risque vivant

mais le contexte actuel, l'époque, est un moment où il y a une guerre entre fiction et naturalisme : aujourd'hui ce qui tient le devant de la scène c'est le « direct », l'« actu », la télé, le « c'est vrai parce que c'est moi », « parce que c'est moi qui le dis », « c'est moi la vraie expérience », etc.

et l'accent est mis sur la communication, la valeur performative, publicitaire des mots, le témoignage plat, le récit linéaire. Voir tout ce qui vient de la télévision mais aussi comment c'est repris par les deux femmes dans les trois pièces

la fiction, on y tient, parce que c'est le langage même, la polysémie, le jeu, l'infini des possibles, l'ouvert, le risque et le rêve… avec aussi bien sûr, voir *Louise*, la possibilité du malentendu, de la trahison, de l'appropriation, etc.

dans la pièce, il y a un refus récurrent de L'AUTRE LANGUE, qui est aussi bien la langue de l'autre (exemple : l'anglais), que la langue de « l'autre scène », l'Inconscient, les rêves

la façon de faire entendre, représenter, mettre en scène cette dimension du langage est aussi variée, diverse, qu'il y a d'êtres singuliers qui parlent…

elle donne lieu à toutes les formes de littérature, mais : prendre en compte cette dimension, c'est toujours vouloir ne pas juste reproduire, répéter, ressasser la réalité, donner du poids à la soi-disant réalité qui est un appauvrissement du réel réduit à une dimension simple, linéaire, connue

représenter suppose la construction d'une distance (de toutes formes de distance), pas un suivisme par rapport à « la réalité ».

Écriture et folie

Je me sens en tant qu'écrivain plus que concernée : impliquée, par l'appel du collectif Les 39 contre la nuit sécuritaire et les mesures que le gouvernement veut imposer dans le domaine de la santé mentale, pourquoi ?

D'abord il me semble que la « folie » est une question centrale pour tous ceux qui assument, qui tentent d'assumer, une position de création, et en particulier les écrivains. Pas la folie comme maladie, mais comme une limite, comme un possible, comme une aventure de l'esprit. Créer c'est reconnaître, tenter de légitimer un possible, une fiction. Et ça a donc à voir avec un déplacement, un changement de point de vue, une transgression. Kafka l'a dit avec une phrase que j'ai souvent citée et commentée, « écrire c'est sauter en dehors de la rangée des assassins », c'est ne pas reconduire le monde tel qu'il est, le mauvais monde de tous les jours et de toutes les humiliations et offenses, ne pas ressasser, mais sauter dehors, se déplacer, faire autre chose, explorer, inventer. Cette aventure, elle peut prendre une forme héroïque, flamboyante et clairement insensée, comme celle du capitaine Achab qui passe sa vie sur toutes les mers du monde à la poursuite de la grande baleine blanche, Moby Dick, mais elle peut aussi, c'est le même auteur qui nous le fait remarquer, être toute petite, se passer entre quatre murs, dans des rues étroites, à Wall Street par exemple, et être non moins héroïque, consister seulement à dire, comme le copiste Bartleby, Je préfère ne pas, c'est-à-dire : je préfère ne pas copier, copier ou recopier la réalité, je préfère autre chose. Il n'est pas considéré comme moins fou et il sera enfermé.

Les écrivains savent bien que la folie est une dimension de l'esprit humain, de n'importe quel être humain, et c'est pourquoi ce qu'ils inventent, dans leur langue, dans leurs personnages, dans leurs récits, peut toucher tout le monde : tout le monde peut être madame Bovary, il n'y a pas que Flaubert – je vous rappelle que *Madame Bovary* a eu un procès, et que Flaubert a défendu le livre en disant, Madame Bovary, c'est moi –, tout le monde peut sortir dans la ville et aller tuer la vieille usurière, il n'y a pas que Raskolnikov, c'est dans *Crime et châtiment* et c'est ici et maintenant, et tout le monde peut glisser, dégringoler et se retourner dans la langue, « ô saisons, ô châteaux, / quelle âme est sans défauts », Rimbaud.

Un écrivain il me semble voit dans la folie d'abord une question et dans celui qu'on appelle « fou » un être habité par cette question. Alors comment un écrivain pourrait ne pas se sentir impliqué par des mesures qui visent à présenter les « fous » d'abord comme des êtres dangereux, la folie d'abord comme une maladie, la transgression comme synonyme de provocation, de délit, de crime ?

Il ne s'agit pas de romantisme, d'idéalisation de la folie, mais de tenir compte de la complexité du monde, et le monde humain, avec le langage, inclut le possible.

Ensuite. Alerte, alerte, alerte. Ces mesures proposées par le gouvernement révèlent une tendance profonde qui s'aggrave tous les jours : promouvoir avant tout et toujours la simplification, instaurer une civilisation simplifiée, dans laquelle je refuse de me reconnaître et que j'appelle « une civilisation du cliché ». La quantité de clichés sur la folie est évidemment à la mesure de la question : immense. Pensée vide, bêtise triomphante, seuls comptent la norme, la convention, le code, l'idée reçue. Mais la bêtise n'est jamais neutre, elle est toujours méchante, elle s'accompagne de la volonté de fabriquer des boîtes pour mettre les gens, elle va avec la généralisation, le discours général, avec « la catégorie, la case et le cas ». C'est la tendance de la société industrielle, soi-disant de masse, en fait d'exploitation et d'aliénation des masses, la société de consommation où tout n'est que produit. Les mots aussi deviennent des produits, très dévalorisés, la promesse contenue dans le langage se rétrécit, la chance pour la surprise, l'étonnement, la rencontre, et d'abord dans le langage, se perd, le sens se perd, la joie du détail se perd.

Le Pen avait déjà moqué le « détail » des 6 millions de Juifs dans la Seconde Guerre mondiale. Désormais, les Roms et les gens du voyage : une catégorie, un détail. Les fous : une catégorie, un détail.

Jusqu'où ?

M. B. Constructions

Je partirai de quelques phrases de Trotski citées par Maurice Blanchot dans *L'Amitié*.

« Avec la Révolution, la vie est devenue un bivouac. La vie privée, les institutions, les méthodes, les pensées, les sentiments, tout est devenu inhabituel, temporaire, transitoire, tout se sent précaire. Ce perpétuel bivouac, caractère épisodique de la vie, comporte en soi un élément d'accidentel, et l'accidentel porte le sceau de l'insignifiance. Prise dans la diversité de ses épisodes la Révolution apparaît soudain dénuée de signification. Où est donc la Révolution ? Voilà la difficulté. » Et Blanchot ajoute : « Texte plus énigmatique qu'il ne semble, et la question qu'il pose, je crois qu'elle ne se pose pas moins aux manifestations les plus assurées de la littérature et de l'art. »

Vie bivouac, « vérité nomade ».

J'ai commencé à lire Maurice Blanchot avec *L'Espace littéraire*, bien avant de connaître ce qu'il avait écrit en 68, et pourtant il m'a toujours semblé que ce qu'il disait là de l'écriture résonnait avec la question de la Révolution.

« Le point où ici coïncide avec nulle part », qui est pour Blanchot le point d'où l'on écrit, je l'entendais en même temps comme un lieu réel, l'usine. « L'Ouvert, c'est le poème », disait Blanchot, et sa phrase venait interroger ce que j'avais éprouvé, qui était à l'opposé, « l'Ouvert, c'est l'usine ». Les mots de Blanchot, je les ressentais comme proches de mon expérience, je les reconnaissais, et pourtant ces mots étaient venus d'ailleurs, ils me surprenaient, ils me mettaient en rapport avec tout autre chose. L'« usine » que j'avais tenté d'écrire s'élargissait, me paraissait ce « nulle part sans non », comme le dit Rilke, cité par Blanchot, ce fond sur lequel le langage se découpe, cet au-delà des mots qui vient limiter les mots, les rendre à la fois impossibles et nécessaires.

Comment tenir compte de cet au-delà des mots, faire éprouver cette limite et l'explorer de toutes les façons, par toutes les formes, c'était l'enjeu de l'écriture. Et c'était aussi faire l'épreuve de comment, si on n'en tient pas compte, les mots peuvent tomber dans le vide, dans le non-sens, ou, ce qui est pareil, ne plus être adressés, devenir un discours.

C'était faire l'expérience de ce « don du mot précaire » qu'est la parole écrite.

Si pour moi le lieu de l'« usine » a été un point de départ, c'est que je cherchais non pas à représenter les gens qui vivent là, non pas à écrire pour les gens qui vivent là, mais à écrire du point de vue des gens qui vivent là. C'était écrire du point de vue de l'avant-pensée, de la pensée qui cherche à penser, qui cherche les mots pour penser (ce que j'ai pu appeler le « point de vue de la débilité »).

Le « double sens initial qui est au fond de toute parole », qui est pour Blanchot « là où la littérature trouve son origine », me semble aussi le lieu où il prend appui pour penser le politique.

« La mort aboutit à l'être : tel est l'espoir et telle est la tâche de l'homme, car le néant même aide à faire le monde, le néant est créateur du monde en l'homme qui travaille et comprend. La mort aboutit à l'être : telle est la déchirure de l'homme, car par l'homme la mort vient à l'être… et par l'homme le sens repose sur le néant… ». Ce « double sens initial », l'œuvre entière de Blanchot le déploie, en maintient la tension. Je le trouve dans ce qu'il dit de la culture, dans la façon dont il affirme l'engagement de l'écrivain, dans la forme qu'il reconnaît à la révolution.

***

La façon dont Maurice Blanchot tient la littérature à distance de la culture et analyse ce qu'il appelle « les grands réducteurs » est saisissante.

À propos de ce que Hubert Damisch (dans un article de 1964) avait appelé la « culture de poche », Blanchot souligne : « Qu'est-ce qu'un livre de poche ? Un livre à bon marché. Quoi de meilleur ? Qui s'y opposerait ? », et ajoute : « il n'y a rien à dire contre la technique. [...] Mais ce qui frappe dans son emploi, dit Blanchot, c'est à nouveau l'idéologie qu'il recouvre et qui fournit au livre de poche sa signification de base, sa moralité : la technique règle tous les problèmes, le problème de la culture et de sa diffusion, comme tous les autres, nul besoin de bouleversements politiques... »

Le livre de poche. Son existence, et sa « moralité ».

Et il décrit l'effet télévision : « À la fin d'une journée de télévision, par un programme adroitement élaboré (et ceux qui le préparent n'ont qu'une conscience très confuse de ce qu'ils font, car ils travaillent à l'intérieur d'un système, et c'est le système qui est conscient), quand, après avoir prêté attention à l'interrogatoire rusé d'un écrivain qui croit bon de parler sur ce qu'il a écrit sans apercevoir qu'il le rend, par là, inoffensif, après avoir entendu un tranquille commentaire politique discrètement ou indiscrètement orienté, après avoir regardé, se succédant l'une à l'autre, une œuvre hardie et une œuvre insignifiante, le spectateur va se coucher en se disant que ce fut une bonne journée, mais qu'au demeurant il ne s'est rien passé, le résultat est atteint. Qu'il y ait des événements intéressants et même importants et que cependant rien ne puisse avoir lieu qui nous dérange, telle est la philosophie de tout pouvoir établi, et par-derrière, de tout service de culture. »

En lisant ces lignes on ne peut pas ne pas *voir* une affiche placardée un peu partout en juin 1968, lettres blanches sur fond bleu, « Qu'est-ce qui se passe ? / Il ne se passe rien. / Qu'est-ce qui s'est passé ? / Il ne s'est rien passé. / Pourtant j'avais cru comprendre. / Il ne faut pas comprendre. »…

Et bien sûr on pense aussi à l'aphorisme de Jean-Luc Godard, « l'art c'est l'exception, la culture c'est la règle ».

C'est pourquoi la culture n'est pas un ornement, un « supplément d'âme », mais bien au contraire un pilier essentiel de la société, et c'est à ce titre qu'elle a été tellement contestée en Mai 68.

Et la distance « irréductible » entre la culture et l'œuvre n'est pas une opposition entre culture « de masse » et culture d'avant-garde, ou élitiste, le débat sur la massification de la culture est un faux débat qui revient toujours à déplorer les méfaits de la démocratie : ah les masses, les pauvres, les non-éduqués… Et la démocratie, citons Churchill, est le pire des régimes, à l'exception de tous les autres.

Mais « la littérature est "essentiellement" (pas "uniquement" ni "manifestement") pouvoir de contestation : contestation du pouvoir établi, contestation de ce qui est (et du fait d'être), contestation du langage et des formes du langage littéraire, enfin contestation d'elle-même comme pouvoir. »

La culture au contraire vise l'unité, « elle n'est pas rien. La culture au contraire est tout ». Mais qu'est-ce que c'est, tout comprendre, « non pas superficiellement, mais réellement » ?

L'unité visée est en fait une forme de paix, la paix entre les classes sociales, la paix entre les peuples – mais cette paix oublie, néglige, masque, quoi ? La « radicale distance » qui fait la place pour l'interrogation, « l'absolument autre, cela qui échappe à l'unité ».

Dans son travail critique Blanchot ne cherche pas à ramener les œuvres à une unité, mais examine au contraire les œuvres une par une, chaque œuvre dans sa singularité, de façon égalitaire, démocratique, et dissonante. La conséquence est un effet d'ouverture, de libération et de réelle transmission, le lecteur est placé en position active, d'aventure.

C'est au cœur même du langage que le conflit existe, que la tension existe, dans le « double sens initial qui est au fond de toute parole », pas moins dans les musées, dans les universités qu'à la télévision. Le moment actuel rend de plus en plus évident, menaçant, le vide de ce « tout » de la culture, consensus, conformisme, vide de la marchandise qui glisse, indifférente, recouvrant tout, n'impliquant personne et cherchant à occuper toute la place.

Comment essayer de tenir compte de « cet espace et ce temps qui n'appartiennent plus au tout de la compréhension ». « C'est à la littérature – à la poésie – d'en proposer l'expérience par laquelle nous sommes mis à l'épreuve de l'absolument autre, cela qui échappe à l'unité ».

Il s'agit bien de la transmission de dimensions matérielles – un espace, un temps – où peuvent se déployer d'autres modes de rapport à la réalité et au monde.

***

Les textes directement politiques, directement en situation politique, de Maurice Blanchot, sur l'arrivée au pouvoir du général de Gaulle en mai 1958, sur la *Déclaration sur le droit à l'insoumission dans la guerre d'Algérie* de 1960, les textes écrits en mai et juin 1968 et juste après, ont été rassemblés et publiés dans plusieurs numéros de la revue *Lignes*, et par la suite (en 2003) dans le livre *Écrits politiques*. Blanchot y affirme ce qu'est pour lui l'engagement de l'écrivain, un mouvement qui n'est pas extérieur à l'écriture, qui viendrait du dehors donner une direction, un sens à l'écriture, mais un mouvement qui questionne et affirme depuis l'écriture.

Cette affirmation, qui est d'abord l'affirmation du refus, se fait avec « l'autorité propre de la parole », selon « l'originalité de ce pouvoir, pouvoir sans pouvoir ».

Refuser : « non seulement le pire, mais un semblant raisonnable ». Toutes les fois que nous pensons selon la modalité du « c'est quand même mieux que... », nous pensons selon une forme de compromis qu'il faut rejeter. Cette façon de penser dilue la question, et amène finalement à ne plus penser du tout. Le refus pourrait paraître inutile, puisqu'il ne propose pas de solution. Pourtant, il est nécessaire de s'y tenir, c'est un point d'ancrage, un appui qui soutiendra l'élaboration de ce qui est là, déjà, même si ce n'est pas encore formulé : le désir, l'affirmation fondamentale, originaire, qui permet le non.

« Quand nous refusons, nous refusons par un mouvement sans mépris, sans exaltation, et anonyme, autant qu'il se peut [...] à partir d'un commencement très pauvre qui appartient d'abord à ceux qui ne peuvent pas parler. » Le refus, il n'y a pas à se draper dedans. Il n'y a pas à en jouer. Il n'y a pas à « se croire ». Ce n'est pas une posture. Le romantisme est creux. Affirmer un refus, courir le risque de cette affirmation, n'a rien à voir avec de l'individualisme. Mais toujours se placer, essayer, du point de vue de ceux qui n'ont pas la parole : parce que c'est ce point de vue qui est le plus large, qui tient le plus compte du réel.

Blanchot décrit un pouvoir qui a « besoin de slogans, de mots fétiches ». C'est... « la transformation du pouvoir politique en une puissance de salut ». Les mots perdent alors, peuvent perdre, leur caractère vivant, peuvent devenir l'équivalent de matraques, ou de gadgets. « Naturellement, écrit Blanchot, l'ordre subsistant peut toujours atteindre et frapper ceux qui parlent. Mais la parole elle-même est hors d'atteinte. Elle a été dite et ce qu'elle dit restera dit. Ici, dans la *Déclaration*, ce qui a été dit, c'est un seul mot, le mot grave du refus extrême. À tous les moments décisifs de l'humanité, quelques hommes, parfois un grand nombre, ont toujours su sauvegarder le droit de refuser. "Nous ne pouvons pas", "je m'en tiens là, je ne puis autrement". C'est le recours fondamental [...], le recours ultime comme pouvoir de dire non. »

Revenant par la suite sur la *Déclaration*, en mai 1981, dans sa réponse apportée à un questionnaire proposé par le *Nouvel Observateur* intitulé « Engagez-vous... Rengagez-vous ? », Blanchot remarque que « la décision la plus importante de l'après-guerre qui pesa le plus sur les événements (avant Mai 68), j'entends la Déclaration des 121 sur le droit à l'insoumission dans la guerre d'Algérie, apparut être l'œuvre d'écrivains qui pouvaient passer pour non engagés et qui cependant ne pouvaient qu'affirmer et non sans risque une exigence de refus... ».

Il précise : « Écrire est à la limite ce qui ne se peut pas, donc toujours à la recherche d'un non-pouvoir, refusant la maîtrise, l'ordre et d'abord l'ordre établi, préférant le silence à une parole d'absolue vérité, ainsi contestant et contestant sans cesse. »

Et pour évoquer une littérature d'engagement, il cite le récit biblique de l'Exode. « Là tout se trouve : la libération de l'esclavage, l'errance dans le désert, l'attente d'une écriture, c'est-à-dire l'écriture législatrice à laquelle on manque toujours, de telle sorte que seules sont reçues les tables brisées qui ne sauraient constituer une réponse complète, sauf dans leur brisure, leur fragmentation même ; enfin la nécessité de mourir sans achever l'œuvre, sans atteindre la Terre promise qui en tant que telle est inaccessible, cependant toujours espérée et par là déjà donnée [...]. La vocation de l'écrivain (engagé) n'est pas de se croire prophète ni messie mais de garder la place de celui qui viendra, d'en préserver l'absence contre toute usurpation, et aussi de maintenir le souvenir immémorial qui nous rappelle que nous avons tous été esclaves, et que même libérés, nous le resterons aussi longtemps que d'autres le seront… »

***

Ce que Maurice Blanchot dit de Mai 68 : « rupture du temps, révolution ». « Le seul mode de présence de la révolution est sa possibilité réelle. Alors, il y a arrêt, suspens. » Et il cite Walter Benjamin qui rappelle que pendant les journées de juillet 1830, « simultanément mais par des actions indépendantes, à plusieurs endroits, on tira des coups de feu sur les horloges des tours de Paris ».

L'action exemplaire : pas forcément brûler la Bourse, « qui d'ailleurs ne brûlait pas »… mais : les barricades. Pourquoi ? Elles « signifiaient 1. Nous restons là, nous avons libéré un espace qui est celui de la non-loi ; 2. C'est dorénavant la guerre, nous sommes des combattants et non plus des manifestants ; 3. Nous sommes passés de l'autre côté de la peur ; 4. Nous élevons des barricades par un travail commun où s'affirme la communauté nouvelle, la Commune II ; 5. L'objectif, Sorbonne occupée, redevenait […] un signe : le signe d'"un savoir nouveau à reconquérir ou réinventer"… une parole désormais incessante ».

En Mai 68 un tract racontait une chose vue : un homme marche dans la rue, s'approche furtivement d'un mur, sort un feutre et écrit, Je n'ai plus peur.

Le symbolique est une rupture, violente, la guerre n'est pas forcément militaire, mais il s'agit d'occuper ensemble un espace et d'inventer des nouvelles formes de partage, et d'abord de partage du savoir. Au commencement : une parole qui affirme.

« La plus haute violence, dit encore Blanchot, fut sans doute cet instant de non-violence… où des milliers d'ouvriers, d'étudiants, révolutionnaires alors en un sens absolu, scandèrent… “Nous sommes tous des Juifs allemands”. Jamais cela n'avait été dit nulle part, jamais à aucun moment : parole première, ouvrant et renversant les frontières, ouvrant, bouleversant l'avenir. »

L'accent mis sur la parole, les mots : ce mouvement de paroles, de prise de parole, est une révolution, « plus rien ne sera comme avant ». Même s'il n'y a pas eu de prise du Palais d'Hiver. Révolution, bouleversement, quelque chose se passe, s'est passé, pour les étudiants, mais aussi pour les ouvriers, employés, les dix millions de grévistes, ceux qui occupaient les usines, leurs lieux de travail, et aussi les autres. Ceux qui ont dit, pensé, après, que rien n'avait changé, sauf le renforcement du pouvoir gaulliste, se trompaient : les gens qui avaient participé avaient changé. Et transmettraient.

Après les événements, en décembre 1968, Blanchot dit : « La faiblesse du mouvement, c'est aussi bien ce qui fut sa force, et sa force est d'avoir réussi prodigieusement, dans des conditions qui ont rendu son succès éclatant, mais sans moyens politiques d'avenir, sans pouvoir d'institution. Le plus grand nombre des observateurs, y compris les commentateurs bienveillants, disent qu'il fut important, mais qu'il a échoué. Cela est faux. Il fut important et il s'est souverainement réalisé. On parle de révolution, terme très équivoque, mais si on en parle, il faut l'accepter et dire : c'est vrai, il y a eu révolution, la révolution a eu lieu. Le mouvement de Mai a été la RÉVOLUTION, dans la fulgurance et l'éclat d'un événement qui s'est accompli et, en s'accomplissant a tout changé. […] La discontinuité que Mai a représentée (non moins que produite) frappe également le langage et l'action idéologique. Reconnaissons-le, Marx, Lénine, Bakounine se sont rapprochés et ils se sont éloignés. Il y a un vide absolu derrière nous et devant nous – et nous devons penser et agir sans assistance, sans autre soutien que la radicalité de ce vide… Remettons tout en cause, y compris nos propres certitudes et nos espérances verbales. LA RÉVOLUTION EST DERRIÈRE NOUS : objet déjà de consommation et parfois de jouissance. Mais ce qui est devant nous, et qui sera terrible, n'a pas encore de nom. »

Ce qui s'est passé, il ne cherche pas à le mythifier, ni à l'annuler, ni à le minimiser, il prend acte du fait, de ce qui s'est passé, et d'abord : du fait que quelque chose s'est passé. Il n'en tire pas après coup une position d'amertume, romantique, personnelle, mais il se place, nous place, devant l'inconnu, en position active de recherche.

Discontinuité, rupture, éclat. Relance, ouverture.
La révolution est possible puisqu'elle est.

***

Blanchot transmet, dans ce qu'il écrit sur la littérature comme dans sa façon de penser le politique, l'exigence d'une insurrection permanente de la pensée. Comment ne pas rappeler la parole de Goethe, dont Blanchot se demande si Kafka l'avait souvent en tête : « C'est en postulant l'impossible que l'artiste se procure tout le possible. » En Mai, sur les murs, on avait écrit : « Soyez réalistes, demandez l'impossible. »

« Équilibre très instable », dit Blanchot, toujours à propos de Kafka. Espoir, désespoir. Abîme, joie. Inspiration, manque d'inspiration, aridité. Mais la dimension du désir est toujours fondatrice. « Le désir, oui, toujours », Blanchot cite Breton. D'un côté : « Continuez autant qu'il vous plaira. Fiez-vous au caractère inépuisable du murmure », encore Breton. De l'autre la *Lettre de Lord Chandos* de

Hofmannsthal. Se sentir « responsable devant une langue inconnue ». Mais ces hauts et ces bas sont pour Blanchot une façon de souligner qu'il s'agit de « faire de l'œuvre une voie vers l'inspiration… et non pas de l'inspiration une voie vers l'œuvre ». « Désœuvrement », « absence de livre » : nul nihilisme, mais affirmation du mouvement même du désir.

Revenons à Kafka, ce héros de la pensée paradoxale, et à la façon dont Blanchot lit la figure de l'arpenteur, comment il parle de l'impatience : c'est une erreur de vouloir « l'unité tout de suite », mais il faut passer par l'erreur, on ne peut pas ne pas le faire. Il faut avoir la patience de faire la critique des images par les images, et l'impatience est le péché le plus grand, parce que c'est le péché contre la vie même de la pensée, contre le « double sens initial qui est au fond de toute parole ».

Blanchot écrit, dans sa réflexion sur Kafka et « la mort contente » : « La contradiction nous rétablit dans la profondeur de l'expérience. » Les contraires : ce qui se donne, peut se donner comme absolu – l'écriture, la révolution – d'une part, la vie quotidienne d'autre part, ces contraires sont, ils existent ensemble, et c'est ensemble qu'il faut les penser, les vivre. D'ailleurs le « quotidien n'est pas simple, c'est même, dit Blanchot, ce qu'il y a de plus difficile à découvrir ». Ne prendre qu'un côté, un des contraires, est une erreur. Mais chercher « la profondeur de l'expérience », c'est ne pas avoir peur de la contradiction, oser les contraires, les tenir, les maintenir, les explorer, les vivre, en faire œuvre et absence d'œuvre.

Dans le récit *La Folie du jour*, le narrateur se décrit : « J'ai pourtant rencontré des êtres qui n'ont jamais dit à la vie, tais-toi, et jamais à la mort, va-t'en. Presque toujours des femmes, de belles créatures. Les hommes, la terreur les assiège, la nuit les perce, ils voient leurs projets anéantis, leur travail réduit en poussière, ils sont stupéfaits, eux si importants qui voulaient faire le monde, tout s'écroule. » Et il décrit l'expérience d'une courte vision, où « une femme arrêtée avec une voiture d'enfant… manœuvrait la voiture pour la faire entrer par la porte cochère… Un homme entra… la voiture d'enfant passant devant lui, se souleva légèrement pour franchir le seuil, et la jeune femme, après avoir levé la tête pour le regarder, disparut à son tour. […] Cette courte scène, continue le narrateur, me souleva jusqu'au délire. Je ne pouvais sans doute pas complètement me l'expliquer et cependant j'en étais sûr, j'avais saisi l'instant à partir duquel le jour, ayant buté sur un événement vrai, allait se hâter vers sa fin. Voici qu'elle arrive, me disais-je, la fin vient, quelque chose arrive, la fin commence. J'étais saisi par la joie. »

Un événement vrai, ses composantes, une femme, un homme, une poussette, un enfant. Mais après, aucun apaisement : justement « la folie du jour » se déchaîne.

Les mots ne tiennent qu'à un fil : nous. Ils butent sur le réel, leur limite, qui leur donne une consistance, mais aussi :

ils peuvent toujours se dissoudre, se perdre, il n'y a pas de garantie. C'est le cas pour un sujet comme pour une société. Menace de parler dans le vide, pour ne rien dire. Prendre la mesure de cela, c'est entendre Kafka : « Je veille », dit-il, et aussi « Je me bats ». Précarité, communauté, moment présent, événement vrai, infini morcelé, entretien infini sont les noms de cette expérience de la liberté que Blanchot nous transmet, qu'il nous fait partager. Il n'y a pas de dernier mot, c'est ce que la lecture et la relecture de ses textes nous enseigne, ce à quoi il nous confronte. Il nous le rappelle autrement, dans ses écrits politiques : « Il est seulement clair que la Révolution n'a jamais lieu une fois pour toutes. »

Les textes cités dans ce chapitre sont, dans l'ordre des citations :

« Les grands réducteurs, » dans *L'Amitié*, Gallimard, 1971

« L'expérience – limite, Être juif », dans *L'Entretien infini*, id., 1969

L'Espace littéraire, id., 1955

L'Écriture du désastre, id., 1980

« La Littérature et le Droit à la mort », dans *La Part du feu*, id., 1949

Les textes publiés dans *Écrits politiques* Éditions Lignes, 2003

La Folie du jour, Fata Morgana, 1973

De Kafka à Kafka, Gallimard, 1981

Claude Régy, théâtre de l'écriture, théâtre de la folie

Théâtre de l'écriture, théâtre de la folie.

Claude Régy : « La folie veille sur nous, elle est toujours là. Comme une gardienne, ou comme une menace. » (*Dans le désordre*)

« La maladie : que le dépassement soit frappé d'interdiction » (*Espaces perdus*)

Je voudrais vous lire un poème de Wallace Stevens (en anglais et ensuite ma traduction) qui me paraît évoquer Claude Régy, être avec lui en « correspondance », au sens baudelairien. C'est dans le recueil *Parts of a World*.

The Candle a Saint

Green is the night, green kindled and appareled.
It is she that walks among astronomers.

She strides above the rabbit and the cat,
Like a noble figure, out of the sky,

Moving among the sleepers, the men,
Those who lie chanting green is the night.

Green is the night and out of Madness woven,
The self-same Madness of the astronomers,

And of him that sees, beyond the astronomers,
The topaz rabbit and the emerald cat,

That sees above them, that sees rise above them,
The noble figure, the essential shadow,

Moving and being, the image at its source,
The abstract, the archaic queen. Green is the night.

La bougie un saint

Verte est la nuit, illuminée et habillée de vert.
C'est elle qui marche parmi les astronomes.

Elle avance à grands pas au-dessus du lapin et du chat,
Comme une grande figure, elle sort du ciel,

Elle se déplace parmi les dormeurs, les hommes,
Ceux qui sont allongés et qui scandent *verte est la nuit.*

Verte est la nuit et son tissu fait de folie,
La même folie que celle des astronomes

Et de celui qui voit, au-delà des astronomes,
Le lapin topaze et le chat émeraude,

Qui voit au-dessus d'eux, qui voit se lever au-dessus d'eux,
La grande figure, l'ombre essentielle,

Qui bouge et qui est, l'image à sa source,
L'abstraite, l'archaïque reine. Verte est la nuit.

« La même folie de celui qui voit »…

Rimbaud, *Les Illuminations* et *Une saison en enfer*, le voyant et le fou…

Mais aussi Blanchot, *La Folie du jour*… « et la folie du monde se déchaîna »…

Quand Claude Régy dit que la folie veille sur nous… et que la maladie, c'est que le dépassement soit frappé d'interdiction, il nous met en garde contre ce que Jean Oury, le fondateur de la clinique de La Borde, appelait les « normopathes ».

La normopathie, c'est le déni effréné de l'angoisse et de la « fragilité des choses humaines » pour reprendre l'expression de Hannah Arendt.

Le rejet, le refus, la peur de l'angoisse.

Alors que prendre en compte l'angoisse, en faire le socle même de la condition humaine est ce qui caractérise la modernité.

Il me semble que le théâtre de Claude Régy est fondé sur ce socle.

L'inhumain fait partie de l'humain. Cette proposition est tenue fermement et déployée tout au long de son œuvre.

Le terrible, le monstrueux... mais aussi bien l'ordinaire...

« Thomas s'assit et regarda la mer »... C'est la première phrase de *Thomas l'obscur* de Blanchot.

Et qui, vraiment qui, n'a pas vu une forêt qui s'avançait vers lui... Comme Macbeth...

On pense bien sûr à Dostoïevski, dont la lecture à 17 ans, dit Claude Régy, a changé sa vie. Chez Dostoïevski, tous les personnages font l'expérience du meurtre : pas de l'acte de tuer (il y en a quelques-uns...) mais du meurtre, de la négation toujours possible de l'autre.

Chez Dostoïevski il n'y a pas de personnages à proprement parler, caractérisés par des traits psychologiques, sociologiques (un peu...), mais des hommes et des femmes en proie au langage, à la pensée. Critique du personnage par Régy. Et : tous fous.

Quand on demandait à Jean Oury pourquoi il avait choisi de s'occuper des fous, il répondait que c'était « la moindre des choses ». Minimalisme et nécessité absolue.

« Nous sommes faits, fabriqués par les mots, et les mots sont la peau des rêves » (je me permets de citer *Le Psychanalyste*).

« Vous parlez ou vous rêvez ? » d'*Espaces perdus*. « La question reste ouverte. Il suffit de la poser pour qu'on ne puisse plus y répondre. »

« … des flots de rêves se déversaient sur moi, j'étais couché dans mon lit, las et sans espoir », écrit Kafka (*Récits et fragments narratifs*).

Et encore : « Qui est-ce ? Qui marche sous les arbres du quai ? Qui est absolument perdu ? Qui ne peut plus être sauvé ? Sur le tombeau de qui l'herbe pousse-t-elle ? Des rêves sont arrivés, ils sont venus en remontant le courant, ils escaladent le mur du quai à l'aide d'une échelle. On s'arrête, on s'entretient avec eux, ils savent bien des choses, seulement ils ne savent pas d'où ils viennent. Il fait bien doux par cette soirée d'automne. Ils se tournent vers le fleuve et lèvent les bras. Pourquoi levez-vous les bras au lieu de les refermer sur nous ? »

« C'est une vie entre des coulisses. Il fait jour, c'est un matin en plein air, puis aussitôt la nuit tombe et c'est déjà le soir. Ce n'est pas une supercherie compliquée, mais il faut se soumettre tant qu'on est sur les planches. On n'a le droit de s'enfuir que si on a la force de se diriger vers le fond, de fendre la toile, de passer à travers des lambeaux de ciel peint, et d'enjamber un ou deux accessoires pour se réfugier dans une rue réelle, une rue obscure et étroite qui, en raison de la proximité du théâtre, s'appelle encore rue du Théâtre, mais est vraie et possède toutes les profondeurs de la vérité. »

La « masse noire de l'écriture » (Duras) ou « le grand fond liant de tout » (dans *Le Criminel*) : mettre en scène ça, l'inconscient, le grand réservoir de tous les possibles.

Claude Régy transmet la sensation qu'on a devant la page blanche où « tout est possible »

toute-puissance

et au même moment, vanité des vanités, tout = rien.

vertige

angoisse

et jubilation.

« tout est possible », faire sentir ça sans arrêt, tout le temps.

La conscience de ça a à voir avec la folie. Pas de limites.

Alors une extrême attention aux mots

faire entendre toute la polyphonie des mots, de chaque mot

(« l'absente de tout bouquet »)

n'est-ce pas fou ?

Écrire : c'est être devant le langage, devant les mots, physiquement.

Les mots sont devant nous, sur une scène.

Effet de ça : ils nous regardent.

(Lacan disait qu'un tableau c'est une image qui nous regarde.)

Quand on écrit, on est devant les mots.

Les mots sont sur la page, et on est devant eux.

Même quand on écrit très vite, même quand on ne se relit pas.

Être devant

sur la page

et la page est comme une scène où se déploient les mots, où ils se déroulent

à l'infini

on a conscience de cet infini, on le sent

comment ne pas le sentir

c'est vertigineux

et en même temps, c'est rien du tout

words words words, des mots des mots des mots

What are you reading, my Lord, que lisez-vous, Seigneur (*Hamlet*)

J'ajoute : *What are you writing*, qu'écrivez-vous.

On aimerait lire les choses plutôt que des mots ?

On aimerait écrire les choses plutôt que des phrases ?

A rose is a rose is a rose

Et

Nobody knows the trouble I see, nobody knows my sorrow

Le *sorrow* de la condition humaine…

Poignant

Terrible

Et en même temps, l'idée d'infini rend… peut rendre… vraiment… joyeux.

Recherche du sens
le sens est dans les mots
on voudrait qu'il soit… où ? comment ?
ailleurs
autrement
dans la vraie vie
où les mots nous regardent
nous écoutent
en direct
l'art est ce lieu, ce pays
peut-être

Ça revient à faire affleurer l'inconscient
La réalité n'est pas la réalité
le monde n'est pas le monde
je ne suis pas moi.

« Le jeu insensé d'écrire. Qui l'accomplit entièrement se retranche ».

L'illimité de l'écriture, le « dépassement » perpétuel, qui se donne l'impossible comme objet, comme défi, qui cherche à attraper le réel « par tous les côtés en même temps », pour reprendre l'expression de Cézanne… et qui se confronte ainsi à l'angoisse sans se détourner, en gardant les yeux ouverts comme « l'homme sans paupières »… ce que Hofmannsthal disait de Rilke.

Et qui va des *Paroles du sage* à *Holocauste*, de très loin jusqu'au cœur d'aujourd'hui.

Entretien avec le journal *La Grappe*

Leslie Kaplan était de passage l'été dernier au festival du film documentaire de Lussas pour participer à un colloque intitulé « Du politique au poétique ». Elle y présentait son geste ainsi : « J'ai voulu transmettre ce que j'avais ressenti. [...] Transmettre le réel, pas la réalité. La réalité, on cherche à la représenter du dehors, par l'explication, par le discours syndical, politique, ou même littéraire. Je voulais essayer de transmettre de l'intérieur le monde véritablement fou de l'usine appartenant au normal, social, banal, habituel, de cette usine qui est le socle de la civilisation industrielle de masse dans laquelle nous sommes tous. » J'en ai profité pour revenir sur son parcours et pour lui poser quelques questions que voici. Je précise que cette interview s'est déroulée en 2022 et donc avant le mouvement contre la loi sur les retraites dont on peut imaginer ce qu'en pense et ce qu'en attend Leslie Kaplan…

La Grappe – Bonjour, Leslie Kaplan. Vous avez fait le choix, à la fin des années 1960, de rejoindre « l'établi ». Pouvez-vous rappeler les endroits par lesquels vous êtes passée et en quoi consistait ce choix politique ?

Leslie Kaplan – J'ai eu différents postes dans différentes usines. J'ai commencé chez les biscottes Gringoire à Mantes-la-Ville en janvier 1968. J'ai enchaîné à partir du 1er avril dans une usine de machines à laver Brandt à Gerland, un quartier de Lyon, jusqu'en septembre, où j'ai participé à la grève de 1968 et aux occupations. J'ai ensuite rejoint une petite usine de caoutchouc dans le XXe, à Paris. Enfin, j'ai travaillé dans une usine de matériel électrique où j'ai été câbleuse dans le XVe jusqu'au printemps 1971.

« L'établissement » a été un mouvement initié par l'UJCML (Union des jeunesses communistes marxistes-léninistes), organisation de jeunesse dissidente du Parti communiste français. Il faisait le constat du caractère « révisionniste » de la politique en URSS – abandon des principes révolutionnaires, de la lutte des classes, de l'internationalisme – et reprenait ce que l'on croyait savoir de la Révolution culturelle en Chine, notamment le souhait d'une alliance des travailleurs intellectuels et des travailleurs manuels. Ce mouvement préconisait aux étudiants d'aller vivre avec les ouvriers et les paysans pour faire la révolution. La réalité de ce qui se passait en Chine était tout à fait inconnue à l'époque, ce qui n'empêche pas que l'alliance des travailleurs intellectuels et des travailleurs manuels ait produit des expériences marquantes.

L. G. – Comment vit-on l'intensité après un mouvement aussi fort que celui de Mai 68 ?

L. K. – Je l'ai qualifié de deuil général dans la société. Ça a été un moment très, très difficile où tout le monde a essayé de s'adapter, de trouver autre chose, de trouver comment continuer, mais autrement. C'est en tout cas comme ça que ça a été vécu de mon côté et pour les gens que je connaissais.

L. G. – Selon votre expérience, est-ce que certains ont réussi à faire ce deuil de manière collective ou est-ce que cela a été un retour vers l'individualisme ?

L. K. – C'est un peu mélangé. Quand l'occupation de l'usine s'est terminée, les ouvriers et les ouvrières pleuraient, certains déchiraient leur carte de syndicat, beaucoup de gens ne voulaient pas retourner au travail comme avant. Certains, qui avaient été repérés, ont été renvoyés. Ce fut mon cas et celui des gens autour de moi, on s'est fait virer des usines que l'on avait occupées. Je suis donc remontée sur Paris, où il y avait beaucoup d'assemblées générales de toutes sortes, rue d'Ulm, à l'École normale, et chacun essayait de trouver comment continuer. Il y a eu la fondation d'un journal par les étudiants des Beaux-Arts, d'autres luttes ont émergé et il y a aussi eu les tentatives de contact avec les autres pays. Chacun a vécu ça à sa façon, il y a eu des gens pour qui cela a été extrêmement difficile, très déprimant. C'est assez divers parce que, malheureusement, certains de mes camarades se sont rangés du côté du pouvoir, c'est triste à dire, mais c'est comme ça. D'autres ont essayé de trouver de nouvelles formes ou de continuer la lutte à leur niveau, au sein de leur collectif. Il y a eu pas mal de comités d'action qui ont continué à leur façon. Je ne peux pas vous en parler trop, car j'étais aussi un petit peu dans mon coin parce que j'ai continué à travailler en usine en région parisienne.

Ça a été à la fois très difficile et très exaltant. Vous savez comme on est faits. Les camarades qui se sont établis comme moi en usine se sont tous dit : « Qu'est-ce que l'on n'a pas fait ? C'est notre faute ! Ça aurait pu être la révolution ! » Enfin des choses un peu absurdes, il faut quand même le dire… Mais que l'on se dit forcément dans ces cas-là, on se divise un peu. Puis après on recommence à essayer de trouver comment faire. C'est vrai que 68 a été un mouvement tellement énorme, la retombée a été rude pour beaucoup.

L. G. – Est-ce qu'à l'époque on avait conscience qu'on avait atteint une forme d'acmé ou est-ce que l'on pensait que ça allait s'intensifier ?

L. K. – Tout le monde voulait que ça continue, mais en même temps ce n'était pas évident. Par exemple, il y a une sorte de relève qui s'est faite en Italie. Il y a eu ce que l'on appelle le « Mai rampant », avec l'immense usine Fiat qui s'est mise en grève. Il y a eu Lip en France, qui a aussi mobilisé beaucoup de gens. Vous êtes au courant de ça ?

L. G. – Bien sûr, dans les luttes post-68, les usines Lip et le Larzac sont de grandes références…

L. K. – Oui, tout à fait. Puis il faut dire qu'en 68 il y a eu quand même une sorte d'éclosion des mouvements féministes, avec ce que ça comportait de bagarres idéologiques à l'intérieur même de ces mouvements. Mais ça a été très important pour beaucoup de femmes de prendre la parole, de mener la lutte pour le droit à l'avortement, etc. C'est aussi l'époque du FHAR, le Front homosexuel d'action révolutionnaire.

L. G. – Quels sont les aspects aujourd'hui, dans un monde capitaliste mondialisé, qui permettent de garder espoir ?

L. K. – Je me dis que, de toute façon, on a de l'espoir, on se bagarre ou on est désespéré [rires]. Je vous dis ces banalités, mais c'est évident ! Il y a quand même eu des luttes partout, les Gilets jaunes par exemple. J'ai été absolument à fond avec, on est allées à Commercy avec ma fille. C'était formidable, c'était vraiment des prises de parole, il n'y avait pas de hiérarchie. Après on a dit : « Oh là là, c'est antisémite », ou je ne sais pas quoi. On n'a jamais entendu parler de ça, ce n'est pas vrai. Et dans tous les cas, peut-être qu'une ou deux personnes ont été imbéciles, mais vraiment c'était une lutte importante. Elle a été tellement importante qu'elle a été réprimée férocement, comme vous le savez, par Macron. Des mains arrachées, des yeux blessés. Faut quand même dire qu'en 68 on n'a pas eu ça. Cela n'avait rien à voir, au niveau de la répression, avec ce qui se passe là aujourd'hui. Donc il faut inventer des choses par rapport à ça. On ne peut que se dire qu'il faut continuer et chercher comment. Chacun doit trouver l'endroit où il peut être le plus efficace. C'est vrai que, personnellement, j'ai commencé à écrire dans l'après-68 on peut dire.

L. G. – Est-ce qu'à l'international il y a des mouvements qui vous paraissent intéressants ?

L. K. – Je les suis dans les journaux, je regarde ce qu'il se passe en Amérique latine, aux États-Unis. Il y a tout de même des résistances importantes. L'espoir c'est aussi dans la lutte qu'on le trouve. Il faut déterminer à quel endroit on est le plus efficace pour se bagarrer, pour résister et pour penser, parce que dans le monde actuel, l'ennemi principal, on pourrait dire que c'est la bêtise.

Vous pourriez lire un texte qui est en ligne, qui s'appelle « Le stade grotesque du capitalisme (la langue du néolibéralisme)[1] ». Je pense qu'on peut le définir comme ça maintenant. En tout cas en France, il y a le mensonge, le mensonge, le mensonge, tout le monde sait que c'est du mensonge, mais on continue quand même. Voilà là où en est du côté du pouvoir. Je pense que ce qui importe, c'est de trouver là où on peut être le plus efficace, surtout où l'on peut le plus penser les choses, les donner à penser et les transmettre. C'est comme ça que s'ouvrent des espaces de liberté.

L. G. – Avez-vous pensé les aliénations hors du monde du travail ?

L. K. – Je pense que les aliénations hors du monde du travail ressemblent quelque part aussi à ce qui se passait à l'usine, c'est-à-dire l'encadrement, la classification, on est « comme ça et pas autrement ». Regardez ce qui se passe à l'école, dans le monde des hôpitaux, dans la façon de traiter la folie. Rappelez-vous la phrase de Sarkozy sur les schizophrènes dangereux. Le schizophrène est « dangereux par nature ». Je suis très concernée par la question de la folie et je pense que ça, c'est typiquement une phrase néolibérale,

1. https://blogs.mediapart.fr/leslie-kaplan/blog/051121/le-stade-grotesque-la-langue-du-neoliberalisme. [Texte présent dans le recueil, cf. p. 29 et suiv.]

capitaliste. Comme si on était par essence quelque chose. Et je crois que c'est vraiment un des aspects de ce qui nous menace. Mettre tout le monde dans des cases, des catégories, des cas. Avec ça on n'en est pas sortis. Il faut vraiment être très vigilants par rapport à ce que j'ai appelé la connerie dans mon petit livre *Désordre*. Donc, à bas la connerie…

L. G. – Et comment peut-on mettre à mal au quotidien la classification dont vous parliez ?

L. K. – Eh bien écoutez, par exemple dans les hôpitaux il y a tout de même des psychiatres qui essaient de se bagarrer contre une forme purement médicamenteuse de soin, contre le fait de donner des pilules aux gens et de penser que tout est réglé. Et puis si ça ne va pas on les enferme comme au bon vieux XIXe siècle. C'est comme si l'inconscient n'existait pas. Je pense qu'il y a des tas de psychiatres qui ne pensent pas ça. Donc ils se mettent à l'action, dans leur domaine. Je pense aussi qu'il y a des tas de femmes qui sont révoltées, comme aux États-Unis, contre la remise en cause du droit à l'avortement par exemple, et qu'on est solidaires des femmes américaines qui sont furieuses. Plus que furieuses, révoltées.

L. G. – Quand je parlais des aliénations, je pensais aussi, par exemple, aux réseaux sociaux, à l'importance de la communication, du divertissement, etc. C'est vrai que j'avais également ces aspects-là en tête. Je ne sais pas si vous les avez pensés.

L. K. – Je ne m'intéresse pas du tout à ça et je suis absente de ce monde. Je pense que les réseaux sociaux sont certainement une circulation de la connerie pure et simple. Mais pas seulement, sans doute, car il y a aussi des manifestations qui ont été convoquées par les réseaux sociaux. C'est toujours compliqué de mettre en cause, disons, le « progrès technique ». On nous a bassinés avec le fait que la télévision, c'était l'abrutissement des gamins, mais ça dépend. On a vu à Lussas le film génial de Rossellini, *Europe 51*, et vous savez sans doute qu'à partir de la fin des années 1950, début des années 1960, ou enfin plus au moins par là, il s'est fortement intéressé à la télévision, parce qu'il pensait que c'était un moyen formidable, disons de former, d'éduquer les gens. Bon, il a fait *La Prise du pouvoir par Louis XIV*, il a fait plein de films absolument formidables pour la télévision. C'est-à-dire qu'en soi la télévision ce n'est rien. Tout dépend de ce qu'on en fait, c'est vraiment comme tout. Sauf que, c'est vrai, les réseaux sociaux ont quand même l'air d'être complètement dominés par des choses terribles, imbéciles. Mais les gens qui savent manier ça, par exemple votre génération, eh bien il faut qu'ils prennent en main ce sujet et saturent les réseaux de choses intelligentes. Je dis peut-être des choses assez idéalistes. Mais je ne vois pas comment on peut le dire autrement. Je ne sais pas si vous êtes d'accord.

L. G. – Oui, je suis d'accord, même si je me pose continuellement la question de savoir s'il est possible de s'approprier un médium lorsqu'il est saturé par la vision ennemie…

L. K. – Il faut supposer qu'à l'intérieur de ça se constituent des petites plages de gens qui échangent des vraies choses, qui sont vraiment à la recherche de l'intelligence. Ce n'est jamais donné.

Je remarque que vous vous posez un certain nombre de questions concernant le langage. Là, typiquement ça rejoint ce qu'on vient de dire sur les réseaux sociaux ou la télévision. Le langage, il n'est pas neutre. Ou bien il véhicule des façons de parler par lesquelles on s'adresse à l'autre et on essaie vraiment de parler, c'est-à-dire de réfléchir, de nommer, de dire, d'énoncer, ou bien le langage est un simple véhicule d'imbécillités, de communication, c'est-à-dire vraiment du côté de ce que l'on ne veut pas. La question est : Comment fait-on pour que le langage qu'on emploie s'adresse à l'autre, à des autres et pas à n'importe qui ? Ça c'est vraiment essentiel.

L. G. – Je me souviens que pendant votre présentation vous avez fait une liste de questions. Elle nous semblait inspirante, pouvez-vous nous les rappeler ?

L. K. – Est-ce que l'on parle, pense, écrit comme à l'usine ou autrement ?

Est-ce qu'une phrase est ouverte ou fermée ?

Est-ce que nous habitons le langage en consommateur aliéné ou en homme, femme libre ?

Est-ce que nous parlons entre nous comme à l'usine ?

Est-ce que nous enchaînons nos phrases sans penser comme en faisant des pièces fabriquées ?

Est-ce que nous fabriquons des phrases comme des produits du marché ?

Est-ce que nous parlons à quelqu'un ou à personne ?

Est-ce que nous voulons assommer l'autre avec des phrases ?

Est-ce que nous voulons avoir le dernier mot ?

Est-ce que nous sommes présents ou absents à nous-mêmes ?

Voilà, c'était la liste [rires].

Je pense que c'est très important d'essayer de réfléchir à la manière dont on parle. Le langage et la folie, le langage et l'existence sont complètement liés, et il ne faut jamais le perdre de vue.

L. G. – Dans une interview récente, vous dites : « Il faut faire politiquement de la littérature et pas de la littérature politique. » On croit reconnaître une certaine référence. Pouvez-vous expliciter vos propos ?

L. K. – Je reprends explicitement une phrase de Jean-Luc Godard, qui dit ça du cinéma. Pour moi cela signifie : pas de la littérature à thèse mais inventer des formes en accord avec ce que l'on peut penser politiquement, des formes qui font penser, qui éveillent, qui soient des formes ouvertes, qui vont à la rencontre du lecteur. Pas matraquer, pas vouloir avoir le dernier mot. Et bien sûr, il peut y avoir un grand décalage entre les positions politiques d'un auteur et les formes qu'il invente : Balzac, Flaubert, etc. Récemment je relisais *Manhattan Transfer,* le roman de Dos Passos, c'est un formidable exemple d'invention de quelqu'un qui a plutôt mal tourné…

L. G. – Votre usage du blanc dans vos livres, de l'espace vide autour des textes, de la mise en pages, semble être une invitation pour le lecteur, pouvez-vous nous l'expliquer ?

L. K. – Vous dites très bien que c'est une invitation pour le lecteur. C'est-à-dire que je voulais vraiment, dans la page, marquer un temps – presque – de réflexion. Pas essayer de gaver le lecteur. Je crois que j'ai toujours ça en tête même s'il y a éventuellement plus de mots dans les livres et les romans suivants. Mais, pas gaver le lecteur. Parce que c'est important qu'il ait vraiment du temps pour réfléchir et donc aussi de l'espace, ça c'est une histoire de blanc. Vraiment. Un temps et un espace de réflexion. Je pense que c'est vraiment important.

L. G. – Je me souviens que, pendant votre présentation, vous faisiez aussi une différenciation entre réel et réalité. Est-ce que vous pouvez revenir là-dessus ?

L. K. – Si vous voulez, la réalité, qui est très importante, c'est ce que l'on voit de l'extérieur, on décrit la réalité. Et pour moi dans le réel, il y a une implication de celui ou celle qui est en train de voir, de subir, de sentir. Quand vous écrivez une phrase comme : « Les chiffons sont faibles. » Vous êtes à l'usine, vous êtes à la chaîne et vous vous dites : « Les chiffons sont faibles. » Évidemment vous n'avez jamais vu la réalité de chiffons faibles, ça ne veut rien dire. Mais c'est un réel, n'importe qui peut le comprendre parce que ça veut dire que vous vous sentez vous-même un petit chiffon. Bon voilà, vous comprenez ?

L. G. – Oui je comprends, d'autant plus que je vous avais entendue [rires]. Mais je me souviens que, concernant la réalité, vous dénonciez une forme d'extériorité, vous reprochiez cela au naturalisme.

L. K. – On ne peut pas dire que ce n'est pas bien, il faut aussi tenir compte de la réalité, savoir où on est, savoir le cadre, savoir l'espace, savoir le temps. Et puis, je ne sais pas… Disons que pour l'écriture naturaliste, je prendrais comme exemple *Germinal*. Et encore une fois je trouve que c'est un très bon livre. Bon, ce n'est pas le problème. Mais le fait est que je ne voulais pas écrire comme ça et que je cherchais plus quelque chose avec une implication dans les mots mêmes du sujet. Et je crois que ça a à voir avec le fait que pour moi le réel tient compte du sujet et donc aussi de l'inconscient. Tout grand écrivain, par exemple Balzac, pour citer un classique, a un rapport avec l'inconscient, même si ce n'est pas explicite. Tout de même, depuis Freud, on sait que c'est là. Là je fais un petit pas de côté, mais c'est important de l'énoncer. C'est-à-dire que toutes les bifurcations à l'intérieur de la tête de la personne qui écrit, on peut en tenir compte. Après, il faut que ça marche dans le texte, que ce soit intéressant, etc. Mais c'est pas simplement : « Voilà c'est comme ça, l'atelier il est comme ça, on y va, de 8 heures à telle heure… » Vous voyez ?

L. G. – Je rebondis là-dessus, pendant votre présentation vous avez évoqué un inconscient historique qui nous traverse. Vous entendiez quoi par là ?

L. K. – Alors l'inconscient historique qui nous traverse… Je ne me rappelle plus à quel moment j'en ai parlé. Je pense que ça a à voir avec l'histoire des luttes. L'inconscient historique est véhiculé par le langage, et le langage porte des choses qui ne sont pas forcément conscientes pour le sujet qui les énonce. C'est-à-dire que dans le langage lui-même, il y a des références à des luttes historiques ou à des impasses historiques ou à des tas de choses. Mais ne serait-ce que, je ne sais pas, comment dire… un mot très simple… [rires], pas si simple à vrai dire, le mot « femme ». Si vous dites : « Je suis une femme. » Bon, par exemple, moi, si je le dis. Évidemment là-dedans il y a une définition anatomique des sexes, mais il y a aussi énormément de choses y compris dans le contexte, peut-être, des luttes de femmes, des révoltes de femmes, des luttes pour les droits des femmes par exemple. Même sans que ce soit énoncé tel quel à ce moment-là. Je ne sais pas si c'est clair ce que je dis…

L. G. – Si, si, bien sûr.

L. K. – On est quand même liés par des mots à des tas de choses, même qu'on n'a pas vécues. Ah oui, je me rappelle, oh là là, c'est trop bête… À quel moment j'ai parlé de l'inconscient historique ! C'est évidemment au moment où j'ai parlé des trains et des rails et des wagons dans le texte. J'ai parlé de ça. C'est-à-dire que, c'est évident, moi en l'écrivant, c'est une histoire vraie, je n'avais pas du tout fait attention, j'avais parlé des trains, des rails, des wagons. Et il a fallu que quelqu'un d'autre me dise : « Ah oui, mais ça rappelle un peu les camps de concentration. » Et du coup, c'est vrai que pour moi rails, trains, wagons ne peuvent qu'évoquer des questions liées au fait que je suis juive et qu'une grande partie de ma famille a péri en Pologne. Même si j'ai eu la chance de naître aux États-Unis. Vous voyez ce que je veux dire ?

L. G. – Oui, bien sûr.

L. K. – Voilà pour l'inconscient historique. Voyez comment c'est le refoulement [rires], j'ai failli ne plus me rappeler ça. Évidemment. Parce que ce n'est pas forcément... Là on parle et tout, mais ce n'est pas forcément agréable, disons, ces souvenirs-là.

L. G. – Je vous remercie d'autant plus de répondre à ces questions.

L. K. – Et attendez, concernant votre question : Comment on peut se battre contre le fait qu'il y ait des tas de fermetures d'usine alors qu'en même temps on sait très bien l'horreur des conditions de travail ? Mais ça, écoutez, c'est évident, tout simplement parce que le chômage est sûrement pire que tout. Des gens qui perdent leur emploi comme ça... La société telle qu'elle est faite maintenant n'a pas prévu autre chose, c'est la mort dans la vie, quoi. Cela ne veut pas dire non plus qu'il faut se battre pour garder des situations terribles. Il faut les changer et il faut passer carrément à d'autres modes de production. Enfin, c'est évident.

L. G. – C'est qu'on ne voit pas forcément des luttes pour améliorer le chômage. On voit des luttes pour garder des emplois.

L. K. – En 68 il y avait ce bon vieux mot d'ordre « L'imagination au pouvoir ». Aujourd'hui nous sommes dans des impasses de société qui sont liées à des façons de produire depuis longtemps, longtemps, longtemps et évidemment les gens en place n'ont aucune raison de souhaiter, justement, utiliser l'imagination pour faire autrement. Ça crée des situations qui sont en effet assez absurdes.

L. G. – Oui, mais là, c'est presque le manque d'imagination au niveau de la lutte que je trouve le plus flagrant. À chaque fois que je vois les groupes de gauche et d'extrême gauche se lamenter quand une usine ferme, d'autant plus quand on sait aujourd'hui les problèmes que la production provoque, dans les vies individuelles mais aussi concernant le climat et l'environnement, je suis encore très étonné de voir des groupes, des partis et des syndicats s'acharner à préserver des emplois où on voit des gens qui sont abîmés par toute une vie de travail…

L. K. – Écoutez, vous avez raison mais c'est très compliqué malgré tout, d'avoir, disons, une position, je ne sais pas comment dire, « tout ou rien ». Il faut dire à la fois tout ce que vous dites, sur des emplois horribles, la pollution, l'environnement, la terre elle-même, etc. et dire qu'il n'y a pas de raison que ce soit les personnes, dans les usines, ou même dans d'autres emplois, qui paient le prix de la transformation, qu'il faut, d'ailleurs, inventer. C'est-à-dire que c'est une question globale. Je pense que vous avez tout à fait raison de porter toutes ces critiques, mais quand quelqu'un a travaillé dans une usine et que l'usine va fermer, il sait que c'est mauvais. Mais il veut quand même continuer à vivre. Il est assez persuadé qu'il ne va pas trouver d'autres emplois, c'est compliqué. On ne peut pas dire que ça ne le soit pas.

L. G. – Oui ça bien sûr, mais…

L. K. – Il faut marcher sur les deux jambes, c'est-à-dire une critique d'ensemble et en même temps, au cas par cas, voir ce qui est possible, comment on se bat, etc.

L. G. – Je vois. On connaît votre période maoïste. Quelles sont les autres influences politiques, peut-être plus récentes, qui ont marqué et qui continuent à marquer votre pensée ?

L. K. – J'ai été tout à fait intéressée par les formulations de *Tiqqun*, et aussi d'Agamben. Pour penser le moment actuel, je pense avec Marx, Freud – la prise en compte de l'Inconscient me paraît indispensable pour penser le politique –, avec Hannah Arendt – le concept de désolation (*lonelyness*) dans son rapport au totalitarisme est très éclairant pour moi –, aussi avec les livres de Rancière, de Pierre Dardot et Christian Laval (*La Nouvelle Raison du monde, Le Choix de la guerre civile*), ainsi qu'avec tout le travail de Serge Daney, grand essayiste, en particulier son texte sur « Le marché de l'individu et la perte de l'expérience ».

L. G. – Pour finir, est-ce qu'il y a un point particulier que vous aimeriez plus spécialement transmettre ?

L. K. – Ce que je voudrais transmettre c'est l'idée qu'évidemment il faut continuer à lutter et en même temps trouver comment avoir beaucoup d'inventivité et d'imagination. J'aimerais bien que les gens lisent *L'Excès-l'Usine* ou d'autres de mes livres en général. Je pense que cela représente les choses que je veux transmettre, pas simplement au niveau de l'expérience de l'usine, mais en général, une éthique de l'écrivain et aussi une façon d'être dans la vie. En écrivant, je pense qu'on adopte certaines façons d'écrire qui sont liées à certaines façons de vivre.

III

Avec des cinéastes

Le secret du cinéma pourrait être dans *Païsa*

Une femme et un homme courent, ils se tiennent par la main, il a un bras blessé dans un foulard, elle porte une robe à fleurs, ils se penchent en avant, un peu pliés, ils se baissent, ils traversent une grande galerie, elle est ouverte, le ciel entre, et pleine de statues, on la connaît, c'est la galerie des Uffizi à Florence, ils courent, ils s'échappent, ils nous entraînent, ils sont jeunes, beaux, ils courent, où, sûrement vers ce qu'ils cherchent, ils veulent rejoindre lui sa femme, elle, un amour, Lupo, un héros, un chef de partisans, mais ils nous entraînent aussi par la force du film dans un autre espace, un autre temps, réels, qui échappent à l'espace et au temps de la réalité tout en étant liés, en rapport, ils nous entraînent dans l'espace et le temps du film.

Pour moi le secret du cinéma pourrait être dans *Païsa*.

C'est le 10 juillet 1943, les Alliés débarquent en territoire italien, la mer bombardée, les vagues qui se soulèvent, les avions en masse, les soldats dans l'eau, sur la plage, sur les rochers, une côte escarpée, noire, l'air, l'eau, la terre mélangés, c'est un commencement, un cataclysme, c'est la Sicile, la nuit, et on entend parler, la première langue qu'on entend, après les phrases du commentaire, c'est l'américain, on l'entend comme une langue étrangère, sur un sol étranger, et les deux langues, l'italien et l'américain, sont à égalité, et ce qu'on voit, ce sont des jeunes gens, très jeunes, qui grimpent sur les rochers, qui arrivent dans un village, ils ont l'air désorientés, ils cherchent, chewing-gum dans la joue, les Allemands pourraient être là, mais en haut de l'escalier c'est la place de l'église, on veille un mort, des hommes, des femmes, des vieux, des jeunes, et la guerre tout de suite c'est ça, des gens qui vivent la guerre, on verra des machines, des avions, mais de loin, et c'est la confusion, et d'emblée la question : de quel bord on est, le village est de quel côté, le maire, ou celui qui semble avoir l'autorité, est méfiant, sans doute fasciste, il ne croit pas aux Américains, ne veut pas les accueillir, mais ils sont là, il y a un Américain qui vient de Gela, J'ai de la famille à Gela, L'Américain a de la famille à Gela, la phrase circule, elle est reprise, pourquoi c'est si émouvant, il parle italien avec un accent américain, comme si tous les mots étaient épelés un à un, comme dans un livre de classe, un livre d'enfant, c'est le mythe et la réalité, l'Amérique s'est faite comme ça, avec lui on imagine tous ceux qui sont partis pour le Nouveau Monde, un monde nouveau c'est quoi, nouveau monde ou Ordre nouveau, la menace, le règne de mille ans projeté par les nazis, est présente depuis le début, et retour aux origines, mes parents sont partis de Gela, maintenant je viens à Gela vous aider, c'est héroïque, on peut mourir, beaucoup sont morts, et normal, dans l'ordre humain, civilisé, et tout le film est là-dessus, la civilisation c'est quoi, chacun des épisodes va parler de ça, montrer ça, différentes formes de cette question, et en face, le visage de l'ennemi deviendra aussi de plus en plus clair, précis. Les Américains ont besoin d'un guide, par où sont partis les Allemands, est-ce qu'il y a des mines, Carmela est d'accord, elle montre le chemin des remparts, elle est encore plus jeune qu'eux, sa jupe, ses yeux noirs cernés, fille du Sud, Joe doit rester avec elle, il essaie de lui parler, dialogue hésitant mais dialogue, un homme, une femme, un Américain, une Italienne, il connaît très peu de mots, *I'm Joe from Jersey*, il livre du lait, il mime traire une vache, boire du lait, au début ils s'énervent, pourquoi l'autre ne comprend pas, le lait, l'étoile filante, la blondeur, début d'une histoire d'amour, il montre une photo de sa sœur, elle croit que c'est sa fiancée, c'est à ça qu'on voit que ça pourrait devenir une histoire d'amour, parler c'est quoi, c'est découvrir ce qu'on ne savait pas avant de parler. Les soldats allemands, eux, ne parlent pas à Carmela quand ils arrivent, arrogance et brutalité, ils affirment, ils savent, Tu attends ton fiancé, hein, et ils disposent, leur seule préoccupation : qui sera le premier.

Tout ça se termine mal, tous les épisodes se terminent mal, celui-là mal et par un malentendu, on a le cœur serré, et pourtant, la suite, la suite…

Le film remonte l'Italie avec les Américains, et dans les différents lieux, Naples, Rome, Florence, le monastère, le delta du Pô, six épisodes, chacun existe en lui-même et renvoie en même temps aux autres, seront encore posées ces questions, la guerre, la civilisation, le dialogue, sous des formes différentes à chaque fois, à chaque fois avec des récits et des détails différents.

Dans Naples libérée des enfants des rues se débrouillent, partage de cigarettes et de butin divers, un soldat Américain, un Noir, ivre, Il est à moi, un gamin tire l'Américain, encore un Joe, ils entrent dans un théâtre de marionnettes, il y a une marionnette maure, la salle crie À bas les Maures, l'Américain monte sur scène, son corps gigote parmi les marionnettes, pugilat, il se retrouve seul avec l'enfant au milieu des cailloux, des débris, on pourrait être sur la Lune, surface fissurée, cassée, mais on est à Naples, l'enfant a un harmonica, le soldat se met à chanter, *Nobody knows the trouble I see, nobody knows my sorrow*, l'enfant l'écoute, enchanté, après il lui dit qu'il aime comment il chante mais pas l'air, chacun parle sa langue mais bien sûr ils se comprennent, dialogue, dialogue, le soldat mime le bateau, la tempête, il fait parler l'amiral, l'enfant l'écoute, le soldat mime l'avion, l'enfant est heureux, il rit aux éclats, ensuite le soldat rêve à voix haute,

Tu vois, païsa, je suis un héros, on va m'accueillir comme un héros, je descendrai Broadway, j'irai au Waldorf-Astoria, et après, non, *I don't want to go home*, il sait ce qui l'attend, une cabane misérable et le reste, l'enfant veut jouer encore et encore, le soldat est fatigué, il veut dormir, l'enfant le supplie, Dors pas, dors pas, si tu dors, je te vole. Le soldat s'endort, il se réveille sans ses chaussures. Plus tard il conduit une jeep, *Hey you*, il voit un gamin en train de voler une caisse sur un camion, il l'attrape, il l'engueule, tout à coup il le reconnaît à cause de l'harmonica, Petit voleur, *why did you steal*, pourquoi tu as volé, le gamin pleure, le soldat qui de fureur l'avait déshabillé, lui avait enlevé tous ses surplus US, le rhabille, le gamin sanglote, Fallait pas t'endormir. Le soldat veut récupérer ses chaussures, l'enfant le conduit dans des ruines, on voit des gens dans des cavernes, debout autour de feux. *Take me to your mother and father*, le gamin lui montre le ciel, les bombardements ont tué ses parents. Épouvante du soldat. Visage du gamin, sa déception, soudain il sait ce qui va se passer : le soldat s'enfuit. Le gamin qui regarde le soldat, le dos du soldat dans sa jeep cahotante, et se formule la question qui était là depuis le début, qui martelait et cognait sans qu'on y pense, et qui est comme la pierre sur laquelle se construit, peut se construire, une civilisation : un enfant c'est quoi.

4 juin 1944, Rome est libérée, allégresse, on voit les chars entrer dans la ville, les rires et les sourires, les fleurs,

on voit même un bataillon d'Écossais en jupe, le commentaire souligne la joie de la population. Six mois après, ce n'est plus la rue, ouverte, c'est une taverne enfumée, pleine de soldats américains et de prostituées, une bagarre éclate entre deux filles, il y a une descente de flics, l'une des filles s'échappe, « la blonde », son visage enfantin, sa petite veste en fourrure, ses talons hauts, une femme indique aux flics une fausse piste, la fille veut la remercier avec de l'argent, la femme refuse, Garde ton argent. La fille trouve un soldat américain ivre, *Come on baby*, il va avec elle, réticent, il est fatigué, il est triste, elle l'emmène dans sa chambre, paie la propriétaire, boulot boulot, elle l'allonge sur le lit, veut le déshabiller il ne veut pas, il lui parle d'une Francesca, son arrivée dans Rome, la libération, l'accueil, tout le monde si enthousiaste, si heureux, On vous a tellement attendus, ça a été si long, une jeune femme, c'est elle, on la voit, lui ne l'a pas reconnue, lui a donné à boire, il voulait se laver, elle lui a donné du mauvais savon en s'excusant, il connaissait quelques mots d'italien, elle lui a récité des mots anglais qu'elle avait appris, certains étaient décalés, elle était en train de les apprendre dans un livre, ils ont ri, bonheur, il lui a joué un air au piano, il lui a promis qu'il reviendrait, *I've got to go but I'll come back*, mais il ne l'a jamais revue, il n'a pas retrouvé la place, la maison, de toute façon elle doit être maintenant comme les autres. Elle lui dit que non, Francesca n'est pas comme les autres, elle part en laissant son adresse, un rendez-vous. Le lendemain il quitte Rome, il jette son bout de papier, *Just the address of a whore*, mais elle est allée au rendez-vous, elle l'attend sous la pluie. Est-ce que l'émotion vient de la fin des illusions ? L'émotion vient plutôt du sentiment que tout va si vite, comme dans le film, que tout passe si vite dans son contraire, et qu'ainsi, justement, il n'y a pas de fin.

Dans Florence divisée, combats terribles des deux côtés de l'Arno. Un hôpital de la Croix-Rouge, improvisé, précaire, le va-et-vient, les brancards, la foule, on parle anglais et italien, une infirmière, Harriet, épuisée, elle devrait partir, mais elle veut revoir ses amis de Florence. Elle entend parler de Lupo, le chef des partisans, c'est un peintre, Guido Lombardi, elle le connaît, l'aime sans doute, on dit qu'il est blessé, elle décide de le rejoindre. Au milieu de la foule, elle rencontre Massimo, un ami, lui veut retrouver sa femme et son fils, ils partent ensemble. Il a un bras dans un foulard, elle, fragile et maigre dans sa petite robe à fleurs, ils cherchent à traverser la ville, c'est très dangereux, les miliciens sont déchaînés, sur une hauteur ils rencontrent deux Anglais, assis, calmes et tranquilles, ils observent la ville de leur longue-vue, Quel dôme on voit, leur intérêt un peu touriste, leur flegme, leur mépris des Allemands, si grossiers, un gendarme leur indique un passage, la galerie des Uffizi, un ami partisan les laisse passer, ils courent en se baissant, la galerie est ouverte, on voit le ciel, toutes les collines de Florence, toutes les statues, les civilisations sont mortelles, elles le sont vraiment, ils courent, beauté du mouvement, mouvement du mouvement, beauté, lignes croisées de leur course, des collines et de la galerie des Uffizi, ils sortent, ils grimpent sur les toits, un vieux militaire est installé sur une chaise, il parle balistique, Ah la guerre de 14, s'il est tellement déphasé, rétro, c'est qu'en 14 il s'agissait d'une guerre, là il s'agit des nazis et de leur règne de mille ans. Massimo traverse la rue au milieu des balles, on voit deux miliciens pris, traînés, fusillés, c'est normal, un partisan est blessé, il tombe, avec d'autres elle le tire, elle le prend dans ses bras, madone, il gémit, Maman, j'ai tellement froid, et Depuis que Lupo est mort, tout va mal. La mort qui vient comme une subordonnée, « depuis que », la mort apprise à travers la mort d'un autre, et cette phrase qu'on entend et qu'on voit s'imprimer sur le visage de Harriet est un détail parmi tous les détails, un minuscule énorme éclat de réel.

Dans un monastère vieux de cinq cents ans, miraculeusement préservé, des moines vivent leur vie de retraite à l'écart de la guerre. Trois aumôniers américains leur demandent l'hospitalité pour la nuit. Ils sont très bien accueillis, on leur offre une liqueur faite avec les fruits du verger, échange, les cigarettes, on n'accepte pas, mais le chocolat, oui, on leur montre leur chambre, il n'y a pas grand-chose pour le dîner, mais les moines s'en remettent à la Divine Providence et voilà qu'en effet des paysans apportent des volailles, des légumes, les Américains leur donnent du lait et des œufs en boîte, Ah ces Américains, et un grand repas se prépare. Agitation passionnée dans la cuisine. Mais un des moines apprend que sur les trois aumôniers un seul est catholique, c'est celui qui parle italien, les deux autres sont l'un, protestant, l'autre, juif. Panique et scandale. Un juif dans le monastère ! L'hérésie de Luther ! Les moines entourent l'aumônier catholique, l'interrogent, petite inquisition, comment n'a-t-il pas tenté de ramener ces deux âmes perdues dans la voie de la vérité. Il essaie de leur expliquer qu'il ne se sent pas le droit de juger. Au moment du repas, les moines jeûnent pour, disent-ils, contribuer par ce sacrifice minime au salut des âmes de leurs hôtes. Les aumôniers protestant et juif qui n'ont pas compris mangent joyeusement pendant que l'aumônier catholique, ignorant délibérément ce que le geste des moines peut contenir de réprobation, voire de férocité, les remercie pour leur modestie, leur simplicité et leur foi. Humour léger, jubilation, du début à la fin on est ravi, cet épisode est une plage heureuse avant l'épreuve de l'épisode final, le point de vue n'est pas l'ironie, n'est pas la moquerie, mais l'amoralisme et la distance, une distance sérieuse et gaie devant le décalage, les moines ne sont pas critiqués, ce qui est non pas critiqué mais interrogé ce sont les idées, les idées qui circulent revêtues de leurs petites robes de bure, comment peut-on être moine, vivre à l'écart d'un monde pourtant créé par Dieu, l'aumônier juif se pose la question mais elle planait déjà, et comment peut-on être sûr que l'autre est hérétique, cette certitude sur l'autre n'est-elle pas de la haine, et quelles sont les conséquences actuelles de ce mot si vieux, Juif, jusqu'où va-t-on, jusqu'où, jusqu'où. On enregistre l'intérêt évident des moines pour la nourriture, leur côté enfantin, un moine joue avec un casque américain, leurs corps d'hommes enveloppés dans leurs robes, leurs capuches et leurs sandales, leur agilité, comment ils courent et montent et descendent les escaliers, et tout à coup ce qui se met à tourner à toute allure avec l'arrivée des Américains dans ce monastère si paisible, tellement en dehors du temps, ce sont toutes les questions, absolument toutes, la religion, Dieu, le sens de l'action humaine, et ces questions sont possibles parce que le point de vue est celui du paradoxe, tenir ensemble les aspects contraires sans jamais lâcher un aspect pour l'autre, un moine et un dîner, un esprit et un corps, un catholique et un protestant, un chrétien et un juif, un Italien et un Américain, la liqueur ancestrale et le lait en boîte, l'Europe et l'Amérique, et alors pourra s'entendre et même se voir la question à laquelle les moines sont le moins aptes à répondre mais qui est pourtant là posée avec eux : qu'est-ce que c'est, parler, parler à un autre, dialoguer.

On est dans le delta du Pô, à l'écart du front des partisans mènent un combat sans espoir contre les nazis qui les encerclent, ils sont aidés par quelques soldats américains, comme au début mais autrement, l'eau et la terre mélangées, le ciel qui se déploie, les roseaux, c'est un paysage primitif, commencement du monde, commencement de l'humanité, la barbarie rôde, elle va se définir, ici l'ennemi va montrer son visage en entier et de face. Une barque flotte à la dérive, dedans un homme mort avec une pancarte accrochée, « partisan », ses camarades et l'Américain vont le chercher sous les balles, ils l'enterrent, ils attendent un avion qui doit leur larguer du ravitaillement, c'est difficile, un partisan va avec l'Américain chez des pêcheurs, l'Américain donne une pommade pour les piqûres de moustiques de la petite fille, on partage un peu de polenta, le pêcheur donne du poisson, il est habillé comme les gens pauvres qui portent tous leurs vêtements sur eux, chapeau, pantalon, veste, cravate, la nuit l'avion ne jette rien, les partisans et l'Américain retournent chez les pêcheurs, le bébé pleure seul au milieu des cadavres. Deux aviateurs anglais sont tombés, ils ne se plaignent pas, sont juste *a little wet*, les Allemands arrivent en masse, un partisan s'allonge et se tire une balle dans la bouche, l'Américain n'a plus de munitions, il jette son fusil, les nazis les emmènent, discours du chef sur la civilisation de mille ans qu'ils préparent, c'est leur mission, mais avant il leur faut tout détruire, *before we must destroy everything*, il parle en anglais, il s'adresse à l'Américain et aux Anglais, l'Américain demande ce qu'il va faire des partisans qui sont allongés dehors, attachés, le nazi répond que ce ne sont pas des prisonniers de guerre, ce sont des criminels, dehors les partisans se parlent entre eux, Chez moi ils ne sauront pas ce qui m'est arrivé, Moi aussi je pensais à ça, Ils vont nous tuer, Pourquoi ils nous tueraient ? Le matin les nazis poussent dans l'eau les partisans ficelés, l'Américain veut s'interposer, *You murderer*, il est descendu d'une balle dans le dos. La voix du commentateur dit, Cela s'est passé pendant l'hiver 44, au printemps la guerre était terminée.

Désir de trouver des mots, de trouver des équivalents en mots, des correspondances avec des mots, il me semble que c'est ce qui se passe, pour moi, quand « c'est du cinéma ». Cela ne se passe jamais de la même façon, et le réel non filmé peut produire le même effet. Peut-être est-il à ce moment-là structuré comme un film ? Images, agencement et lumière, montage, déroulement, paroles, son. D'emblée la certitude que ce réel est inépuisable, infini. Infini à dire, nommer, attraper en mots. Pas impossible : infini, c'est bien différent. Et cette forme de réel fait signe, me fait signe à moi, fait que je m'engage, moi. Le cinéma provoque pour moi le désir de confronter le réel des mots, réel avec lequel on peut jouer, inventer autre chose que ce qui est, à un objet fini infini qui a cette puissance particulière d'être la réalité enregistrée et en même temps tout autre chose, organisée autrement, organisée en fait comme une interprétation. Interprétation à la fois de cette réalité et de moi dans cette réalité. Interprétation : qui ne renvoie pas seulement à ce qui est, mais indique le sens d'un désir, et la révélation du cinéma est alors de faire exister une façon de filmer qui correspond à ce que je souhaite trouver dans l'écriture et dans la vie.

Païsa : la bonne distance, ouverte, ouverte sur le monde, présence passionnée, questionneuse, humour possible, étonnement tout le temps, amoralisme et éthique. Une éthique du dialogue. Accueil, et le point de vue du paradoxe. Comme peut-on parler d'accueil quand le film montre des événements si terribles ? Justement on le peut. Paradoxe de la pensée qui pense en même temps les contraires, qui pense la vie sur fond de mort. Et on veut en être, du film, être avec.

« Cela s'est passé pendant l'hiver 44, au printemps la guerre était terminée », pourquoi ces mots de la fin résonnent si fort, « cela s'est passé », c'est une histoire, elle est vraie, elle nous a faits, on vient de là, origine, et origine du récit, de ce qu'on peut raconter, « cela s'est passé » comme « il était une fois », on aime raconter, les humains sont des êtres qui aiment raconter, qui font des récits, qui se constituent comme ça, avec ce qu'on leur raconte, et les récits racontés suscitent d'autres récits, tous les récits possibles, récits à partir des visages, des corps, des lieux, des mots et des dialogues, le visage de Carmela, les yeux noirs cernés de cette fille du Sud, et la fatigue, une certaine méfiance, due à quoi, la pauvreté, la souffrance endurée, au fait d'être une femme, quelque chose de très attentif à l'autre, quasi persécuté, mais derrière, une attente, on ne peut pas dire un espoir, mais une attente, et les visages de l'enfant de Naples et du soldat, comment ils se répondent, lequel est le plus enfantin bien sûr, le plus démuni, le plus présent dans le pur présent, le plus rêveur, le plus joueur, et le visage de Francesca, buté, enragé, anxieux, heureux aussi, le visage de Harriet l'infirmière, sa maigreur, sa beauté, ses cheveux ondulés, un Botticelli, et les moines, chacun d'entre eux, sont-ils naïfs, sont-ils bons, sur le visage de l'aumônier catholique américain se lit la question, et sa vigueur, sa virilité, on dirait un moine-soldat, mais justement il ne fait pas les croisades, il libère l'Italie, et l'Américain baroudeur et héroïque, et les partisans, leur visage en lame de couteau, et le nazi poupon et blond, sa politesse obséquieuse, haineuse avec les Américains et les Anglais, comment il dit, *We must destroy everything*, quand il parle on se dit aussi, c'est trop bête, des imbéciles qui tuent, comment est-ce possible, ça l'est, tous ces êtres si ordinaires et si surprenants, pour chacun on se demande qu'est-ce qui va se passer, qu'est-ce qui peut se passer, tous ces récits à partir d'un récit, et est-ce qu'un récit ce n'est pas ça, ce qui suscite d'autres récits, et « au printemps la guerre était terminée », mais l'est-elle, le sera-t-elle un jour, de quelle guerre d'ailleurs s'agit-il, sommes-nous ici et maintenant dans la même guerre, la guerre se déplace, nous déplace, et ce qui a été montré constamment à travers les détails et les détails sans jamais lâcher le fil ce sont tous ces hommes différents, de bords différents et différents, et les enjeux de vie et de mort pour ces hommes, entre ces hommes, pour ceux qui parlent italien et pour ceux qui parlent américain, pour ceux qui habitent l'Amérique et pour ceux qui habitent l'Europe, le monde.

Les grandes jambes de la démocratie

Comment montrer que la démocratie est attirante ? La démocratie, on peut penser que c'est fatigant, lourd à porter, prenant, exigeant, ce régime prend du temps, du temps sur quoi, sur nos affaires privées, sur « l'épaisseur triste » de nos affaires privées, René Char cité par Hannah Arendt, il exige de la pensée, tous les jours de la pensée de tous les jours, une pensée d'ensemble et de détails, de précision, alerte, intérêt, et autre chose sans doute de plus subtil, de plus profond, de plus ancien, de plus étrange, la confiance. La démocratie exige de la confiance, en soi et dans le monde, dans les autres, les deux sont liées, accepter ainsi le risque, et l'avenir.

Dans *Young Mr. Lincoln* on éprouve ce que c'est, la démocratie, ce que ça peut être, on le voit, on l'éprouve, on le pense.

Est-ce que cette dimension citoyenne est liée à l'état de la société américaine de l'époque de la jeunesse de Lincoln, ou de l'époque où Ford a fait ce film, 1939, début de la Seconde Guerre mondiale ? Sans doute, mais pas de passéisme. On peut chercher les éléments transposables ici et maintenant.

Dans le film on est mis en position de démocratie, traité comme citoyen, citoyenne.

C'est sûrement dû d'abord au style de toujours de Ford, « John Ford For Ever », titre de Daney, qui exige que le spectateur soit actif, qui met le spectateur dans une attitude active. Comme le dit Serge Daney, Ford est un « contemplatif rapide », le spectateur doit être éveillé, son « œil doit être vif » s'il veut voir ce qu'il y a à voir, les deux films, dit Daney, que Ford filme à la fois, celui qui doit « conjurer le temps (en étirant les récits, par peur de finir) et un autre pour sauver le moment (celui du paysage, deux secondes avant l'action) ».

Mais aussi une atmosphère, une toile de fond, un *feeling* : un sentiment général de légèreté, même dans les moments tristes, même dans les moments de tension, quelque chose comme : on est bien dans sa peau, dans le monde, on se sent bien dans le film. D'où vient cette légèreté ? Ce que le spectateur découvre, à part Lincoln, bien sûr, qu'il croyait connaître mais qu'il n'avait jamais vu comme ça, c'est surtout, et fondamentalement, que la vie citoyenne est normale.

Au sens de : pas folle, normale. Intéressante, vivante, pas un fardeau, pas un impératif moral extérieur, mais une façon de vivre, de voir, de penser faite aussi de plaisir qui est un plaisir. Le plaisir de la liberté et de la raison, de la lumière et des Lumières, et de la raison partagée. Le spectateur, qui part d'un point de vue moderne, à savoir combien la vie, en général, n'*est pas* normale, *est* folle, est ramené à l'origine, à ce *à partir de quoi* il peut avoir ce point de vue, au classicisme en somme, qui soutient que – et se soutient de ce que – la vie, en général, et citoyenne en particulier, *est* normale, peut l'être, peut *ne pas être* folle. Plaisir immense, constituant, de ça.

Alors qui est ce jeune Abe ?

Déjà, c'est le fils que toute mère aimerait avoir. Le film commence par un poème de Rosemary Benét : « *If Nancy Hanks / Came back as a ghost / Seeking news / Of what she loved most / She'd ask first / "Where's my son / What happened to Abe / What's he done?" / [...] "Did he grow tall / Did he have fun"*... » Au départ le film est regardé par la mère, placé du point de vue de la mère. Et tout le film sera scandé par les relations du jeune Lincoln avec les femmes. Sa mère, dès l'épigraphe, Mrs. Clay qui donne à Abe les livres de droit, à qui il dira combien elle ressemble à sa mère quand il la défendra, Ann qui l'encourage, et même, au-delà de la tombe, Mary Todd...

Ce rapport à la démocratie qui passe par les femmes, *why* ?

Il y a une dialectique : le grand homme futur est fils de, issu de, la femme/le peuple regarde Lincoln avec admiration mais aussi attendrissement, regard admiratif et attendri de la mère devant son enfant, elle l'a engendré, Mrs. Clay, qui ne sait pas lire, lui a donné les livres de droit grâce auxquels il sauvera ses fils... Transmission, et éducation.

Abe la dépasse, mais il y a une réciprocité, un échange, une participation. Et c'est aussi le cas pour le spectateur actif qui adopte le point de vue de ces femmes. Et qui voit un Lincoln jeune : Lincoln fait ses débuts dans la vie, il commence, et en ce sens c'est *comme* la démocratie. La démocratie est toujours en train de se faire, elle est toujours en train de commencer, sinon elle se sclérose, elle est finie. À la démocratie pourrait s'appliquer le précepte surprenant, évident et surprenant, du Talmud : « Il est interdit de vieillir. »

Abraham Lincoln jeune, Henry Fonda *of course* : son grand corps, un peu dégingandé, un peu gauche au début, après non, mais tout le temps suprêmement élégant. Élégant ? Même quand il a des manches trop courtes, même quand il est un peu timide et ne sait pas où mettre ses mains au moment de prendre la parole en public pour la première fois, même quand il avance lentement sur sa mule, même quand il a l'air de Don Quichotte à côté de Sancho Pança, même quand il danse sans savoir danser, *in the worst way*, de la pire façon, lui qui n'a dansé que derrière une charrue. Élégant : à l'aise, confiant, c'est-à-dire pas encombré de sa personne, il habite son très grand corps comme il habite le monde, sans retour pénible sur soi, sans ressassement et sans ressentiment, il ne fait pas supporter à l'autre la moindre de ses difficultés, il prend sur lui. Élégance de l'âme, on pourrait dire, qui est soulignée par la non-élégance du vêtement ou de la monture.

Et cette élégance-là est une exigence de la démocratie : prendre sur soi est à l'opposé de l'attitude qui vise à faire porter, à reporter ses problèmes sur l'autre, attitude qui est le début de la délinquance, c'est-à-dire de ce qui rend impossible une vie en commun, à l'opposé aussi d'une expression sans retenue, se laisser aller, de la vulgarité qui est toujours une forme de haine, une façon d'attaquer l'autre.

Démarche souple, et ces grandes jambes qui commencent à la taille, qui avancent facilement, qui portent Abe Lincoln sans peine, joie du mouvement et de la marche, et qui vont le porter loin, au sommet, sur la colline du Capitole… Grandes jambes qu'il n'a aucun mal, aucune inhibition, à montrer, on les voit dès la première fois qu'on le voit, il est allongé, quand il est en train de lire sur le dos elles sont verticales, appuyées contre l'arbre, plus tard elles sont posées sur la table au bureau, au procès : elles sont là, on les voit, il fait avec, elles sont parties de lui, elles sont, on pourrait dire, intégrées. Métaphore et métonymie, elles sont vraiment ce qu'il est, un peu comiques, intelligentes et très sexy, bien portées, assumées, montrées, mises en scène par lui-même... Charme et grâce : assomption de ses particularités, courage de son apparence, drôlerie, autocritique, autodérision légère...

Image d'une vie où différents aspects coexistent mais pas nécessairement au détriment les uns des autres, comme l'amour des livres et celui de la nature, nullement incompatibles, on peut lire partout, allongé contre un arbre, mais on veut aussi aller à l'université, ou encore on est un avocat débutant mais on participe à fond à la fête populaire, manger les tartes, tirer la corde.

L'élégance de l'âme n'est pas la même chose que le courage mais va avec, elle suppose une force intérieure, une intégrité. Oser prendre la parole, la prendre pour la première fois, se présenter en public, au public, *plain Abraham Lincoln*, juste Abraham Lincoln, plus tard bien sûr oser rester là, planté comme un arbre et affronter la foule lyncheuse. Mais c'est aussi oser penser. Courage de la pensée qui va avec le don de penser simplement, de se faire comprendre, comme le dit Hannah Arendt à propos de Jaspers, Lincoln sait que « les questions politiques sont beaucoup trop sérieuses pour être laissées aux politiciens », et que « la philosophie a en commun avec la politique de concerner tout le monde ».

Et humour. Faire rire, y compris à ses propres dépens, déplacer l'accent, décaler l'événement, ramener les gens à eux-mêmes, à l'autre partie d'eux-mêmes. Le courage, c'est ne pas craindre de mettre l'accent sur le conflit au sein même des gens, parce qu'on ne craint pas ses propres conflits, ses propres dysharmonies, intérieurs.

C'est-à-dire : Abe n'a pas peur de ses dons, il les assume, il est heureux de les assumer.

Un héros démocratique, en somme, pas un homme providentiel : il ne tombe pas du ciel, il est issu des gens, des femmes et des gens, il est avec les gens. *By the people, for the people. With the people.*

On se souvient de la contradiction posée par Brecht à la fin de *La Vie de Galilée* : « Malheur au pays qui n'a pas de héros / Malheur au pays qui a besoin de héros. » Cette contradiction concerne le recours à l'homme providentiel. En démocratie tout le monde est, c'est-à-dire *peut* être, un héros, parce que le héros est d'abord celui qui pense, qui n'a pas peur de penser. Et qui pense avec les autres. Alors que le « besoin » de héros vient d'une situation où justement tout le monde ne peut pas être un héros.

Et le peuple, autour d'Abe ?

Le film commence avec une rue, des gens qui regardent et écoutent un homme en train de faire un discours, et le peuple est montré dans sa diversité, dans la rue, pendant la fête, chez les riches, plaisir des divertissements différents, le défilé et le bal, les chars avec les reines de beauté et la valse, comment les gens s'amusent, discutent, cherchent à se séduire, y vont de leurs qualités d'hommes et de femmes, la société est là dans sa variété, rapports de classe mais tout reste léger, pourquoi, sans doute parce que ça se passe entre égaux, cette démocratie.

Il y a des gens pauvres, même dans la difficulté, exemple la famille Clay, mais pas de misère, pas de « malheureux », pas d'exclus, la communauté est là pour tous, elle peut englober tout le monde, même le clochard ivrogne peut faire partie du jury.

Dans le film, ce qu'on voit c'est le peuple, ou *du* peuple, pas la masse. La masse renvoie à la menace de l'isolement, de l'anonymat, de la « désolation » quand les hommes sont « superflus » (Arendt), alors que dans le film chacun a une place. Pas *sa* place une fois pour toutes, voir le trajet exemplaire de Lincoln, mais *une* place. Est soulignée l'importance des institutions pour la démocratie, du droit qui intéresse tellement le jeune Lincoln, *law, books of law,* le droit étant là comme un cadre, aussi net que le cadre du film, pour garantir la sécurité des personnes et des biens, circulation et protection, cadre où pourra se déployer l'initiative.

Il y a bien sûr un rapport entre cette situation entre « égaux » et le côté « normal », heureux, de la vie citoyenne. Abe Lincoln prend l'argent de Mrs. Clay après le procès, il n'y a pas de « malheureux » qui ne pourraient pas payer, pas non plus de « compassion » sans limites, au contraire, dans cette société l'amour et la reconnaissance vont avec le travail et le salaire.

Donc le peuple joyeux, mais risque, il y a des dérives toujours possibles.

Alerte : le député-shérif, le représentant de l'ordre, est un dragueur, l'abus de pouvoir, autre aspect de la délinquance, est toujours possible, le mensonge, la tromperie. Précarité de la démocratie, son côté glissant.

Deux mauvaises pentes possibles sont montrées dans le film, la violence, la passivité.

La violence est montrée quand le peuple de la fête devient une foule lyncheuse qui prétend prendre la loi dans ses mains, rendre justice elle-même. À elle s'oppose, comme on l'a vu, le jeune Lincoln, physiquement et par la parole. Mais une deuxième pente est possible : le peuple peut toujours devenir une foule passive avide de cirque, et là, que faire ? Réponse de Lincoln et du film : *ne pas* faire du cirque, faire un *bon* spectacle, du bon théâtre ou du bon cinéma qui rend le spectateur intelligent et actif.

Dès le début du film, un homme parle, d'autres l'écoutent. C'est une scène de rue, une mise en scène de la politique, c'est une scène de théâtre. Est d'emblée posée la question du rapport entre la démocratie et le théâtre, entre le peuple et ses représentants, représentants et représentation, question clé de la démocratie.

Pendant le procès des frères Clay, Lincoln fait à la fois l'acteur et le metteur en scène : à l'intérieur du cadre établi par la loi, il prend l'initiative, il laisse presque le coupable Cass partir, il provoque son aveu.

Pendant le procès le suspense est maintenu, jusqu'au coup de théâtre : le suspense est ici un ingrédient démocratique, il repose sur le fait que l'issue ne va pas de soi, n'est pas donnée, est une surprise, un inédit.

Abe gagne parce qu'il a réfléchi et aussi parce qu'il fait réfléchir : les faits – ce n'était pas la pleine lune, Cass a menti – et les hypothèses – cette discussion qui s'est envenimée, pourquoi. Il raconte des histoires drôles, c'est son côté clown, mais c'est pour faire penser, comme l'histoire du chien qui illustre la question du droit de se défendre. Un chien mord un fermier qui le tue d'un coup de fourche. « Pourquoi ne vous êtes-vous pas servi de l'autre bout de la fourche ? » demande le propriétaire du chien. Réponse : « Pourquoi le chien n'est-il pas venu avec l'autre bout ? » Rire général. Même le juge comprend, avec un peu de retard.

Et quand Abe fait une blague avec le nom de J. Palmer Cass, pourquoi pas John P. Cass, parce que ça ferait Jack Cass, *jackass*, idiot, c'est qu'il a vu que quelque chose était dissimulé, anticipant sur ce qu'il découvrira de caché, de mensonger, plus tard.

Au contraire, le procureur fait des discours avec des grands mots creux qui endorment tout le monde, et le juge d'abord : très mauvais théâtre.

Le monde est un théâtre, mais le constater, le souligner, le reprendre à son compte, ce n'est pas être dans la dérision, les enjeux sont sérieux. C'est du théâtre mais il y a du sens, une recherche de vérité, et Abe fait la différence entre ce qui est légal et ce qui n'est pas bien : harceler Mrs. Clay comme le fait le procureur.

Côté réjouissant, positif, vivant, plaisant, du théâtre du monde. Au lieu de la dévalorisation, « comédie du pouvoir », etc., le théâtre est vu comme une activité normale, heureuse, et il est normal, heureux, que la politique soit du théâtre : un jeu, écart, décalage, une construction, un moyen de découverte et de connaissance, une façon d'expérimenter la pensée et l'action.

Le procès fait appel au jugement des jurés, et des spectateurs, et le film fait appel à l'attention de ses spectateurs, à l'attention aux détails, comme ce moment minuscule quand le procureur demande à Mrs. Clay si elle croit en Dieu et qu'elle sourit imperceptiblement. Et le spectateur du procès, comme le spectateur du film, a tout le loisir, tout le temps, de se demander, comme Mary Todd questionnant sa voisine, mais qu'est-ce qu'il fabrique, ce Lincoln, qu'est-ce qu'il est en train de fabriquer. Sur la scène et dans la salle, tout le monde actif, tout le monde peut penser. Démocratie.

Et on peut revenir sur l'extraordinaire scène où Abe Lincoln va sur la tombe d'Ann Rutledge, c'est la fin de l'hiver, la glace du fleuve commence à fondre, Abe est tellement jeune, ses manches trop courtes, un garçon, il apporte des fleurs à la morte et il lui parle, il l'interroge, il lui pose ses questions, doit-il partir faire ses études de droit ou rester dans son épicerie. Et on comprend, on ne se le formule pas, ou à peine, mais on comprend que pour lui la mort n'est pas vécue comme un trou mais comme une *limite*, une limite sur laquelle, si on en tient compte, on peut s'appuyer, à partir de laquelle la vie est vivante. Et on voit ce jeune homme si jeune qui en parlant devant une tombe discute avec lui-même, dialogue avec lui-même, pratique tranquille et socratique, la pensée est là, à l'œuvre et visible, l'examen de conscience est d'emblée une adresse à l'autre, à l'autre possible présent en soi, et qui pour finir, ou est-ce pour commencer, tranche, prend la décision, et partira, joyeux, sur ses grandes jambes, joie d'être actif, autre façon de saisir la démocratie, son caractère attirant.

Godard années 1960

« Tu connais William Faulkner », demande Patricia. « Non, qui c'est, tu as couché avec lui ? » demande Michel.

À bout de souffle. On vit et on pense sur tous les plans en même temps, amour, sexe, politique, ville, découverte, idées, en même temps et sans hiérarchie, comme dans l'enfance.

La liberté on l'éprouve, on la met à l'épreuve, quelque chose de pas vraiment défini, d'encore informe, une pensée en train de se faire, mais c'est fluide, léger et vivant, ça rebondit, comme la souplesse du récit dans le film. Et c'est sérieux, aussi, et brutal. Urgence de penser l'événement, urgence et nécessité. Irruptions. Pas d'a priori. Tout arrive, tout peut arriver, par association, libre, justement, ça coule. Mais on s'arrête sur un visage étonné, effrayé. Elle le dénonce, il meurt. Les conséquences des actes.

Tout est imbriqué, l'art est dans la vie, Renoir est sur le mur, « tu trouves qui la plus jolie », l'héroïne pose son profil à côté du tableau, il n'y a pas l'aspect embaumé, respect, patrimoine, l'art est en affiche, dans la chambre.

Michel sort de la voiture et va soulever la jupe d'une fille dans la rue, jeu et geste, vif et rapide, qui surprend, qui fait rire, tout simultané, tout tout de suite, tout est possible, on dit, on fait, vite vite vite, le dire et le faire, la jupe et le jeu, les rayures aussi ont un côté gag.

La filature. Ils se suivent à trois, Patricia descend l'avenue, le flic la suit, Michel suit le flic, à côté d'eux avance lentement un défilé, c'est du burlesque, tout le monde Chaplin.

On fait l'amour sous les draps, et pendant ce temps à la radio passe *Le Travail en chantant*.

Les mots sont écrits en direct sur les murs et les panneaux de la ville, on lit les mots de l'affiche *Plus dure sera la chute*, on lit « l'étau se resserre autour de Michel Poiccard », on voit l'image et on voit les mots, une interprétation, un sens, le sens posé sur l'image la redouble et crée un léger décalage, il introduit autre chose dans l'image, quoi ?

Parler, rencontrer, aimer, séduire, raconter des histoires, mentir peut-être. Mentir en tout cas c'est mentir d'abord sur son désir. « Raisonnement lamentable », dit Michel dans le film quand Patricia le dénonce et lui dit que ça veut dire qu'elle ne l'aime pas. Il ajoute : « C'est comme les filles qui couchent avec tout le monde, mais pas avec le type qu'elles aiment sous prétexte qu'elles couchent avec tout le monde… »

L'amour n'est pas séparé de la pensée, on pense comme on fait l'amour et on fait l'amour comme on pense. Et le sexe est filmé comme une évidence, pas vraiment besoin de le montrer, liberté du sexe joyeux, c'est beaucoup plus joyeux quand c'est libre mais c'est aussi beaucoup plus libre quand c'est joyeux, pas plombé, lourd, comme le péché, la faute, ou son envers, l'obligation, ce qui se fait, ce qui doit se faire.

Dans *À bout de souffle*, présence du héros américain, Bogart, sur l'affiche devant laquelle s'arrête Belmondo. Il refait le geste, l'ongle du pouce sur les lèvres.

Le héros américain, modeste et en imperméable, faisant son travail, normal, de citoyen, pas peur, pas peur de penser, pas peur de la vérité, pas peur du crime, sérieux, efficace, dégoûté sûrement, mais on y va, on est là pour ça.

Fin du *Faulcon maltais,* c'est encore Bogart qui joue dans le film tiré du livre : « *Listen. When a man's partner is killed he's supposed to do something about it. It doesn't make any difference what you thought of him. He was your partner and you're supposed to do something about it. Then it happens we were in the detective business. Well, when one of your organization gets killed it's bad business to let the killer get away with it. It's bad all around – bad for that one organization, bad for every detective everywhere.* »... Écoute. Quand l'associé d'un homme est tué, cet homme est censé réagir, faire quelque chose. Ce que tu pensais de lui ne fait aucune différence. C'était ton associé et tu es censé faire quelque chose. Alors il se trouve que nous étions dans le business des détectives. Eh bien, quand quelqu'un de ton organisation se fait tuer, c'est mauvais pour le business de laisser le tueur impuni. C'est mauvais pour tout le monde – mauvais pour cette organisation-là, mauvais pour n'importe quel détective n'importe où.

En un sens la morale élémentaire va avec la bonne marche des affaires, si on n'est pas correct le business périclite. Un certain idéalisme, en somme. Voire un idéalisme certain.

Mais « Plus dure sera la chute », disait l'affiche. *The harder they fall.*

***

Une femme est une femme. La comédie musicale revue par Godard. *It's magic.* Comédie musicale française, c'est précisé. L'Amérique dessous, référence ironique et légère, mais quelle Amérique ? Celle de Lubitsch, ce Juif allemand immigré aux États-Unis.

La France est là aussi, le décor bien sûr, et les couleurs, récurrence du bleu-blanc-rouge, les vêtements d'Anna Karina, ses bas, et on retrouve les mêmes couleurs sur l'abat-jour, glissement comique.

Comédie musicale, tout est possible, tout peut arriver, et c'est le *mood*, le *feeling*, de l'âge, du moment, les effets spéciaux sont là pour le souligner, on passe derrière un paravent et hop, on est habillée ou déshabillée, c'est instantané. Qu'est-ce qui est magique ? Tout, le rideau, la jolie fille, la métamorphose, magique et léger comme l'œuf qui s'arrête en plein vol, on jette un œuf en l'air et il attend pour redescendre qu'on ait juste le temps de dire, « Va te faire cuire un œuf. »

Et chanter dans un film est normal, normal et artificiel, vive l'artifice. On construit un film, on montre qu'on le fait : pourquoi on ne construirait pas sa vie ?

En même temps bien sûr l'ordre c'est l'ordre, on est en France, en 1961, et les flics sont des flics, « Monsieur lit *l'Huma*, eh bien bravo, continuez… » Mais la lourdeur et la bêtise, on peut les mettre à distance, essayer.

On vit dans un petit appartement, le téléphone est chez la voisine, la voisine est prostituée, ah les petits métiers de Paris, Émile est marchand de journaux, Angela est strip-teaseuse, Paul gare les voitures, c'est un « quartier » typique, voire pittoresque, on se souvient d'*Un Américain à Paris*, mais justement ce n'est pas pareil, ce sont des Parisiens et en décor naturel.

Angela aime Émile et veut un enfant, façon de demander, « Tu m'aimes ? tu m'aimes vraiment ? » elle est dans l'étonnement et la découverte d'être une femme, elle se regarde dans la glace, elle regarde son ventre avec un oreiller sous son pull, marivaudage, mais très sérieux, et toujours léger, comme le coup de pied dans les fesses de Paul, et dans l'étonnement d'être aimée.

Beauté d'Angela, émergence et grâce, une femme qui émerge, juste sortie de l'enfance et de l'adolescence et dans la surprise d'être une femme, d'ailleurs infâme, infâme ou femme, infâme et femme, pas une femme fatale, ni une femme sophistiquée, peut-être un peu Lucy de *I love Lucy*, un peu bête et très intelligente, joyeuse, joueuse et inquiète. Moderne.

Et, mine de rien, une façon déterminée d'être une femme, déterminée et surprenante, par la tautologie, une femme est une femme, c'est-à-dire, pas comme un homme, le « comme un homme » la fait pleurer, pourquoi, peut-être parce que le « comme » suppose un déni de la réalité, alors qu'il faut partir de la réalité pour la changer. Et la tautologie est comique, elle souligne la difficulté de penser : si une femme est une femme, alors une femme c'est quoi ? *To be or not to be* une femme. On rebondit, sur un matelas, dans la rue, on bouge sans arrêt, on cherche.

Et Angela traverse le film dans son petit manteau blanc, blanc parce que l'innocence, elle est du signe de la Vierge, la sexualité est innocente, pas sale, les rapports sexuels peuvent être durs, liés à l'argent, au pouvoir, mais jamais obscènes, ici, dans la boîte où travaille Angela, évocation de la traite des Blanches, « Alors vous venez à Marseille, Angela ? » Les conventions et les codes, pas besoin de les transgresser, on est à côté.

***

Vivre sa vie. Nana debout de dos à un comptoir. Ça pourrait être n'importe qui. Elle est seule à Paris, vendeuse dans un magasin de disques, elle n'arrive pas à payer son loyer, elle commence à se prostituer.

Elle ne « tombe » pas dans la prostitution, elle y va. C'est comme ça.

La rue et les clients, l'hôtel, le lit et le lavabo, la serviette et le morceau de savon, les billets de banque passent à la hauteur de la braguette, les petites phrases terribles, on les entend parfaitement, « moi c'est Elisabeth comme la reine d'Angleterre », ironie sinistre, ou l'ordre pur, abstrait, « comme ça » demande une voix d'homme à la collègue hors champ pendant que Nana attend devant la fenêtre, les pancartes découpent et soulignent, « le bonheur n'est pas gai », on voit tout, on voit du point de vue de Nana, ce point de vue particulier saisi par Godard, dedans et dehors en même temps, l'aliénation on y est prise et on y participe, la prostitution, comme la consommation, c'est ça. Nana ne croit pas aux histoires à l'eau de rose, elle n'est pas sentimentale, elle ne croit pas non plus qu'on est pour rien dans ce qui nous arrive. Elle pense qu'on est responsable, c'est ce qu'elle dit, et cette pensée paradoxale en fait quelqu'un de joyeux. Elle se tient sur une ligne de crête, entre la découverte de la dureté du monde et la joie d'être là, disponible, à tout ce qui arrive, et c'est ce qu'elle transmet, la vie vivante, quand elle danse, si rapide, mince et légère, autour d'une table de baby-foot, saisissant au vol la chanson qui passe sur le juke-box, narguant par la même occasion les deux macs assis, lourds et laids et complètement glauques.

Émergence, émergence.

Elle regarde, elle s'étonne, « Votre coiffure est ridicule », elle rit, elle ne se prend pas au sérieux, mais elle prend la vie au sérieux, vivre sa vie, le titre est un programme, légèrement en avance.

Être au maximum de sa vie, vie limitée mais pleine, sa vie unique, sa vie à elle, elle veut être « spéciale », elle est un peu Gelsomina, chaque petit caillou sur la route compte, mais pas d'introspection, si elle se mesure de la tête aux pieds, c'est pour la patronne de la maison close, elle est dans l'échange, ce n'est pas si simple, elle découvre et s'interroge, elle se cogne aux choses et aux mots, et aux actes, « Je trouve ça lamentable », dit Nana au commissariat quand une femme la dénonce, elle écoute le philosophe Brice Parain qui lui dit qu'on ne peut pas ne pas parler, on parle parce qu'on pense, la vie avec la parole est la vie supérieure, et si elle pleure en voyant Falconetti jouer Jeanne d'Arc c'est peut-être parce qu'elle se doute que l'héroïsme, des actes, des mots et des pensées, est toujours nécessaire.

***

Moment de bascule. *Alphaville.* Être plongée dans un monde où tout se ressemble, l'Est et l'Ouest, le *Figaro* et la *Pravda*, un monde avec des hommes en blouse blanche, bureaucratie et technocratie, des couloirs partout, les bureaux sont des cellules, il y a des exécutions dans les piscines, on ne sait pas où on est mais on reconnaît, la lumière artificielle, la sensation de « moderne », voir comme en négatif, l'architecture : du marbre ou du béton, les boulevards, les quartiers périphériques, la neige qui tombe, les gens désolés, les trucs louches dans les zones. Le héros est américain, il a un nom américain, Eddie Constantine, *alias* Lemmy Caution, il a toujours son accent, *cigarettes whisky et p'tites pépées*, il ouvre et ferme les portes, il monte et descend les escaliers, il se bagarre, il est le meilleur, mais voilà, c'est inutile, il est dépassé. Une seule solution, fuir avec la femme qu'il aime. Mais est-ce qu'une femme est une femme, ou un robot? À la fin les mots sont dits, articulés, « je… vous… aime ».

***

Belmondo adossé au mur un verre à la main en train d'écouter des gens qui parlent par publicités interposées dans *Pierrot le Fou*. Anna Karina qui ouvre et ferme des ciseaux en gros plan dans *Pierrot le Fou*. Les jeans ultra serrés d'Anna Karina dans *Pierrot le Fou*. Belmondo qui parle après avoir été torturé dans la baignoire dans *Pierrot le Fou*. Belmondo qui veut se suicider une première fois en se mettant sur des rails de chemin de fer mais n'y arrive pas dans *Pierrot le Fou*. Anna Karina qui trahit tout le temps dans *Pierrot le Fou*. Le Viêtnam le Viêtnam le

Viêtnam dans *Pierrot le Fou.* Les allumettes, la flamme, le bruit de la guerre, le bruit des avions dans *Pierrot le Fou.* La couleur jaune sur le visage de la petite Vietnamienne jouée par Anna Karina dans *Pierrot le Fou.* Le sentiment général de déception, de trahison, de mensonge dans *Pierrot le Fou.* Comment Anna Karina s'appelle Marianne comme la France dans *Pierrot le Fou.* Comment on la trouve du début à la fin dans des embrouilles, des histoires pas claires, sordides et sans aucun intérêt dans *Pierrot le Fou.* Le trafic d'armes comme une évidence dans *Pierrot le Fou.* Comment Anna Karina dit à Belmondo « T'es vraiment au courant de rien » dans *Pierrot le Fou.* Comment ils traversent la France à toute allure, paysages d'eau et de lumière, dans *Pierrot le Fou.* Comment ils ressemblent aux enfants orphelins de *La Nuit du chasseur* dans *Pierrot le Fou.* Comment Anna Karina tient par le bras sa poupée fétiche comme dans *La Nuit du chasseur* et la fait virevolter dans *Pierrot le Fou.* Comment Anna Karina s'ennuie méchamment dans sa robe rayée dans *Pierrot le Fou.* Comment Belmondo fait le Robinson mais ça ne suffit pas pour elle dans *Pierrot le Fou.* Comment il n'est pas du tout à la hauteur mais de quoi d'ailleurs dans *Pierrot le Fou.* La course à travers les pins le ciel la mer, sauter, bondir, tourner, s'embrasser et repartir, la ligne de chance qui est une ligne de hanche dans *Pierrot le Fou.* Comment le rapport de force est le rapport de force dans *Pierrot le Fou.* Comment Devos est là depuis le début sans y être et on le reconnaît à la fin, « Est-ce que vous m'aimez », dans

Pierrot le Fou. Comment on voudrait en même temps être pour toujours sur l'île avec Robinson et pour rien au monde n'y être dans *Pierrot le Fou.* Comment le trait est gros comme du Picasso dans *Pierrot le Fou.* Comment le sang est rouge et la petite Vietnamienne est jaune dans *Pierrot le Fou.* Comment les couleurs font que l'amour c'est l'amour et la guerre c'est la guerre dans *Pierrot le Fou.* Comment le monde explose et les deux voix se croisent de façon parfaitement normale dans *Pierrot le Fou.* Comment ils s'embrassent d'une voiture à l'autre et pour l'éternité dans *Pierrot le Fou.*

***

Masculin féminin. La musique yé-yé, vendre des disques au Japon, l'élection présidentielle, de Gaulle ou Mitterrand, les sondages d'opinion, les questions fausses, faussées, faussantes, « Vous préférez ci ou vous préférez ça », la dureté des relations sociales, chacun séparé, l'indifférence, la fille au café qui tire sur son mari qui emmène l'enfant, on lui crie « La porte », on la retrouve prostituée, les filles qui excluent les garçons, les garçons grossiers, les gens dans la rue, les gens dans le métro, la femme assise avec deux Noirs très violents, le garçon qui a un couteau, la fille qui propose de faire des photos avec elle les seins nus, aucun lieu politique, le dialogue avec un produit de consommation, « Mademoiselle 19 ans », la peur de tomber enceinte, les gestes de tendresse au lit, le cinéma porno, les grognements, « ce n'était pas le film qu'on aurait voulu voir ou, plus secrètement, vivre », et tout à coup la guerre du Viêtnam au coin de la rue, le type qui s'immole par le feu, un autre : « Vous tuez beaucoup de communistes ? – *Oh yeah.* » « Les enfants de Marx et de Coca-Cola. Comprenne qui voudra. »

***

La voix de Godard qui chuchote « deux ou trois choses que je sais d'elle ». Normal de chuchoter, on ne peut pas parler normalement de ce qui se passe. La prostitution dans les grands ensembles, la guerre du Viêtnam. « La mort dans l'âme j'ai ordonné à mes aviateurs de bombarder Hanoï, c'était formidable, mais Hanoï n'est pas venu négocier. » La beauté de Marina Vlady, son absence. Elle est là et elle a disparu. Les deux femmes qui marchent nues devant le client américain la tête dans un sac Pan Am. « *Pax americana*, lavage de cerveau super économique ». L'univers dans la tasse de café, et la solitude. « L'objectivité qui m'écrase, la subjectivité qui m'exile. » La salle de bains, l'eau chaude, les robes, le salon de coiffure, la pompe à essence, la petite voiture. Madame Express. « Tu veux que je gaine mes jambes ? » Le ciel, les nuages. Paris, les Champs-Élysées. Les escaliers, les enfants. « Maintenant quand je me réveille j'ai peur d'avoir laissé un morceau. »

comment commencer

comment commencer
comment c'est, commencer
c'est un récit qui commence
à zéro
de rien
on ne sait rien du héros
qui ne sait rien de lui-même
mais il y a une histoire
un déroulement
dans le temps
qui fait sortir des personnages
de nulle part
tous pris comme ça
sans explication
le récit de *L'Homme sans passé*

raconte une vie qui démarre
au présent
ici et maintenant
un manifeste
presque
un art poétique
sûrement
sans passé
sans déterminisme
pas de psychologie
pas de sociologie
on s'intéresse à ce qui arrive
on est dans l'émergence
comment commencer
comment rester
dans le commencement
dans la surprise
l'étonnement
la rencontre
ça commence par la fin
il est laissé pour mort
mais il sort de l'hôpital
la tête entourée de bandelettes
une momie
et le premier geste qu'il fait
c'est de se remettre le nez droit
façon aussi de dire, ça se voit
comme le nez

au milieu du visage
qu'il y a quelque chose de travers
dans le monde
quelque chose qui cloche
et c'est quoi
c'est ramener réduire aplatir
ce qui est en train de se passer
à ce qui s'est déjà passé
alors qu'on est là
dans le présent
et que l'important
c'est de respirer
et ce geste est drôle
terrible et drôle
il y a une disproportion
un décalage
entre ce geste très petit
et ce retour d'entre les morts
humour
importance vitale
des rapports dissonants
hétérogènes
étrangers aux rapports habituels
importance de ce qui change
le regard
le point de vue
la perspective

un récit
qui se fait dans l'émergence
qui déploie le temps
au présent
pour suivre
– ah, faut suivre, faut suivre,
comme dit Devos –
il faut être attentif aux détails
à chaque détail
à tous les détails
comme les deux enfants qui trouvent le héros
au bord de l'eau
et qui remarquent
alors qu'un clochard vient de lui prendre ses bottes
– pas de sentimentalisme
les pauvres ne sont pas gentils –
qu'il remue les yeux
« il bouge encore »

il est sauvé par des enfants
et l'histoire est filmée du point de vue de l'enfant
dans le sens où Nietzsche décrit
« comment l'esprit devient chameau, comment le chameau devient lion et comment enfin le lion devient enfant »
et où Deleuze commente :
« Le chameau est l'animal qui porte : il porte le poids des valeurs établies, les fardeaux de l'éducation, de la morale et de la culture. Il les porte dans le désert, et là,

se transforme en lion : le lion casse les statues, piétine les fardeaux, mène la critique de toutes les valeurs établies. Enfin il appartient au lion de devenir enfant, c'est-à-dire jeu et nouveau commencement, créateur [...] de nouveaux principes d'évaluation[1]. »

scène lumineuse
où les deux enfants regardent
pendant que la mère fait manger le héros
à la cuillère
les enfants regardent
– le père aussi regarde
il est un autre enfant,
un peu pervers –
et on se dit bien sûr que ce qu'ils voient
c'est eux-mêmes, eux les enfants
avec une question en creux, non pensée,
mais qu'ils refilent au spectateur
qui sont-ils
c'est quoi, être au début, commencer

notons que la seule chose
que l'on apprendra du héros
c'est qu'il jouait
pas au sens du jeu d'enfant

1. Citation et commentaire rappelés par Emmanuel Hocquard dans *Les Coquelicots, Une grammaire de Tanger*, tome 3, CIPM, 2011.

mais au sens du jeu de hasard
soumission à l'idée
à l'abstraction
au nombre
une seule certitude : on va perdre
et ce n'est jamais jamais le présent
c'est toujours « demain, demain… tout sera fini »
(*Le Joueur*, Dostoïevski)

quelque chose se passe
là devant nous
avec nous
au présent
l'émotion vient de là
quelque chose se passe
donc quelque chose *peut* se passer
sentiment concret, matériel, d'un possible

ce possible, c'est ce qui donne leur beauté
aux visages
par exemple au visage de la mère
elle vient de lui refaire son pansement
elle est assise devant lui
et on ne sait pas ce qu'elle pense
ce qu'elle peut penser
– les agresseurs, ils ont des gueules
pas des visages
on les connaît,

on connaît tout d'eux, déjà

quelque chose peut se passer
dans l'échange
dans le dialogue
« – Merci.
– Ah, il parle.
– Je ne savais pas quoi dire, avant. »
dialogue laconique
entouré de silence
mais le silence appelle
c'est un silence vivant
qui porte des paroles à venir

comme l'immobilité du héros
porte des actes
il se tient debout
écoute les chanteurs de l'Armée du salut
met une casquette, l'enlève
il vient d'avoir une idée
faire changer de disque
devenir manager de rock

la répétition n'est pas obligatoire
quelque chose s'ouvre
on respire
la réalité n'a pas qu'une seule dimension

ce sentiment concret, matériel, d'un possible
cette émotion
on l'éprouve sans arrêt par les détails
tout petits tout petits
comme ce moment où pour la première fois
l'Armée du salut expérimente
une musique, disons, différente
une femme de l'équipe
belle et ridée
chante *Petit cœur*
et un monsieur pose son assiette de soupe
se lève, va s'incliner devant une dame
et l'invite à danser
et ce détail minuscule, minime
s'incliner
contient une énorme quantité de choses
comme le cœur si petit de la chanson
on voit la scène autrement
on voit la table où mange une sorte de Christ
dans une sorte de Cène
on voit le monsieur édenté qui écoute en mangeant
on voit comme on n'avait jamais vu
on ne voit pas « les pauvres »
on ne voit pas « des pauvres »
ni des SDF, des sans-abri, des sans-travail
on voit des hommes, quelques hommes, certains hommes
on voit ceux-là

et ce qui est mis en mouvement avec la danse
c'est, chaque être est unique
et aussi, la vie est unique
on vit, on meurt, à chaque instant
ce bal improvisé à l'Armée du salut
« – Était-ce bien raisonnable ?
– Dieu seul le sait, qu'ils dansent ! »

comme dit Pina Bausch
dance dance or you will be lost
et aussi à propos de *Café Müller*
qui se danse les yeux fermés
– les yeux fermés : grand thème, en somme
l'aveuglement, les camps, l'Allemagne –
elle parle de l'attention aux détails
aux détails tout petits
quand on a les yeux fermés, dit-elle,
il y a une grande différence
entre regarder en haut ou regarder en bas
danser
habiter le présent
être dans le détail

le détail est un éclat de réel
une condensation de sens multiples
pas l'anecdote triviale
dépourvue de sens
mais une multiplicité simultanée de sens

un volume de sens
une façon cubiste de penser
et l'humour comme le gag
souligne quelque chose d'incongru
quitte une pensée linéaire cause effet
joue avec les aspérités du réel
présente en même temps
plusieurs aspects contraires
plusieurs plans différents
devenir manager de rock à l'Armée du salut
être un entrepreneur et braquer une banque
pour payer ses dettes

on pense à Chaplin
pas seulement à cause du bal d'*Une vie de chien*
où Chaplin danse et tourne
le pied levé bien raide
pas seulement à cause du chien Hannibal
qui d'ailleurs est une chienne
Charlot est aussi un homme sans passé
on ne connaît jamais rien de lui
sauf ses aventures ou mésaventures présentes
on pense à Beckett
pas seulement à cause des poubelles
lui aussi se moque du passé
« Nagg. – J'ai perdu ma dent.
Nell. – Quand cela ?

Nagg. – Je l'avais hier.
Nell (élégiaque). – Ah, hier. »

tout le monde a un côté clown
tout le monde dit exactement ce qu'il pense
« exactement » signifie : pas de distance
chacun colle à ses mots
et les mots sont comme des choses
un peu étranges
ils ne *contiennent* aucune question
« – Tu es revenu.
– Manifestement. »
mais ils peuvent, les mots,
poser une question simple, en direct
dialogue minimal
il lui demande :
« – Tu veux sortir samedi soir ? »
elle lui répond en trois temps :
« – On est déjà dehors.
Je n'organise pas des rendez-vous louches au travail.
Mais, oui. »
les mots suivent la réalité
redoublent la réalité
prennent la réalité au mot
exagèrent la réalité, dénoncent la réalité
glissements minuscules
qui produisent (quand même) un retournement

on accompagne la personne qui parle
comme elle s'accompagne elle-même
pas d'expression de sentiment
tout le monde un peu raide, un peu débile
un peu à côté de la réalité
prêt à tomber en dehors de la réalité
mais justement, la réalité, c'est quoi

l'accent est mis sur la réalité du désir
évidence de cette force invisible
désir de vie
comment d'un seul coup il se relève
dans son lit d'hôpital

côté clown mais aucune dérision
pas des figurants postmodernes
pas de discours
pas d'humanisme frelaté, institutionnel, faux
ça se passe à l'Armée du salut
– domaine de « l'idéologie »
comme dit le héros –
mais justement
c'est-à-dire, la contestation se fait *avec*
on est dans le moment enfant
pas dans le moment lion

quand il regarde les quatre de l'Armée du salut
en train d'écouter la musique rock et de battre le rythme

il a un demi-sourire, presque imperceptible
il a gagné
en douceur
et son sourire est aussi celui du spectateur
le rire va avec l'émerveillement
magie de l'équilibre retrouvé
après la chute
à la fin on chante le jardin de *Mon repos*
pays des rêves et des ponts suspendus

affirmation de la réalité du désir
mais aucune sous-estimation de ce qu'il y a
en face
la société est une horreur
agression stupidité indifférence mauvaise foi
le traitement de la violence fait penser à Beckett
ou encore à Jarry
la méchanceté est simple, pure, sans raison
elle dépasse toujours les raisons
ce n'est pas compliqué, c'est évident
c'est gros et c'est comme ça
là non plus pas besoin d'explications
psychologiques, sociologiques

en même temps vigueur et intelligence
précision du constat
on fait un tour rapide
ANPE, travail intérimaire

rôle des banques, la police
chaque institution déroule son discours
ses phrases préconçues
qui ne s'adressent à personne
ses mots vides
et proprement assassins
– on les reconnaît, ces phrases
comme on reconnaît à chaque fois
ceux qui les prononcent
le commissaire on l'a déjà vu
son légalisme sadique
et la colère haineuse
du directeur de l'ANPE
et l'employée idiote qui a une tête de chien
et les poches sous les yeux de la responsable
dans la boîte d'intérimaires

mais au commencement du commencement
du commencement qui tient
du commencement qui peut continuer à commencer
il y a l'amour, inattendu
la rencontre, inespérée
qui fait sortir de l'absence
autre nom du passé
rêver une autre vie
laver, balayer, planter des pommes de terre
« – Tu fais beaucoup de choses maintenant.
– C'est parce que tu m'inspires. »

la maladresse des corps
– comment après le repas raté
ils s'assoient sur le canapé –
les rend d'autant plus présents
et d'abord, à eux-mêmes
les corps sont là
ils ne glissent pas
comme des images sur du papier glacé
on partage avec les deux héros
le sentiment de quelque chose d'inaugural
une alliance nouvelle
un départ ensemble dans la vie
et Irma, heureuse, les cheveux dénoués
d'une beauté que l'on n'avait pas vue
– on la voit pour la première fois –
accompagne l'échange du héros avec le gardien Anttila
ce gros bébé qui voudrait être cynique
elle sourit un peu, les yeux vagues
« même pas peur », comme disent les enfants
« – Tu es insolent.
– N'est-ce pas. »

l'amour va avec la musique
rôle du juke-box
et la musique comme l'amour font le lien
lient les éléments disparates de la ville et de la vie
les gens et les grues
les rails et les ciels

les containers et les nuages
et le lien c'est aussi la lumière
qui construit les couleurs
rouge, jaune, bleu, noir
l'amour et la musique et la lumière
font passer le passé vide, insignifiant, sans passé
rendent le temps vivant, présent

et si pendant le film on est tellement soulevé, porté
heureux
c'est sans doute que se glisse
dans cette histoire d'un homme sans passé
une notion possible de l'identité
et on voit littéralement à l'œuvre
comment, au lieu d'une idée lourde et plate
pesante, déjà cadavre
d'une menace qui hante l'Europe
mais aussi tout un chacun
l'identité est toujours en train de s'inventer
elle est faite de bribes et de morceaux, de hasards
un fil installé par ci, un légume épluché par là
un nuage aperçu dans le ciel, un air de musique qui passe
mais aussi de mots échangés et de silence
– ah, « restons assis en silence »
elle apparaît, l'identité, pour ce qu'elle est
quelque chose de très comique et de très sérieux
un perpétuel bricolage.

Hitler's Madman today

Hitler's Madman est le premier film tourné par Douglas Sirk aux États-Unis, c'est un film tourné dans l'urgence, sorti en 1943, à la fois lyrique et militant, un portrait de Heydrich et un récit de la destruction de la ville de Lidice en juin 1942, dont les habitants furent massacrés en représailles à l'assassinat de Heydrich par des partisans tchèques. J'ai revu *Hitler's Madman* en 2007 et je trouve que Ahmadinejad ressemble de façon frappante à John Carradine dans le film (avec une barbe, bien sûr). Le sourire, les dents, le regard, la position du corps, et ce qui est sans arrêt signifié : n'importe quoi, n'importe quoi, la loi c'est moi. Dans le film de Douglas Sirk, John Carradine compose un Heydrich étonnant, un personnage parfaitement contemporain, maigre, fiévreux, une lame de couteau vivant, un ego en représentation permanente, bottes et fouet, regardez-moi bien, jusqu'où je vais aller, arrêtez-moi si vous l'osez. Moi Moi Moi. Quelque chose d'une *rock star* pervertie qui se met à la place de Dieu et qui carbure au ressentiment et à la haine, exclusivement. On en voit beaucoup des comme ça, rôle des médias, mais bien sûr certaines sont plus dérisoires et plus ridicules que d'autres, et toutes n'ont pas le pouvoir réel, un pays derrière eux, même s'il s'agit toujours de ce que Sirk montre, des vieux enfants grotesques, dangereux. Sirk met en scène de façon extraordinaire ce que c'est qu'un nazi. Il en distingue trois sortes, dans le film et pour toujours : le personnage de Heydrich, histrion sadique ouvertement pervers, le maire Herr Bauer, gros fonctionnaire inquiet, aux ordres, indifférent et imbécile, et le haut dignitaire du régime, Himmler, qui a (provisoirement) le dernier mot et ordonne froidement la destruction de Lidice. Chacun sa panoplie : Heydrich son accoutrement et ses sarcasmes, Bauer sa table, sa nappe blanche, sa bouffe épaisse, Himmler le miroir dans lequel il se regarde en parlant à Hitler, en racontant à l'autre ce qu'il veut entendre, Oui mon Führer, il est mort comme un héros – faisant ainsi de son maître sa dupe, pour lui seul, certes, mais quelle jouissance. Chacune de ces trois figures pouvait être déclinée hier, peut être déclinée aujourd'hui, elle vit dans les détails, il suffit de chercher, les personnages se développent, rapides, limpides et inquiétants, parce que bien entendu, on ne les comprend pas, il n'y a rien à comprendre. Le maire perd ses deux fils sur le front russe, sa femme devient folle, autrement dit : enfin consciente, pas lui. Heydrich frappe l'autre joue du prêtre, s'essuie les pieds avec une étoffe sacrée, assassine. Ce qui peut l'arrêter ? Rien. C'est-à-dire : une balle. Himmler ordonne le massacre. La fin du film déborde, le monde réel est là, la guerre n'est pas gagnée, pour qui sera la victoire ?

Sirk montre que le nazisme peut être pensé à partir de la résistance contre le nazisme, avec elle. John Carradine/Heydrich est en train d'agoniser, il se tourne et se retourne dans tous les sens sur son lit, Je veux vivre, je ne veux pas mourir, je ne veux pas souffrir. Scène jubilatoire et terrible, et parfaitement didactique, anti-fascination, qui va contre tous les *Viva la muerte*, tous les encouragements au suicide (« Nous vaincrons parce que Bush a derrière lui des millions de jeunes gens qui veulent vivre et nous en avons des millions qui veulent mourir », Oussama Ben Laden). Puis vient la scène où Himmler parle à Hitler devant son miroir, lui qui avait auparavant semoncé Heydrich, Allons, allons, comme s'il parlait à un enfant. Ce qui cadre les personnages, les scènes : le travail actif de la résistance, suivant l'idée qui sera dite à la fin, qui est le propos même du film, critiquer la position de départ de « l'homme moyen », du paysan, « Il faut attendre, être patient ». « Non, répond le film, attendre, être patient, ne sert à rien, ce n'est pas une forme de lutte, il faut agir. » *Do not wait*. Film américain, 1943, Sirk vient d'arriver aux États-Unis, la guerre est à un tournant.

Comme dans *Hangmen Also Die*, *Les bourreaux meurent aussi*, de Lang et Brecht, sorti la même année, une des forces du film c'est de montrer la variété, la gamme des bourreaux. Analyse concrète de la situation concrète. Et *Hitler's Madman* a des éléments brechtiens : Sirk met l'accent sur le déroulement, non sur le dénouement, puisque dès le début on connaît la fin, le sort de la ville de Lidice, mais le fait de savoir ne produit aucun apaisement, au contraire le suspense est d'autant plus grand, la question est renvoyée au spectateur, et le spectateur est renvoyé à la vie réelle, extérieure, que faire maintenant. Il pratique la distanciation, les criminels sont montrés dans leurs contradictions, misère, fausseté, même s'il fait appel à une identification aux victimes et aux résistants. Et le film a un aspect didactique, son enjeu est de démonter une erreur (être patient, attendre). On pourrait dire que c'est un film sur les formes différentes du mensonge. Bauer, le petit fonctionnaire, ment à ses supérieurs, aux gens, aux policiers qui viennent le chercher. Himmler, le haut fonctionnaire, ment à Hitler. Heydrich, le psychopathe, se ment à lui-même. Comme dans le film de Lang et Brecht, la mobilisation et l'action de la résistance mettent aussi en mouvement une variété de figures : le jeune résistant, sa fiancée restée au pays, la future institutrice qui va en cours, le professeur d'université, le prêtre, l'ouvrier, le braconnier, le vieux paysan qui vient à la résistance et tue Heydrich… Face à n'importe quelle forme de totalitarisme, policier, politique, marchand, dont le fin mot est toujours : soumission à l'Un ou, dit autrement et pour revenir à la *rock star* perverse : soumission au Moi Moi Moi, qui se décline en paillettes ou en bottes, en slogans ou en clichés, ce qui compte c'est la pluralité, l'activité humaine plurielle.

Je n'ai rien vu au cinéma en Mai 68

En Mai 68, comme on sait, *la beauté est dans la rue*, et peu de monde, à ma connaissance, allait au cinéma. Le 1er avril j'avais été embauchée dans une usine qui fabriquait des machines à laver à Lyon, dans le quartier de Gerland, et le 20 mai les ouvriers et ouvrières se sont mis en grève et ont occupé les lieux. J'ai beaucoup d'images de ces semaines de grève, j'ai essayé de les écrire, je n'ai pas trouvé d'équivalents dans des films ultérieurs. Ce qui se passait : la surprise, l'inattendu, le complètement nouveau, le caractère transgressif de la moindre chose qui arrivait, et la joie de ça. Les repères étaient bousculés, l'espace lui-même changeait. Devant chaque chose une distance énorme se creusait, plus rien n'allait de soi. Usine, atelier, travail, machine, oui, mais c'est quoi. La liberté, on l'éprouvait : les mots ne collaient plus aux choses, il n'y avait plus un sens unique, obligatoire. Imaginer ça : un lieu, l'usine, où rien ne se faisait sans raison, s'asseoir, se lever, traverser la cour... devenu tout à coup un lieu où chacun circulait, pouvait circuler, quitter sa place, aller visiter l'atelier d'à côté, se faire expliquer, reconstituer l'ensemble. Ou au contraire pouvait rester assis, là, dans la cour, à ne rien faire, et regarder le ciel. Tricoter. Jouer aux cartes. Écouter la radio. Et parler, discuter. Penser.

Ce renversement, cette contestation du cadre établi, ce désir de changement du cadre de pensée existant m'ont marquée durablement, et volontairement, ou tout à fait à mon insu, c'est sûrement une des choses dont j'ai voulu témoigner dans mes livres : pas seulement cette bascule particulière en Mai 68, mais la possibilité d'une telle bascule, intime ou générale.

Et même si « je n'ai rien vu au cinéma en Mai 68 » je suis persuadée que ce qui existait déjà dans la culture comme signe, ou métonymie, ou métaphore, d'un tel renversement a joué un rôle dans la façon dont j'ai participé aux « événements », et, plus précisément, je pense que mon amour pour le cinéma, pour un certain cinéma, a été très important dans la façon dont j'ai « reçu » Mai 68.

La Révolution, après tout, c'est quand ce qui se passe dans la société ressemble à ce qui se passe dans l'art. La présence du monde dans tous ses détails, et la sensation concrète que les limites reculent, qu'elles peuvent reculer. Le bonheur de découvrir l'extraordinaire dans l'ordinaire – ou de l'inventer à partir de presque rien.

Alors bien sûr, c'est « tout » le cinéma, le néoréalisme italien, Lang, les westerns et les séries B, Mizoguchi, et Bergman, et Antonioni, et Resnais, tout le cinéma qu'on découvrait et qui apprenait à voir, à penser, qui a joué un rôle. Mais par rapport à la grève et à l'occupation, je pense particulièrement aux films de Godard et de Chaplin, ou plus exactement à ce qu'il y a de Chaplin dans les films de Godard de ces années-là.

Je n'avais pas aimé *La Chinoise*, sorti en août 1967, je ne travaillais pas encore dans une usine, je suis partie m'« établir » en janvier 1968, d'abord dans la région parisienne, ensuite à Lyon, mais j'avais déjà une expérience d'alphabétisation menée avec des militants CFDT après la guerre d'Algérie, et j'avais eu de nombreuses discussions avec des travailleurs immigrés dans les bidonvilles, en banlieue sud.

La dimension de pure épouvante du réel, l'inimaginable, le non-dit, le pas représenté, la soi-disant « vie » dans les baraques en bois et en carton au milieu des terrains vagues, je ne trouvais rien de ça dans *La Chinoise* et c'est ce qui à ce moment-là était le plus présent pour moi.

Sous les bidonvilles il y avait les camps… J'avais vu *Nuit et brouillard* et j'avais beaucoup interrogé la mère de mon premier amour, une femme remarquable qui était revenue d'Auschwitz.

Mais il me semble que le caractère transgressif du comique de Chaplin passé chez Godard se vivait pour moi pendant la grève et l'occupation. Ça ne veut pas dire que j'y pensais. Pas du tout. Mais j'avais été en quelque sorte imprégnée.

La dimension gag dans la vie, la dimension gag de la vie. Le gag vient comme une interprétation, tout à coup l'accent est déplacé, l'envers des choses devient l'endroit, les derniers sont les premiers, et les premiers les derniers, ici et maintenant… La hiérarchie établie n'a plus de sens, l'important c'est quoi, ce n'est quand même pas « la production »…

Changer de rythme, courir et découvrir, monter et descendre, sauter partout, rester assis à ne rien faire, passer d'un lieu à un autre, circuler, circuler, ne pas rester à sa place… et faire l'expérience de parler ensemble alors qu'ordinairement ce n'est pas le cas, étudiants et ouvriers, travailleurs français et immigrés, femmes et hommes.

On défie les lois de la gravitation et de la gravité, on monte sur les toits, on grimpe aux grilles, on se moque des cadres qu'on ne laisse pas entrer dans l'usine, vengeance, à votre tour d'être exclus, de rester à tourner en rond dehors, et la pointeuse on s'en fout, la minute de retard qui fait sauter la prime sous l'œil sadique du petit chef.

Le temps qui s'étire sur des chaises dans la cour, ou au contraire qui s'accélère, on explore, on va partout, dans les couloirs, les ateliers, Ça ne vous rappelle rien ? Ça devrait, c'est le ballet entre les chaînes dans *Les Temps modernes* ou la promenade en patins à roulettes à travers le grand magasin où on est gardien de nuit. Mais c'est aussi Michel et Patricia qui font l'amour sous les draps, et pendant ce temps à la radio passe *Le travail en chantant*.

La fonction de production est détournée, on ne produit plus, on joue aux cartes ou aux boules, la réalité est aussi évanescente et légère que les bulles de champagne dans *City Lights*, millionnaire un jour, clochard le lendemain.

On pique-nique dans les ateliers, sandwichs, radio, on regarde le ciel, très bleu cet été-là, et on dit des phrases qui pourraient s'inscrire comme des cartons dans un film muet, C'est quoi, le travail ? C'est quoi, être salarié ? Produire pour quoi faire ? C'est quoi la vie ? Et l'éternité ?

Et les femmes, tout à coup elles sont libres et dansantes, elles vont partout, elles parlent sans arrêt, ah on en apprend sur les chefs épais, méprisants, et elles montent sur les tables, elles bougent, très gracieuses, c'est la gamine Paulette Goddard, ou c'est Anna Karina qui lance un œuf en l'air, et il atterrit bien au plat le temps pour elle de dire, Va te faire cuire un œuf, ou qui danse autour du jukebox, et nargue à sa façon les proxénètes tellement glauques qu'ils sont ridicules.

Il y a aussi les malentendus carrément drôles, dignes justement de Godard ou de Chaplin, la militante qui discute avant la grève avec une ouvrière à l'atelier, d'accord sur tout, l'exploitation, la répression, très fière elle se vante à ses camarades le soir, J'ai trouvé « un élément avancé de la classe ouvrière », après quelques jours, allant plus loin sur la cause de tous ces maux, l'élément avancé lui dit : C'est Rome… Bref, c'était une témoin de Jéhovah qui après n'a même pas fait grève…

Et dans toutes les rencontres, dans leur diversité, dans le fait que personne ne reste dans « sa catégorie, sa case, son cas », étudiant, ouvrier, français, immigré, dans ces vraies rencontres, avec un autre vraiment autre, il y a peut-être quelque chose du *little man* et du millionnaire, *up and down for ever*, et toutes les rencontres du *little man* avec ses amours, Georgia dans *La Ruée vers l'or*… la jeune aveugle dans *City Lights*… et sans doute aussi la rencontre d'une petite étudiante américaine et d'un mauvais garçon bien français. On a parlé de « rencontres improbables » à propos de Mai 68, et c'était le cas, toutes les rencontres dans l'usine, à chaque fois l'étonnement, moi étudiante établie, et les ouvriers et ouvrières, et l'ouvrier espagnol révolutionnaire qui était allé à Cuba mais qui ne voulait pas que ses filles fassent la grève, et les jeunes immigrés qui couraient partout, découvraient tout, surexcités, et le prêtre-ouvrier qui ne pouvait pas s'empêcher d'être morose, et les femmes qui travaillaient aux presses, fortes comme des hommes, maquillées comme des femmes, et les petites jeunes qui ne pensaient qu'à *ça*, et la jeune femme qui vivait en couple avec une autre femme, et les vieux qui avaient fait 36 et qui brandissaient les tracts qu'ils avaient gardés.

Ce qui se disait : tout, tout se disait, tout était questionné, la valeur de la vie, et le sens des mots, et qu'est-ce que c'est, dégueulasse ? et l'amour ? et le travail ? et qu'est-ce qu'on veut ? des cartes postales ? ou des choses, deux ou trois choses ? des robes, des bas, des sacs Pan Am ? plein d'argent, peut-être albanais ? ou de l'or ? une montagne d'or ? *a mountain of gold ?* des fourrures et des cigares ? avoir un enfant ?

Et apprendre, c'est quoi ? suivre des cours ? des cours d'anglais ? des discours ?

Et si une femme est une femme, alors une femme c'est quoi ?

Et d'ailleurs, est-ce qu'une femme est une femme ou un robot ? jusqu'où ? jusqu'à ce qu'elle dise Je t'aime ?

En tout cas, la bonne question, c'est : si on traduit Shakespeare en français et si on le retraduit en anglais, est-ce que ça donne Shakespeare ? Démonter un réveil et le remonter – enfin, presque – voilà ce que le jeu avec Shakespeare rappelle, ou comment remettre l'envers à l'endroit, ou le monde qui marche sur la tête, comment le remettre sur ses pieds…

Et la culture, l'art ? L'art est dans la vie, Renoir est sur un mur, Tu trouves qui la plus jolie, et on peut essayer de faire le tour de la culture mondiale dans le plus grand musée du monde en dix minutes. Ou danser dans un café, et pourquoi on s'arrêterait, c'est une comédie musicale et c'est la vie, un bal dans une usine, danser devant les presses, dans les ateliers.

Jusqu'à ce que…

La reprise du travail s'est accompagnée d'un sentiment d'abandon et de trahison. Ce qui avait été vécu, cette expérience à la fois simple et renversante de « quelque chose se passe », n'a pas été reconnu, bien au contraire a été nié, par les dirigeants syndicaux, politiques. Ruptures réelles. Images de femmes pleurant et déchirant leurs cartes syndicales. Une affiche de l'époque, lettres blanches sur fond bleu nuit, disait ça très bien : Qu'est-ce qui se passe ? / Il ne se passe rien. / Qu'est-ce qui s'est passé ? / Il ne s'est rien passé. / Pourtant j'avais cru comprendre. / Il ne faut pas comprendre.

Ce n'était plus le même film. Comment reprendre l'initiative, penser « les événements », continuer… Il y a eu beaucoup de films sur lesquels s'appuyer pendant les années 1970, Fassbinder, Sergio Leone, Buñuel… Mais pour moi la fin de « l'après-68 » est associée à *Monsieur Verdoux*, que j'ai vu pour la première fois en 1978, au moment où je commençais l'écriture de mon premier livre : ce gai criminel, un homme, une moustache, une menace, qui se moque de la société et de ses valeurs – elle qui tue tellement plus que lui – et dont le « petit business » interroge, évidemment de façon paradoxale, comment sauter hors du normal social familial habituel sans reproduire des figures connues et en miroir, oui, « il me faut une idée », dit Verdoux avant d'aller assassiner Lydia, mais comment sortir de la répétition, « sauter, comme dit Kafka, hors de la rangée des assassins ».

Marcello

dédié à Liliane Giraudon, qui m'en a donné la forme dans les portraits de ses écrivains Bien-aimé(e)s

Marcello Mastroianni, sa figure présente, glissante. Elle fait corps pour moi avec le mouvement d'ouverture, de questionnement, de crise, des années 1960, jusqu'à l'arrêt de ce mouvement dans les années 1980 avec l'arrivée massive, bloquante, de la télévision comme *moyen* de consommation.

La première fois que j'ai vu Marcello Mastroianni, dans *La dolce vita*. Marcello Mastroianni assis, joyeux, dans l'hélicoptère qui survole Rome et emmène le Christ, sa statue, chez le pape dans *La dolce vita*. Les lunettes noires de Marcello Mastroianni dans *La dolce vita*. Le sourire si reconnaissable, dans les yeux et avec la fossette, de Marcello Mastroianni dans *La dolce vita*. La silhouette fine, les épaules larges mais pas trop, l'élégance parfaite de Marcello Mastroianni dans *La dolce vita*. La minceur dégagée de Marcello Mastroianni dans *La dolce vita*. Comment Marcello Mastroianni s'appelle Marcello dans *La dolce vita*. Le geste de téléphoner que fait Marcello Mastroianni pour demander leur numéro de téléphone aux jolies filles qui prennent le soleil sur la terrasse survolée par son hélicoptère dans *La dolce vita*. L'insupportable femme de Marcello Mastroianni dans *La dolce vita*. L'accablement coupable de Marcello Mastroianni dans *La dolce vita*. L'élan de Marcello Mastroianni vers Anita Ekberg dans *La dolce vita*. Comment il l'appelle Ève, la première femme, et encore d'autres noms dans *La dolce vita*. Comment il danse, le corps complètement souple, avec Anita Ekberg dans *La dolce vita*. Comment il entre dans la fontaine de Trevi avec Anita Ekberg dans *La dolce vita*. Le sex-appeal évident, pas évident, de Marcello Mastroianni dans *La dolce vita*. Le côté ouvert, trop ouvert, de Marcello Mastroianni dans *La dolce vita*. Comment on se demande ce qu'il veut, où il est, s'il est ennuyé, intéressé, curieux, un simple passant, dans *La dolce vita*. Le regard intrigué, sans critique, de Marcello Mastroianni sur Anouk Aimée dans *La dolce vita*. Marcello Mastroianni présent sous des trombes d'eau à côté des deux enfants qui crient au miracle alors qu'il n'y a rien à voir, comme le fait remarquer Serge Daney, dans *La dolce vita*. Marcello Mastroianni petit garçon muet devant son père quand celui-ci débarque à l'improviste dans *La dolce vita*. La machine à écrire de Marcello Mastroianni dans *La dolce vita*. Marcello Mastroianni et la serveuse qui a l'air d'un ange dans *La dolce vita*. Marcello Mastroianni chevauchant une fille dans une fête à la fin de *La dolce vita*. La brutalité furieuse, méchante, de Marcello Mastroianni à la fin de *La dolce vita*.

Comment Marcello Mastroianni a l'air plus jeune que sa femme pourtant très belle et très jeune dans *La notte*. Marcello Mastroianni en train de regarder un hélicoptère de la chambre d'hôpital où son ami est en train de mourir dans *La notte*. Marcello Mastroianni laissant faire la fille folle, nymphomane, et nous refilant le malaise dans *La notte*. Marcello Mastroianni disant à sa femme dans la voiture « Il vient de m'arriver quelque chose de désagréable » sur un ton de confession pénible dans *La notte*. L'absence, l'ennui qui recouvre le visage de Marcello Mastroianni comme une page blanche dans *La notte*. Comment il se tient à côté des livres avec sa photo sur la couverture pendant la soirée de lancement dans *La notte*. Marcello Mastroianni de dos signant son livre pour un type souriant en gros plan dans *La notte*. Marcello Mastroianni rentrant chez lui, ne trouvant pas sa femme et s'endormant dans *La notte*. Comment il la rejoint sans émotion particulière quand elle l'appelle dans *La notte*. Le regard de Marcello Mastroianni qui passe sur sa femme nue sans la voir quand elle sort du bain dans *La notte*. Marcello

Mastroianni vaguement intéressé par le strip-tease acrobatique dans *La notte*. Comment Marcello Mastroianni demande toujours à sa femme ce qu'elle veut faire dans *La notte*. Comment il est de très loin le plus bel homme que l'on voit dans la fête de *La notte*. Marcello Mastroianni éludant la femme blonde vraiment trop bête dans *La notte*. Marcello Mastroianni par terre en train de jouer avec Monica Vitti dans *La notte*. Marcello Mastroianni assis l'air humain écoutant la proposition du milliardaire gros et un peu crapaud dans *La notte*. Marcello Mastroianni se révoltant brièvement dans *La notte*. L'envie terrifiante de Marcello Mastroianni quand il entend le poème de Monica Vitti dans *La notte*. Marcello Mastroianni regardant Monica Vitti qui regarde la pluie tomber dans *La notte*. Comment dès le début Marcello Mastroianni porte la fin, la fin arrive, la fin est là, tout est fini, dans *La notte*. Comment Marcello Mastroianni part avec sa femme et avec la phrase de Monica Vitti. « Vous m'avez épuisée tous les deux » dans *La notte*. L'effondrement, le mot est insuffisant, le visage devenu gris, de Marcello Mastroianni quand sa femme lui lit une lettre d'amour qu'il lui a écrite et qu'il n'a pas reconnue dans *La notte*. Marcello Mastroianni voulant de façon forcenée faire l'amour à sa femme à la fin de *La notte*.

Retour en arrière. La maladresse de Marcello Mastroianni dans *Nuits blanches*. Comment il tombe en dansant le rock dans *Nuits blanches*. Son rire gêné mais pas trop dans *Nuits blanches*. La phrase bien connue de Marcello Mastroianni, « Visconti m'a appris à ne pas être cabotin ». Le geste, faut-il dire populaire, ou vulgaire, ou méditerranéen, de Marcello Mastroianni quand il passe un ongle entre ses dents dans *Nuits blanches*. Le côté tchékhovien plutôt que dostoïevskien de Marcello Mastroianni dans *Nuits blanches*. Le côté inachevé, le côté : il n'a pas encore commencé et peut-être il ne commencera jamais, de Marcello Mastroianni dans *Nuits blanches*.

Le corps plat, aplati, en deux dimensions, trimballé, la composition de Marcello Mastroianni dans *Le Bel Antonio*. La courbe des joues trop rondes, le visage poupin de Marcello Mastroianni dans *Le Bel Antonio*. Les cils tellement longs et recourbés de Marcello Mastroianni dans *Le Bel Antonio*. Le pyjama sans aucun intérêt de Marcello Mastroianni dans *Le Bel Antonio*.

Marcello Mastroianni portant un chapeau noir large et plat et qui le vieillit dans *Huit et demi*. Les tempes grisonnantes qu'il exhibe mais on n'y croit pas de Marcello Mastroianni dans *Huit et demi*. Marcello Mastroianni attendant sa maîtresse à la gare dans *Huit et demi*. L'angoisse, mais il fait avec, de Marcello Mastroianni dans *Huit et demi*. Marcello Mastroianni metteur en scène dans *Huit et demi*. Marcello Mastroianni dépassé par son casting, surtout les Américains, dans *Huit et demi*. Marcello Mastroianni acteur brechtien montrant son personnage sans s'identifier à lui, dans chacun de ses films et particulièrement dans *Huit et demi*. Marcello Mastroianni toujours Marcello, le clown un peu triste, dans chacun de ses films et aussi dans *Huit et demi*. Marcello Mastroianni trouvant mauvaise pour ne pas dire dégueulasse l'eau de source soi-disant bénéfique dans *Huit et demi*. Les serviettes-éponges de Marcello Mastroianni dans *Huit et demi*. Le sourire enfantin quand il maquille sa maîtresse en pute de Marcello Mastroianni dans *Huit et demi*. Tous les sourires enfantins dans tous les films de Marcello Mastroianni. Le regard surpris de Marcello Mastroianni quand le prélat lui parle des petits oiseaux dans *Huit et demi*. Comment Marcello Mastroianni enfant, mais est-ce que c'est lui, regarde la Saraghina danser la rumba dans *Huit et demi*. Marcello Mastroianni enfant entraîné dans la rumba par la Saraghina dans *Huit et demi*. Marcello Mastroianni enfant pensant pendant qu'il danse que la Saraghina est solide comme une tour et ondulante comme une vague dans *Huit et demi*. Marcello Mastroianni enfant coursé par les prêtres dans *Huit et demi*. Marcello Mastroianni enfant avec un bonnet d'âne devant les prêtres et sa mère dans *Huit et demi*. Marcello Mastroianni amoureux de sa femme dans *Huit et demi*. Marcello Mastroianni accablé par sa femme dans *Huit et demi*. Le fouet de dompteur de Marcello Mastroianni pour tenir les femmes à distance et à leur place dans *Huit et demi*. Marcello Mastroianni menant la farandole finale dans *Huit et demi*.

Bien des années après Marcello Mastroianni dansant à nouveau la rumba, mais dans un appartement de HLM, dans *Une journée particulière*. Marcello Mastroianni très féminin ni à cause des hanches ni à cause des épaules mais à cause des poignets pendant qu'il danse dans *Une journée particulière*. Marcello Mastroianni rappelant dans *Une journée particulière* qu'on l'a vu, enfant, en train de danser la rumba sur la plage avec la Saraghina dans *Huit et demi*, et faisant ainsi passer que les acteurs aimés, on les prend et on les place toujours en même temps dans son grand film à soi, intime, décomposé et recomposé, unique.

Le visage blanc, abruti, le cheveu gominé de Marcello Mastroianni dans *Divorce à l'italienne*. Le corps épais de notable sicilien à la messe à côté de sa femme de Marcello Mastroianni dans *Divorce à l'italienne*. Le fume-cigarette, la moustache, le filet de Marcello Mastroianni dans *Divorce à l'italienne*. L'air complètement idiot, voire fin de race, de Marcello Mastroianni dans *Divorce à l'italienne*.

La présence réservée, intéressée, de Marcello Mastroianni quand il entend le maître d'école lire la phrase que l'ouvrier a écrite sur le tableau noir, « Mort au roi », et le commentaire, « Tu ne peux écrire que ça ? » dans *Les Camarades*. Les lunettes cerclées, la barbe et la maigreur, la politesse et la détermination de Marcello Mastroianni dans *Les Camarades*. L'empressement, comment dire, naturel, de Marcello Mastroianni quand la jolie prostituée lui dit, « Si vous vous laviez, professeur, vous pourriez venir au lit avec moi », dans *Les Camarades*. Les coups de poing et de pied de Marcello Mastroianni dans *Les Camarades*. La rigueur ni prophétique ni scientifique de Marcello Mastroianni dans *Les Camarades*.

Et Marcello Mastroianni de nouveau, sortant brusquement de sa chambre d'hôtel, hirsute et vieux, sans doute ivre, sûrement pauvre, dans *Ginger et Fred*. Marcello Mastroianni portant son manteau pied-de-poule jeté négligemment sur les épaules et prétendant qu'il n'est venu à cette émission stupide que pour l'argent dans *Ginger et Fred*. Marcello Mastroianni débraillé, défait, difficile à trouver séduisant dans *Ginger et Fred*. Marcello Mastroianni dans un moment de grâce absolue racontant les claquettes comme un langage codé des Noirs esclaves en Amérique, une sorte de morse, qu'il imite avec les mains, devant la journaliste de la télévision qui reste médusée voire enthousiaste pendant trente secondes chrono dans *Ginger et Fred*. Marcello Mastroianni faisant alors penser à Charlie Chaplin dans *Ginger et Fred*, et faisant penser qu'il a toujours dans tous ses films fait penser à Charlie Chaplin. Comment Marcello Mastroianni dit à Amelia qu'il dira tout, absolument tout, à la télé, le grand soir, dans *Ginger et Fred*. Marcello Mastroianni faisant un discours anarchiste qui l'inclut elle aussi dans les exploiteurs devant Amelia furieuse dans *Ginger et Fred*. L'essoufflement pénible, pas drôle du tout, de Marcello

Mastroianni après avoir porté Amelia dans *Ginger et Fred.* Marcello Mastroianni ridiculisé à son insu par l'écrivain à succès quand il lui lit ses épigrammes dans le style de Marcial dans *Ginger et Fred.* La tête de Marcello Mastroianni quand Toto lui dit, « Vous êtes courageux tous les deux » dans *Ginger et Fred.* Marcello Mastroianni complètement hors champ quand le président-directeur général fait danser Amelia sous les applaudissements serviles de l'équipe et des personnes invitées à l'émission dans *Ginger et Fred.* Le trac de Marcello Mastroianni devenu un morceau de bois avant l'émission dans *Ginger et Fred.* Le bras d'honneur de Marcello Mastroianni aux drogués de la télévision pendant la panne d'électricité dans *Ginger et Fred.* Le corps trop lourd de Marcello Mastroianni quand il danse dans *Ginger et Fred.* Comment des années après *Nuits blanches* il tombe à nouveau en dansant, mais ça n'a rien à voir, dans *Ginger et Fred.* Comment Marcello Mastroianni est applaudi pour son courage, encore ce mot terrible, évidemment pas pour son art, quand il se relève dans *Ginger et Fred.* Les sentiments confus, honte et irrespect, qui entourent Marcello Mastroianni comme un halo avant, pendant et après l'émission de télévision dans *Ginger et Fred.* Marcello Mastroianni incarnation contemporaine de la phrase immortelle, « Je tuerai tout le monde et puis je m'en irai » dans *Ginger et Fred.* Comment Marcello Mastroianni accepte l'argent d'Amelia sur le quai de la gare et lui dit qu'il a des idées, il saurait faire mieux que le présentateur requin de l'émission, il va voir ça avec son ami Toto, dans *Ginger et Fred.* Le sourire content ? enfantin ? ou quoi ? En tout cas sans aucune autodérision ni culpabilité de Marcello Mastroianni signant un autographe à des gamins dans la gare après l'émission dans *Ginger et Fred.* Marcello Mastroianni imitant une dernière fois la sirène du bateau pour Amelia qui s'en va et restant seul au café à la fin de *Ginger et Fred.*

Muriel

La ville de Boulogne, le port, la reconstruction. La France gaulliste, la sensation précise, physique, de cette France. Ce qu'on voit, ce qu'on connaît, les façades des immeubles, normales, les bistrots, habituels, les repas, arrosés, tout est inquiétant. Fissures, irruptions, retournements. Gros plans abrupts, ton coupant, phrases sans transitions. Une musique aérienne, une voix comme venue d'ailleurs, ou venue du fin fond de la folie. Tout à coup, au milieu de la ville, des terrains vagues. Au loin la mer et la plage, le vent. Une baleine échouée, un monstre. Qu'est devenu Alphonse, son amour de jeunesse, qu'Hélène a invité, que peut devenir Bernard, son beau-fils, revenu de la guerre d'Algérie.

Sous le décor reconstruit, dans les meubles bourgeois, le passé affleure, il est violent, le tortionnaire en chef qui a organisé en Algérie le meurtre d'une femme, Muriel, se promène sans états d'âme dans la ville, les traces des bombardements de la Seconde Guerre mondiale sont aussi faciles à voir que l'imposture d'Alphonse, son baratin et ses bobards, mais pour voir il faut vouloir, ne pas se détourner, ne pas tout tourner en dérision, « le cuisinier est revenu de déportation, s'il n'était pas revenu on aurait perdu la recette », blague Claudie, l'amie d'Hélène. Claudie prête de l'argent à Hélène mais elle a une hypothèque sur son appartement. Roland de Smoke, bien sûr comme *smoke*, fumée, fait des affaires dans l'immobilier, il accompagne Hélène tous les soirs au casino, où tous les soirs elle perd, et raconte l'histoire d'un immeuble dont il s'occupe, cet immeuble est parfait jusqu'au dernier bouton de porte, mais, voilà, il glisse. Non-dits, secrets, mensonges, crimes cachés…

La voix de Delphine Seyrig, posée, décalée, profonde et fausse, on la voit, c'est sa façade à elle, belle et bourgeoise, claire et misérable. Malaise, malaise. Tous les mots portent, « Reprenez du gâteau, je ne supporte pas les restes », malaise. « Le fils du voisin est revenu de la guerre, ça l'a transformé », malaise. Ces phrases ne sont pas moins inquiétantes que celles du vrai fou qui passe et auquel personne ne fait attention, « Dites, vous qui êtes bien placé, vous ne pourriez pas me trouver un mari ? Pour ma chèvre ? »

Les couleurs sont vives comme si on avait repeint, et le passé où est-il, dans les meubles entassés dans l'appartement d'Hélène et vendus, dans les images de soldats en Algérie en train de cuisiner ou de discuter avec la « population », dans le souvenir précis, imprécis, de la guerre mondiale, dans la mémoire sans mémoire de tous les traumas, nuit et brouillard ?

Redoublement d'une guerre à l'autre, guerre mondiale, guerre coloniale, l'esprit fasciste qui cohabite avec l'esprit bourgeois. Redoublement et effacement. « Muriel, il ne faut pas la déranger. » Dans l'appartement bourré de choses où il n'y a plus personne une femme cherche un homme qui s'est enfui.

La Mort de monsieur Lazarescu

écrit avec Naruna Kaplan de Macedo

Dans un appartement sale un homme un peu vieux traîne en pyjama, nourrit son chat, a mal à la tête, téléphone au Samu et à sa sœur, demande des médicaments à ses voisins. Une ambulance viendra le chercher, il fera le tour des hôpitaux de Bucarest, les hôpitaux sont surchargés, un accident de la route vient d'avoir lieu, beaucoup de morts, de blessés graves. Dante Lazarescu mourra avant d'avoir été opéré. Monsieur Lazarescu (le titre original du film de Cristi Puiu est *La Mort de monsieur Lazarescu*) va traverser les dernières heures de sa vie emmené dans cinq services différents, d'hôpitaux en ambulances, par une infirmière brave et protectrice, devant une caméra vibrante qui va lui coller à la peau comme un tricot trop petit.

Ce film se passe à Bucarest mais ce n'est pas un documentaire sur la Roumanie, c'est ici et maintenant, et partout, on pourrait regarder sans fin, il y aurait toujours quelque chose à voir. Le voisin vient, il est gros, il s'assoit sur le canapé, le canapé est sale, il y a des chats, Dante aime ses chats, le voisin les déteste, la télévision est allumée, le voisin n'est pas sympathique, sa femme non plus, mais elle apporte à manger... À côté de chaque chose il y en a une autre, qui la prolonge, et à l'intérieur de chaque chose il y a une infinité de possibles, et c'est comme si on les voyait.

Une phrase dite par le metteur en scène, son désir de faire un film sur « rien ». Ou sur tout? comment tout vient à partir de rien. La maladie, l'hôpital, la Roumanie, les pays de l'Est, la société industrielle de masse, la bureaucratie, l'anonymat...

Sur rien? Vieux rêve... Dans le film le rien ça pourrait être ce rien que nous sommes, un corps. Mais ce rien n'est pas peu de chose, n'est pas un mieux que rien. C'est un corps, habillé, ou nu, ou en jogging, ou en blouse blanche, et toutes ces différentes façons de voir, d'habiller le corps, tous ces détails, ne sont pas des anecdotes dépourvues de sens, ne se réduisent pas à de la trivialité, mais au contraire ouvrent à des sens multiples. Et le fait qu'on se trouve très vite dans un milieu homogène, le milieu médical, fait ressortir l'importance des différences, minuscules ou pas.

La mort est là. On voit les corps, leur fatigue, leur épaisseur vivante. Mais à distance. Pas une distance « artistique » et éthérée, puisque, au contraire, on est en plein dans la chair. Pas non plus une distanciation cynique qui repousse tout pour mieux scruter, en cherchant l'anecdote humiliante, qui fait froncer le nez avec complaisance. Non, on est ici dans une distance de cinéma : une distance active, en mouvement.

Pensée du metteur en scène par rapport à son sujet, et par conséquent du spectateur par rapport à celui-ci. Le cadre, ce qui est encadré. C'est à partir de cette vision qu'on pense ce que l'on voit, c'est en cela qu'il y a ici un dialogue véritable.

Quand Puiu décide que l'appel de Lazarescu au Samu va se faire en plan fixe, caméra à l'épaule à peine tremblée, il nous donne à penser cet appel (appel au secours, confrontation à la bureaucratie et au « ne quittez pas » d'un standard débordé). Ce n'est rien, a priori, un appel téléphonique, c'est un geste de l'ordre du quotidien. Seulement ici, il est le point de rencontre entre nous et le cinéaste, l'endroit d'où nous penserons le monde.

On devrait mettre une majuscule. Madame la Mort. Qui va rencontrer monsieur Lazarescu.

Toutes les rencontres du film sont brusques, étranges. Le voisin gros. La voisine inquiète. L'infirmière. L'assistant. Les aides-soignantes. Les médecins. Chaque fois qu'on croise quelqu'un, c'est vrai. On s'y croirait. On y est. En plein dedans, dans l'enfer de Dante. Cet enfer qu'il vit avec tout son corps fatigué, ses varices, ses nausées. Mais alors, pourquoi ce n'est pas dégoûtant ? Pourquoi c'est beau, c'est émouvant, c'est triste ? Pourquoi au milieu de la crasse, des chats, des pansements moisis et du vomi séché on est ému, et pas révulsé pour un sou ?

Peut-être parce qu'on rencontre un homme. Ou plutôt des hommes, dans leur multiplicité, des hommes et des femmes uniques, particuliers, merveilleux dans ce qu'ils ont de singulier et de semblable à nous, ou pas. Ils ne sont rien de spécial, ils sont comme vous et moi, mais pas du tout filmés comme cela, filmés dans ce qu'ils ont d'unique.

Mais aussi il y aurait une réponse à trouver à cette magie du cinéma dans le dernier plan du film. Plan séquence. INT./ HÔPITAL/ NUIT. Un homme est allongé. On l'a vu être préparé à se faire enfin opérer. Il est allongé. Il est nu. Une femme entre, on cherche Virgil, une voix l'appelle. Il n'a pas le temps d'arriver. Des gants de plastique claquent. Et… Fini. Coupé en pleine action : son, image, tout en même temps. *Cut!* Fini. Comme ça. En plein mouvement, le monde de monsieur Lazarescu s'arrête. La rencontre imaginée entre Lazarescu et Virgil n'aura pas lieu. Plus rien n'aura lieu de ce côté de l'écran.

C'est un vrai plan de cinéma, ce « cut » si brusque et si brutal. Il donne une interprétation de ce qu'est la mort. Ce n'est pas une image préfabriquée, ce n'est pas un cliché visuel qui nous renvoie une image attendue. C'est une proposition. On voit la Mort de Dante Lazarescu et on réagit. On réagit à la manière dont c'est encadré par le son, par l'image, ou justement par l'absence de son ou l'absence d'image.

C'est comme si chaque mouvement dans le film était doublé d'inertie. Chaque esquisse d'action, doublée de résistance. Mouvement entravé, qui résiste à se déployer, mais qui résiste aussi à s'arrêter. Mettre l'accent sur l'inertie, c'est filmer les contraires. Corps lourd, pesant, mais qui se débat. Les différents services des hôpitaux, efficaces, modernes, mais encombrés. Médecins au travail, mais débordés. L'infirmière qui accompagne, mais qui s'en va, elle ne verra pas la mort de Dante.

Le monde selon monsieur Puiu est un monde fou. Seulement dire « le monde est fou » en images sans tomber dans un cliché désespéré, c'est de l'ordre de la création, de l'invention.

Parce que les clichés de désespoir existent. Ils sont les discours. Ici, au contraire, le cinéma explose dans toute sa force : il n'y a pas de discours, pas même un discours formel définitif ou dogmatique sur comment donner du sens à ce qu'on dit. Le sens est à découvrir dans la forme, et vice versa. Cinéma objectivement subjectif qui nous fait adhérer à son monde parce qu'il nous met directement en dialogue avec lui.

On est presque en temps réel, on voit, on pense, on voit, on pense. On voudrait que cela ne s'arrête jamais parce qu'à penser toujours comme ça on serait bien sûr immortel.

La mort est là et la vie est partout dans le film. Dans les corps qui bougent, incroyablement vivants, vifs, existants. Le gros voisin et ses grandes mains qui attrapent le bras de Lazarescu pour un massage impromptu. Les fesses de la voisine, moulées dans son jogging. L'infirmière qui a mal à la vésicule. L'infirmier qui a une fille mais qui est séparé de sa femme. Les médecins qui se draguent doucement. Les patients qui souffrent. L'aide-soignante qui aime beaucoup coucher avec son mari et qui dit en riant que ça la rend belle. Et monsieur Lazarescu qui va mourir. Des corps, des corps, partout. Avec leurs fonctions vitales exposées à vif. Et pourtant on ne nous montre rien de façon voyeuriste ou pornographique. On n'est pas du côté de l'obscène. C'est le monde qui est obscène, le monde dans sa bureaucratie folle, ses hôpitaux en sous-effectif. Le monde. Pas les hommes, pas les femmes qui y vivent, pas leurs corps. Les corps on les filme avec attention, avec douceur. Avec une caméra du côté du documentaire, qui suit tout, ne lâche rien, voit tout.

Comment on va continuer à penser le monde sans monsieur Lazarescu ? Impossible. Le monde est fou. Monsieur Lazarescu en est mort. On l'a vu. On y était. Et tant qu'on porte monsieur Lazarescu et les questions qu'il nous pose, ce monde est un peu plus lisible, un peu moins impossible. Un peu moins simplifié. Un peu moins bureaucratique.

La bureaucratie, on la voit de très près, dans les détails, elle est justement montrée comme le corps de Dante Lazarescu. Il y a un parallèle entre le corps et la société, entre la pesanteur du corps et la pesanteur de la société : la société est lourde comme ce paquet transporté sur une civière qui peu à peu ne bouge plus. Il n'y a pas de caricature dans ce qui est montré. La bureaucratie, c'est un corps en train de mourir, ou plutôt, *de* la mort, *du* cadavre, qui saisit la société. Une tendance. Une pente.

On peut aussi s'identifier à l'inertie. À la fatigue. C'est ce qui rend le film si proche.

En même temps la bureaucratie est obscène.

La bureaucratie : c'est ce qui empêche de penser le particulier, et c'est le manque de respect. Puiu le montre à travers les différents services où on amène Dante. D'abord les urgences, avec un médecin brutal, insultant, qui crie, mais qui est efficace. Ensuite la neurologie, où une jeune femme médecin très belle et très douce, et débordée, fait appel à un collègue, qui tout en la draguant pose le bon diagnostic de tumeur cérébrale. Ensuite la radio, avec un médecin rieur et cynique qui fait son travail, et voudrait même aider mais n'a pas de place. Après, le service où on doit opérer Dante : c'est le seul service où la préoccupation du soin est complètement absente, où il n'y a que du pouvoir, indifférence totale, une jeune interne arrogante et cinglante avec l'infirmière qui accompagne Dante, un chirurgien qui ne s'intéresse qu'à son téléphone portable, qui refuse d'opérer sous prétexte que Dante, déjà confus, ne veut pas lui signer une décharge et qui renvoie le malade ailleurs, et cette dernière phrase de la jeune interne, « Je vais me chercher un croissant »... Enfin le dernier service, tout le monde épuisé, on prépare Dante pour l'opération, il meurt. Chaque service est particulier, a ses propres caractéristiques, et décline à sa façon ce que c'est, ce que ça peut être, la bureaucratie. On le voit d'autant mieux que Dante est accompagné par une infirmière dévouée, obstinée, pour laquelle le spectateur éprouve de la sympathie, qui par son regard silencieux creuse une distance entre le point de vue de l'institution, « On n'a pas de place, on est débordés », et ce fait, tranchant, qui n'est pas un « problème » comme le voudrait le langage bureaucratique : un homme peut mourir, un homme va mourir, et cet homme, comme tout homme, est unique, irremplaçable. Ce qui est donné à voir : le service, l'avant-dernier, d'où Dante est rejeté est certes le pire, il est même criminel, mais on sait qu'il n'y aura pas de sanction, et on sait aussi que ce service est en quelque sorte imbriqué aux autres, qu'il est une partie d'un tout.

En donnant à voir les contradictions de la médecine, s'occuper d'hommes ou de femmes tout en les considérant comme des dossiers, Puiu pointe aussi les contradictions d'une « société industrielle de masse », même quand elle se veut, ou se dit, démocratique. Dans le film il y a une façon juste de filmer ces contradictions, sans les aplatir, au contraire en les faisant ressortir au maximum par cette attention à tout, au moindre détail. Au rien. Cette abondance, cette justesse des détails est une critique en acte, et peut-être une petite mise en échec, à la fois du point de vue pseudo-scientifique qui unit de façon obligatoire progrès de la société et progrès de la science, et de la bureaucratie.

Moonfleet

Moonfleet. Sans doute parce qu'en ce moment de pandémie je pense particulièrement à l'avenir, aux enfants. Il y en a beaucoup, des enfants, au cinéma… dans *La Nuit du chasseur*, dans *Païsa*, dans *Le Voleur de bicyclette*, dans *Dodes' kaden*, dans *Les Quatre Cents Coups*. Mais John Mohune est spécial, *why*? Il me semble que le cinéaste y adopte un point de vue qui surprend le spectateur comme Jeremy Fox lui-même dans le film : montrer un enfant qui crée véritablement un adulte. L'enfant, sa demande active d'avoir un ami, *a friend*, son attente exigeante, obstinée, sont le moteur du film et de la transformation de Jeremy Fox.

Le film commence dans l'eau, les vagues, la tempête… On est à l'origine de quelque chose, qui peut être le bouleversement politique et social que l'on sait à venir

– d'emblée la date des événements est donnée, on calcule sans y penser : trente-deux ans avant la Révolution française, la chute des aristocrates, de leurs privilèges. Mais le bouleversement auquel on assiste sera celui, personnel, d'un homme, cynique « au cœur vide » (comme lui dit sa maîtresse), qui retrouvera le désir.

Jeremy Fox, le premier amour de la mère de John, Olivia, sur qui le père a envoyé les chiens. Il garde une légèreté ironique à l'égard de la lourdeur du monde (première apparition : « quel plaisir d'être salué par des visages si agréables », devant les mines patibulaires des contrebandiers), il aime le risque et la transgression – il est le chef secret de cette bande, et il a le courage et l'habileté physique en principe attributs et justification de la noblesse, mais qui maintenant peuvent être le fait de roturiers – voir le personnage de Scaramouche, que Stewart Granger a joué trois ans plus tôt. Et pourtant Jeremy Fox diffuse une insatisfaction, quelque chose d'inachevé, d'inabouti, il est léger, oui, mais trop léger, « moi ma vie n'est pas assez pesante » (Rimbaud), il peut être odieux, comme avec sa maîtresse, on sent qu'il peut très mal tourner.

Lang, qui a pourtant dit à Jean-Luc Godard dans *Le Dinosaure et le Bébé* qu'il ne connaissait rien des enfants, suit pas à pas le jeune Mohune, fait avec lui ses expériences et ses découvertes, n'en sait pas plus que lui, ou ne le montre pas, et voit la société telle qu'elle est avec le regard de l'enfant. Aidé en cela par le fait que les aristocrates du film, lord et lady Ashwood, sont, comme tous les assassins, de vieux enfants, qui ont les moyens (mais plus pour longtemps) de rester des enfants capricieux et méchants.

Lord Ashwood apparaît pour la première fois un peu ivre et la perruque de travers, il triche aux cartes mais quand on lui reproche : « je suis chez moi », comment mieux définir l'aristocrate décadent, sûr de son droit inique, de son privilège ?

Lady Ashwood n'est pas moins cynique, elle se donne à qui peut lui être utile, aime l'argent, l'or, les diamants. Dans le huis clos du carrosse elle susurre « nous sommes quatre », c'est-à-dire, avec le diamant. Elle malaxe obscènement son petit chien sur son cœur, et son narcissisme s'entend jusque dans sa façon de parler, elle laisse traîner ses mots et les remâche, en jouit.

Les figures des méchants, des mauvais, sont l'image même de la répétition, du ressassement, ce sont des nobles qui se sont « seulement donné la peine de naître » (Beaumarchais, *Figaro*) et qui ne peuvent, ces privilégiés qui vont être jetés à la poubelle de l'Histoire, en aucun cas imaginer un autre monde, où quelque chose change, bouge, se transforme et grandit… le propre justement d'un enfant.

Que les ennemis de l'enfant, ses adversaires soient des aristocrates, ce redoublement frappe comme une évidence, et il est juste, il touche. Le spectateur voit vraiment en creux la Révolution française si proche, et oppose tout le temps du film le monde ancien, statique, féroce et ridicule

– menuet lent, colin-maillard en perruque poudrée, baiser pour la galerie, ennui – au monde vivant, aventure, action, rebondissements, découverte. Chercher un trésor, arriver à lire une carte codée, descendre dans un puits... L'aventure est une figuration du désir, et le désir un mouvement, un sens.

John Mohune va chercher le diamant caché par son aïeul qui lui permettra de restaurer son manoir, mais surtout il va faire l'expérience de la société et du monde, être à l'école de la vie : chercher, connaître, découvrir, c'est surtout découvrir qui sont les autres, de quoi ils sont faits, ce qu'ils veulent, qui on aime et qui on n'aime pas.

Le mouvement est d'emblée un combat, dès qu'il apparaît Jeremy Fox doit se battre, se battre pour le commandement des contrebandiers mais aussi pour la vie de John Mohune, que les contrebandiers veulent supprimer. Mais ce combat va aussi être livré contre lui-même, il va vivre un retournement.

Et comment vient ce retournement ?

Il est dans le carrosse qui doit l'emporter, lui et son diamant, avec ses alliés provisoires, lord et lady Ashwood, il vient d'abandonner John Mohune, il a un visage fermé et gris, et il subit le babillage haineux de lady Ashwood et les propos péremptoires tout aussi haineux de lord Ashwood, l'objet de leur haine est John Mohune et ils sont unis et satisfaits dans ce rejet explicite de l'enfant, le carrosse s'arrête à un barrage, mais il ne sera pas fouillé, tout danger est écarté... et c'est « tout à coup », « quelque chose se passe », « en un instant », « en un éclair ». Retournement, ou faut-il dire : retour, Jeremy Fox revient à lui-même, à l'amoureux d'Olivia, et à John, qu'il aurait aimé, il lui a dit, avoir comme fils.

Ce retournement provoque aussi celui du spectateur.

Émotion.

Il y a un autre film où quelque chose de semblable se passe, entre un adulte et un enfant, où l'attente de l'enfant crée l'adulte : c'est *Gloria*, de Cassavetes, où l'enfant recherché par la mafia est au début perçu par l'héroïne comme un encombrement, une charge, comme dans *Moonfleet*… Gloria vient de dire au petit garçon qu'elle ne veut pas, ne peut pas s'occuper de lui, le protéger… et puis… d'un seul coup, en un instant, dans la rue…

Ce retournement, cet instant, incompréhensible, parfaitement compréhensible, on peut le trouver aussi dans le « Mon Dieu ! » d'Ingrid Bergman devant l'éruption du Stromboli…

Ou, autre film, dans ce qui se passe pour Raskolnikov, qui a pourtant déjà avoué son crime, qui est déjà aux travaux forcés en Sibérie, mais pour qui, en un sens, rien n'a changé : « Soudain, et sans que le prisonnier sût comment cela était arrivé, une force invincible le jeta aux pieds de la jeune fille »…

Retournement, naissance ou renaissance. Que ce soit du fait d'un enfant a une logique.

L'enfant « moderne » n'est pas un petit adulte, il existe comme enfant peut-être depuis les Lumières, Rousseau, mais rien n'est jamais acquis, et tout le XIXe siècle est parcouru par la question du droit des enfants, et du travail des enfants, « Mon petit garçon que voici, j'avais coutume de le porter sur mon dos lorsqu'il avait sept ans… et il travaillait ordinairement seize heures… » (*Le Capital,* livre I)

Et même, on peut dire que l'enfant est une des formes de la modernité, une figuration du possible, à l'image du tiers état, « Qu'est-ce que le Tiers-État ? Tout / … Qu'a-t-il été jusqu'à présent dans l'ordre politique ? Rien / … Que demande-t-il ? À devenir quelque chose »… On ne veut plus de tyrannie, le mot est donné à Lang par Godard dans leur entretien. Mais prendre au sérieux la parole d'Augustin, « L'homme a été créé pour qu'il y ait du commencement. »

Avec ce commencement, cet inachevé, ce possible, il y a une dimension de suspens, de tragique, une fin qui est le geste d'au revoir de John Mohune à Jeremy Fox, pas le happy end imposé par le producteur, avec la certitude hollywoodienne qu'il reviendra.

Moonfleet est l'œuvre d'un homme qui a traversé deux guerres mondiales, qui n'a pas eu d'enfant lui-même, et qui filme l'histoire d'un enfant qui rend un homme adulte, comme le font après tout le cinéma, l'art, qui vont chercher l'enfant dans l'adulte pour le faire grandir, pour lui donner une « vie vivante »… On peut remarquer que c'est aussi ce que fait la psychanalyse, à laquelle, encore dans *Le Dinosaure et le Bébé*, Lang fait référence, si on la considère non pas comme une théorie qui fournit des explications psychologiques mais comme un point de vue, et qui peut procurer, par l'interprétation, une joie semblable à la joie de la fiction. Mais cela ne va pas de soi, c'est, comme le montre le film, une aventure et un combat. Alors ici et maintenant, contre la destruction en cours, de l'hôpital, de l'école, de la culture, il est revigorant de se rappeler tous les combats de Lang, dans ses films et dans sa vie, tous les combats de celui qui a filmé Peter Lorre comme un rat tout en maintenant du début à la fin du film le point de vue que l'inhumain fait partie de l'humain, et qui a donné comme seule conclusion à *M* une phrase radicalement ouverte, appel à la faculté de juger du spectateur et à sa capacité d'invention, « Il faudra davantage veiller sur nos enfants ».

Une femme sort du cinéma

rue Jules-Chaplain, une femme sort du cinéma
elle pourrait être moi
ou pas
elle va au cinéma l'après-midi
une coupure
dans le travail
elle est en train d'écrire
une pièce de théâtre
elle va voir n'importe quoi
ce qui passe
pourquoi elle va au cinéma
plutôt qu'au café
elle aime aussi aller au café
mais elle aime voir
ce qu'on lui montre

elle aime les histoires
des fois c'est bien
pas toujours
des fois elle fait des rencontres
pas toujours
des rencontres ?
sur l'écran ?
dans la salle ?
les deux
une fois elle a rencontré un type
complètement fou
il était fou de cinéma
mais alors fou
il avait tout vu
mais alors tout
on lui disait qu'il ne vivait pas
mais il allait au cinéma
et il vivait au cinéma
très fort
très très fort
alors
c'est comme Rico dans le film de Nicholas Ray
Party girl
Traquenard, en français
il est amoureux de la star Jean Harlow
qui ne le connaît absolument pas
et quand elle épouse je ne sais plus qui
Rico se sent trahi

terriblement trahi
vraiment trahi
eh oui
moi j'aime aller au cinéma
mais je garde une distance
enfin, j'essaie
comme cette femme
qui va au cinéma rue Jules-Chaplain
elle vient de voir *Meurtre d'un bookmaker chinois*
et elle a l'image de Ben Gazzara
dans la tête
il faut préciser qu'elle vient de le voir
la veille
dans *Husbands*
il y a un cycle John Cassavetes
ah ces yeux noirs
bordés de cils
cette présence
alors cette femme qui sort du cinéma
rue Jules-Chaplain
qu'est-ce qu'on peut en dire
d'abord, la rue Jules-Chaplain
est une rue ordinaire
mais avant
(avant ?)
c'était une rue où travaillaient des prostituées
l'expression était « une rue à putes »
et qui était

donc
très mystérieuse
pour une petite fille
qui remontait la rue Vavin
en revenant du jardin
du Luxembourg
le Studio Parnasse projetait
des westerns
des films américains
des Chaplin
comme le Studio Raspail
et elle allait très souvent au cinéma
et maintenant
cette femme sort du cinéma
rue Jules-Chaplain
et l'art est là
dans la vie
l'art est toujours là
dans la vie
même si on ne le reconnaît pas
cette femme va retourner travailler
et le film lui a changé
les idées
c'est-à-dire en fait
lui a continué les idées
autrement
elle voit un film
elle rencontre quelqu'un

elle travaille
(on l'a dit
elle écrit une pièce de théâtre)
et alors ?
alors elle est dans le monde
dans le monde ?
oui, dans le monde
quel monde ?
le monde dans lequel on est tous
le monde balisé par des cinéastes
des écrivains
des artistes
des penseurs
des hommes politiques
des enfants
et tout le monde, tout le monde
mais pourquoi elle va
au cinéma
rue Jules-Chaplain
puisqu'elle habite
de l'autre côté
du Luxembourg
eh bien justement elle aime
traverser le Luxembourg
en marchant très vite
vite, très vite, très très vite
et voir un film
qui est lui aussi dans le monde

comme le monde est en lui
et même si le cinéma
ne s'appelle plus Studio Parnasse
il a été acheté par une chaîne
c'est toujours au Studio Parnasse
qu'elle va
mais
tout ça
c'était avant, non ?
avant ?
avant la pandémie
avant le confinement
avant
maintenant cette femme ne peut plus
provisoirement
(provisoirement ?
elle espère)
aller au cinéma
c'est pénible
c'est un indice
du changement du monde
du monde qui change
on ne sait pas exactement
comment
on ne sait pas exactement
jusqu'où
les glaciers qui fondent
les ours polaires désorientés

perdus
les mouettes prises
engluées
dans le pétrole
et maintenant
on ne peut plus aller au cinéma
respirer
traverser le jardin
ça devient un problème
il y en a qui ne se rendent pas compte
qui s'en foutent
soyons clair
pour eux, c'est « après moi
le déluge »
ils ne sont pas très malins
ils ne voient pas l'intérêt
du long terme
ils n'ont aucune proposition
de monde
et évidemment
ils n'ont aucun rapport
au cinéma
à ses histoires
subtiles et compliquées
ou pas
perte de temps
et le temps, c'est de l'argent
l'argent c'est simple

ça se compte
ils savent compter
2 + 2 = 4
+ 1 = 5
etc.
peut-être qu'à l'école
ils étaient bons en maths
la valeur c'est plus
pas moins
plus
plus plus plus
facile
toute cette civilisation
toute cette histoire humaine
depuis si longtemps
pour en arriver là
plus plus plus
c'est trop bête
moi je les vois
cette mafia
cravates costumes grosses voitures
bagues en or
le regard surtout
le regard particulier
méfiant
plissé
et con, très con
très très con

con ?
buté
limité
complètement limité
moi moi moi
très limité
mais ça se retrouve partout
dans tous les milieux
et pas que dans la mafia
disons officielle
et d'où est-ce que je sais ça ?
eh bien
du cinéma, justement
je n'ai pas fréquenté Rico
ni d'autres comme lui
mais je le connais
très bien
et je peux le reconnaître
et le retrouver
ailleurs
évidemment la question
c'est pourquoi ce sont ceux-là
qui ont le pouvoir
depuis toujours
oui, pourquoi
eh bien
ils ne pensent qu'à ça
voilà pourquoi

rien mais rien
d'autre
ne les intéresse
ni le ciel
ni les étoiles
ni les nuages
ni les cailloux
ni les éléphants
ni les gens
j'ai connu un milliardaire
argentin
(viande de bœuf)
dont le fils était un chercheur
de pointe
un jour son fils lui a montré
son laboratoire
le laboratoire
qu'il avait construit
le père a demandé une seule chose
une seule
combien ça rapporte
son fils ne s'en est jamais
jamais
remis
son père était un Rico
en somme
alors continuons
l'art est dans la vie

ça veut dire quoi
quand on invente quelque chose
peut-être une virgule
cette chose est en rapport
avec la vie, le monde
et la vie, le monde
la prennent, cette chose
la tournent
et la retournent
et la renvoient
et ainsi de suite
sans fin
si je pense
par exemple
une femme sort du cinéma
cette phrase peut être infinie
dans ses prolongements
comme n'importe quelle phrase
elle peut se dérouler
se développer
grandir
rebondir
dans tous les sens
on peut l'attraper
la renvoyer
jouer avec
et elle peut aussi
cette phrase

être une façon
d'entrer dans le monde
de l'expérimenter
de l'éprouver
ce monde
de le connaître
et de le proposer
à d'autres
et cette femme qui sort du cinéma
par exemple
elle pense à un poème
qui n'est pas dans le film
mais à cause du film
et du ciel dans le film
elle y pense
ce poème, on dirait une comptine
une ronde d'enfants
il y a des nuages qui volent
et qui volent et qui volent
avec des nuages
et même si le film
est un film dur
syndicat du crime
dettes de jeu
meurtres
il la met, cette femme, de très bonne humeur
(l'art a cet effet paradoxal)
et elle décide

d'aller s'asseoir
boulevard du Montparnasse
au café du Dôme
et de regarder passer
les gens
et là
elle voit
un homme qui ressemble
mais alors c'est incroyable
à Ben Gazzara
et elle ne peut pas s'empêcher
de sourire
et l'homme, c'est logique
s'approche
et lui demande
s'il peut s'asseoir à côté d'elle
et elle sourit encore
et elle dit oui.

Un décor contemporain

Un décor contemporain ? La première image qui me vient pourrait être celle d'une ville, rues bruyantes, immeubles et passants, mais non, c'est justement à l'opposé, l'image d'une île, pas celle de Defoe, où va se dérouler la grande aventure et se manifester le savoir-faire de la civilisation triomphante, et asservissante, ni le paradis perdu et retrouvé de Gauguin, mais l'île de T. S. Eliot, celle de l'éclatement contemporain, de la solitude, de l'angoisse.

I'll carry you off / To a cannibal isle / [...] There's no telephones / There's no gramophones / [...] Nothing at all but three things / What things ? / Birth, copulation, and death. Je t'emmènerai / Sur une île cannibale / [...] Il n'y a pas de téléphone / Il n'y a pas de gramophone / Rien du tout sauf trois choses / Quelles choses ? / Naissance, copulation et mort. (*Sweeney Agonistes*)

Cette île où Sweeney veut emmener Doris, où il n'y a rien et où il reconnaît qu'ils vont s'ennuyer, *I'd be bored / You'd be bored*, Je m'ennuierais / Tu t'ennuierais, c'est un lieu de vérité : il n'y a que ces trois choses et, ultimement, life is death…

That's not life, that's no life / Why I'd just as soon be dead, Ce n'est pas la vie, ce n'est pas une vie / Eh bien j'aimerais autant être morte, lui dit Doris, et lui : *That's what life is… / Life is death*, C'est ça la vie… / La vie c'est la mort.

Pointe extrême du désespoir contemporain, qui rappelle un autre désespoir, celui de *L'Homme du sous-sol*. Un sous-sol n'est pas une île, mais… tout comme…

Sur cette île coupée de tout, ou dans le sous-sol est posée en creux la question : qu'est ce qui rend la vie vivante, qu'cst ce qui fait qu'elle n'est pas *a tale full of sound and fury, signifying nothing*, une histoire pleine de bruit et de fureur, ne signifiant rien (*Macbeth*), qu'elle est « tout autre chose » (comme le dit l'homme du sous-sol) que ce déroulement plat : naissance, copulation, mort.

Eliot ne répond pas, pas plus que Dostoïevski. Mais par le négatif, ils nous indiquent autre chose. Dans les deux textes le meurtre, ou plutôt *du* meurtre, plane : Swecney l'évoque, *I knew a man once did a girl in*, J'ai connu un homme qui avait tué une femme, et l'homme du sous-sol sait très bien, il le raconte, qu'il a commis un meurtre symbolique en renvoyant au bordel la jeune prostituée qui croyait à son amour. Et avec le meurtre se noue la question du langage, de la parole, et de la condition pour que les mots tiennent :

qu'ils soient adressés, qu'ils aient une adresse, qu'il y ait de l'autre. Sans cela, la vie devient *a walking shadow*, une ombre qui marche (*Macbeth*), comme pour l'homme du sous-sol qui tourne en rond, livré à un ressassement interminable et vain. Sweeney, lui, dit que pour cet homme qu'il a connu et qui *did a girl in*, *there isn't any joint*, il n'y a pas de rapport, *that don't apply*, ça ne correspond pas, les mots ne veulent plus rien dire… *Words, words, words*, des mots, des mots, des mots, comme dit Hamlet.

Le décor de l'île, on le retrouve au cinéma, et il y en a de beaucoup de sortes.

L'île des origines, de la préhistoire, comme dans *King Kong*, ou l'île où survit la sauvagerie, *L'Île du docteur Moreau*, ou *Les Chasses du comte Zaroff*, ou encore l'île de *Sa Majesté des mouches* (*Lord of the Flies*).

Mais il y a surtout l'île de l'inquiétude, pourrait-on dire, l'île où se déploient, ou peuvent se déployer, l'inquiétude et l'angoisse contemporaines, est-ce que les mots tiennent, est-ce qu'ils vont tenir, est-ce qu'il y a une communication, un échange possibles entre les hommes, entre les hommes et les femmes.

Stromboli, pour Karen un mariage fondé sur un malentendu, lui est fou amoureux d'elle, elle veut juste sortir du camp de prisonniers, une île hostile, des pêcheurs avec lesquels elle n'a rien en commun, l'éruption du volcan quand elle a décidé de partir, et le renversement brutal, elle bascule : Mon Dieu…

L'avventura, un couple en crise, une sortie en bateau, la disparition de la femme, inexplicable, sur l'île, une île peut être dangereuse, une femme peut disparaître, un couple se cherche…

Pierrot le Fou, l'île de la trahison et de la mort, et les mots qui ne peuvent pas dire grand-chose, T'avais qu'à pas faire ça, quand il la tue, et Merde, j'suis con, quand il se fait sauter…

L'île est une condensation, un lieu où se croisent les questions de l'amour, de la compréhension mutuelle, de la parole et de la trahison, et de l'angoisse devant le vide, l'absence de sens, la disparition, la mort.

C'est aussi là où se fait sentir la présence de la mort dans la vie, l'ennui, *I'd be bored / You'd be bored*, dans *Sweeney*, Qu'est-ce que je peux faire, j'sais pas quoi faire, dans *Pierrot le Fou*, l'ennui de Karen dans *Stromboli*.

Et l'île sur laquelle on se tient peut devenir l'île qu'on porte en soi, l'île qu'on est, soi. Elle peut être alors comme un écho renversé de l'affirmation humaniste de John Donne, *No man is an island / Entire of itself; / Every man is a piece of the continent, / A part of the main*, Aucun homme n'est une île / Se suffisant à elle-même / Chaque homme est un morceau du continent, / Une partie du principal. Solitude radicale de l'homme contemporain, île détachée de tout continent, et on la devine en quelque sorte à l'intérieur d'autres images, suggérée : décors de ville où on voit un homme seul, isolé, coupé de tous et de tout, comme à la fin de *Meurtre d'un bookmaker chinois*, où Ben Gazzara se tient debout sur le trottoir devant son club, en train de saigner au milieu du bruit et des vagues de la circulation…

Mais elle peut aussi, cette île, être un lieu de tous les possibles, de tous les rêves, qu'il faudra quitter pour retourner à la vie sociale normale habituelle, mais qui reste là, flottante, comme dans une musique qu'on garde dans la tête, comme la musique jouée au café de l'île d'Yeu dans *Maine Océan* et qui accompagne ensuite Bernard Ménez quand il quitte le bateau du pêcheur, emprunte des bottes, rejoint le continent, remonte toute la plage, arrive à la route, fait du stop. La première voiture s'arrête et le prend et la musique continue.

Origine des textes

I

« Ils ne sont pas comme nous ? » – blog Mediapart, *Questions-questions, pour en finir avec 2023*, 23 décembre 2023

« Marine Le Pen m'a dit », blog Mediapart, 28 avril 2012

« Les mots c'est quelque chose, Procès France Télécom, Jour 12, vendredi 24 mai 2019 », publié in *La Raison des plus forts : Chroniques du procès France Télécom*, Les Éditions de l'Atelier, avril 2020

« Le stade grotesque du capitalisme (la langue du néolibéralisme) », blog Mediapart, 5 novembre 2021, revue *Raison présente* 221, *Le français dans tous ses états*

« La folie concerne tout le monde », *Libération*, 14 mars 2011

« Folie, norme et perte de l'expérience », conférence à Varsovie, 2011, Fondation d'Art Artéria à Varsovie

« Si Emmanuel Macron veut commémorer Mai 68 », *Libération*, 6 novembre 2017

« Invention du langage et démocratie », XIIes rencontres de la CRIÉE, 6 juillet 2010, La Fabrique du soin, publié aux Éditions Érès, mai 2012

« Entretien avec Stéphane Bikialo sur *Mathias et la Révolution* », La Licorne 131, Presses universitaires de Rennes, 2018

« Entretien avec Nathalie Bach sur *Désordre* », *Novo* 55, 23 juin 2019

II

« Les premières années P.O.L, un récit », texte paru en anglais dans *The Review of Contemporary Fiction*, automne 2010, dans un numéro consacré aux Éditions P.O.L

« Écrire avec Mai 68 », conférence à l'université de Yale, 2018

« Miss Nobody Knows », publié dans *29 femmes : Anthologie de la poésie en France depuis 1960*, Stock, 1994

« My *Manhattan Transfer* », *Trafic* 100, hiver 2016

« On tue Woyzeck. Sur la question de l'envie dans la poétique de Büchner », Intervention dans le séminaire d'Anna Angelopoulos et de Sylvette Gendre-Dusuzeau « Contes et psychanalyse » et publié ensuite dans la revue *Le Coq-Héron* 228, janvier 2017

« Avec Kafka, À quoi sert la littérature », blog Mediapart, février-mars 2017

« Écrire déplace le ciel », conférence à la New School for Social Research à New York, le 5 novembre 2013, sur son travail d'écriture pour *Déplace le ciel*

« Écriture et folie », texte écrit pour soutenir l'action du collectif Les 39 contre la nuit sécuritaire, journée à Villejuif le 25 septembre 2010

« M. B. Constructions », *Cahiers de l'Herne*, Maurice Blanchot, septembre 2014

« Claude Régy, théâtre de l'écriture, théâtre de la folie », *Théâtre public* 234, octobre-décembre 2019, *Claude Régy regards croisés*

« Entretien avec le journal *La Grappe* », 24 juin 2023

III

« Le secret du cinéma pourrait être dans *Païsa* », *Trafic* 50, été 2004, *Qu'est-ce que le cinéma*

« Les grandes jambes de la démocratie », *Trafic* 56, hiver 2005

« Godard années 1960 », in *Mon Amérique commence en Pologne,* extraits, P.O.L, 2009

« comment commencer », *Trafic* 80, hiver 2011, *20 ans, 20 films*

« *Hitler's Madman* today », *Trafic* 61, printemps 2007

« Je n'ai rien vu au cinéma en Mai 68 », *Trafic* 106, été 2018

« Marcello », *Trafic* 65, printemps 2008, *L'énigme de l'acteur*

« *Muriel* », in *Mon Amérique commence en Pologne*, extraits, P.O.L, 2009

« La mort de monsieur Lazarescu », *Trafic* 60, décembre 2006, texte écrit avec Naruna Kaplan de Macedo

« *Moonfleet* », *Trafic* 120, hiver 2021, *Ce que tu aimes bien demeure*

« Une femme sort du cinéma », *Trafic* 115, automne 2020

« Un décor contemporain », revue *Décor*, École nationale supérieure des arts décoratifs, 2021

Chez le même éditeur

Essai

LES OUTILS

Théâtre

TOUTE MA VIE J'AI ÉTÉ UNE FEMME
LOUISE, ELLE EST FOLLE
DÉPLACE LE CIEL

Chez d'autres éditeurs

L'ENFER EST VERT, http://www.publie.net/
LES MOTS, http://www.publie.net/

http://www.lesliekaplan.net

Achevé d'imprimer par CPI
Firmin-Didot en octobre 2025.

N° d'éditeur : 2961 – N° d'édition : 663755
N° d'imprimeur : 185854
Dépôt légal : novembre 2025

Imprimé en France.
magasin@gallimard.fr